BUZZ

© Bruno Haulfermet, 2024
© Buzz Editora, 2024

PUBLISHER Anderson Cavalcante
COORDENADORA EDITORIAL Diana Szylit
EDITOR-ASSISTENTE Nestor Turano Jr.
ANALISTA EDITORIAL Érika Tamashiro
PREPARAÇÃO Gabriele Fernandes
REVISÃO Algo Novo Editorial e Lui Navarro
PROJETO GRÁFICO Estúdio Grifo
ASSISTENTE DE DESIGN Júlia França
CAPA E ILUSTRAÇÕES Ren Nolasco

*Nesta edição, respeitou-se o novo
Acordo Ortográfico da Língua Portuguesa.*

Dados Internacionais de Catalogação na Publicação (CIP)
(Câmara Brasileira do Livro, SP, Brasil)

Haulfermet, Bruno
  Depois das cinco / Bruno Haulfermet
  1ª ed. São Paulo: Buzz Editora, 2024
  336 pp.

  ISBN 978-65-5393-359-0

  1. Ficção de fantasia. 2. Literatura brasileira   I. Título.

24-215261   CDD B869.93

Elaborado por Eliane de Freitas Leite CRB-8/8415

Índice para catálogo sistemático:
1. Ficção de fantasia: Literatura brasileira B869.93

Todos os direitos reservados à:
Buzz Editora Ltda.
Av. Paulista, 726, Mezanino
CEP 01310-100, São Paulo, SP
[55 11] 4171 2317
www.buzzeditora.com.br

Bruno Haulfermet

Depois das Cinco

Para Piuí, que partiu para brincar em outros mundos.

Prólogo

Exausto, ele encarava o próprio reflexo diante de um espelho descascado. Acostumara-se com a rachadura grosseira em um dos lados da superfície vítrea, resultado de um soco furioso que custara a ele dolorosos cortes no nó dos dedos. O homem abatido do outro lado era a imagem perfeita de como ele estava esgotado, em corpo e mente. Com pouco mais de trinta anos, seu rosto descrevia uma aparência mais avançada, consumida e triste. Desistira de manter o jaleco limpo e o cabelo arrumado havia tempos.

A ele interessava apenas resolver um único problema.

Virou de costas e encarou o ambiente. Pousou os olhos no que figurava ao centro. Algo que não se movia. Algo que, embora exibisse um aspecto inofensivo, representava o mais letal dos perigos.

Algo que, embora gracioso, era macabro.

Suspirou com pesar enquanto tomava nas mãos uma folha, anotando suas observações. Mesmo depois de tantas pesquisas, ainda tinha o que documentar, despejando letras e também rabiscos no papel. Toda teoria era bem-vinda, cada fato comprovado era celebrado. Tudo que o orientasse na busca por uma solução era recebido com a mais alta dose de esperança.

Devolvendo a folha para dentro de um caderno, seu registro pessoal mais valioso, deu alguns passos enquanto olhava ao redor. Mirou dois trajes pequeninos, de tons distintos e quase transparentes, pendurados no canto. Sentiu um impulso de chorar. Passeou as vistas por um vaso de barro pequeno em cima de uma das mesas, onde uma rosa de caule tão róseo quanto suas pétalas repousava majestosa. A visão da planta causou nele repulsa e ódio.

Caminhou, com passos arrastados, até ficar frente a frente com o motivo de tudo aquilo. Analisou cada detalhe do que estava diante de si. Perdera a conta da quantidade de vezes que fizera aquilo. Sentia o coração arder de tristeza, percebendo sua impotência diante de algo tão superior a ele.

— Nunca vou perdoar o que você fez.

O que estava na frente dele não reagiu.

Dando outro passo, cruzou o limite que ele impusera a si mesmo. Abriu a boca, mas som algum foi emitido.

Mal pôde perceber quando uma força descomunal atingiu seu corpo.

Não processou as sensações.

Ouviu um zumbido.

Desapareceu.

1
Depois das cinco

Ivana perdera a conta de quantas vezes tinha ficado diante da tela naquela semana. O retângulo branco a encarava, como se debochasse em silêncio de sua falta de inspiração. Era a primeira vez que a menina ficava tanto tempo sem conseguir pintar. Sabia que o bloqueio criativo visitava os artistas com frequência, sequer mandando ao menos um comunicado antes, mas cinco dias e nenhuma pincelada satisfatória era algo inédito em sua vida.

Ficou pensativa por alguns minutos. Faltava algo que Ivana não sabia descrever. O vazio que sentia no peito vinha se tornando frequente nos últimos meses. Aquela sensação germinava de forma lenta e gradativa, ela bem notava.

A menina percorreu com as vistas o rústico e amadeirado ateliê, antes de largar o pincel angular na mesinha de madeira branca, salpicada de manchas coloridas e secas. Bufou com leve frustração enquanto passava os dedos no cabelo comprido e loiro, reforçando suas ondulações de nascença. Demorou a perceber que a tintura rosa, aplicada nas pontas, estava desbotada. Lutou contra a ideia de que todas as tintas do planeta conspiravam contra ela.

— Ah, ótimo, era só o que faltava.

— O que foi? — A voz de uma mulher soou do lado oposto do espaço.

— As pontas já desbotaram, mãe. Mal tem quinze dias que pintei. — Mostrou algumas mechas em tom rosado enfraquecido.

— Você ainda insiste em usar essa tintura caseira com base em frutas silvestres... É isso que acontece. Eu falo, mas você não me escuta, Ivana.

— Eu te escuto, mãe. Só que essa mistura agride bem menos o cabelo. Além disso, eu gosto de caminhar até o lago dos Mil Olhos para colher as frutas. Melhor do que circular pelos corredores daquela farmácia com cheiro de velho do sr. Juarez.

A mãe mudou a expressão, que piorou ao perceber a feição no rosto da filha, e bufou com leve tom reprovador.

— Por que está me olhando assim?

— Na verdade, eu estava pensando em ir agora mesmo colher algumas frutas perto do lago. Ainda está cedo e...

— De jeito nenhum, Ivana. Está louca? O relógio acabou de marcar quatro horas.

A menina, que já tinha visto os ponteiros, checou outra vez o relógio de pulso sem perceber.

— Eu sei, mãe, mas não levo nem vinte minutos para chegar ao lago.

— Vinte para ir, mais vinte para voltar.

— Isso me dá vinte minutos para colher as frutas, dona Solene — ironizou.

— Dezenove, minha filha. Dezenove minutos.

— Que seja, mãe. Vou e volto correndo.

— Não. Não posso arriscar te deixar sair assim, com o relógio ameaçando dar cinco horas a qualquer momento.

— Mãe... o relógio só vai dar cinco horas daqui a mais ou menos cinquenta e oito minutos. Nesse tempo que você está gastando para me convencer a ficar, eu já teria calçado uma sapatilha e saído.

Solene afastou uma mecha loira do rosto. Seu cabelo era igual ao da filha, no entanto sem a adição da tintura colorida nas pontas. Ela olhou para Ivana, contrariada:

— Está bem, mas vai ter que alimentar o Senhor Pipinho primeiro — disse enquanto tirava um alfinete preso à roupa, aplicando-o em um tecido que cobria um busto de manequim.

— Mas, mãe... vai ficar apertado para ir e voltar se eu tiver que fazer isso antes. Acabei de colocar comida em um potinho antes de subir, mas ele não quis.

Ivana sabia que alimentar Senhor Pipinho era apenas uma desculpa que Solene tinha arranjado para que a menina adiasse a ida ao lago dos Mil Olhos.

— É a minha condição — respondeu a mulher, que puxava novos alfinetes para segurar o tecido recém-recortado.

Chateada, Ivana caminhou até a porta do ateliê e saiu pela escada de alvenaria sem corrimão.

— Me avive quanvo fair! — pediu a mãe do lado de dentro, tendo à boca alguns alfinetes.

Apertando o passo, Ivana chegou ao primeiro andar e, passando por uma pequena área coberta e mobiliada, atingiu o espaçoso quintal da casa. Caminhou até uma robusta árvore, onde uma gaiola azul, cilíndrica e envelhecida pendia de cabeça para baixo.

Dentro, uma casinha de madeira pintada em cores vivas e na posição normal estava posta em cima de um amontoado de palha, que se acumulava até formar uma superfície plana. Ao lado, o pote de comida permanecia com os grãos intocados. O bebedouro pendurado na grade conservava-se abastecido. Bastou um assovio baixo, e o pequeno animal apareceu no buraco circular da casinha.

Um pio curto e repetitivo ganhou o ar. O pequenino pássaro esforçava-se para se fazer ouvir. Delicado e redondo, mal deixava as patinhas à mostra. O corpinho, cheio de pintas brancas, tinha uma penugem vermelha que se tornava rosada perto da cabeça, onde um rabisco branco desenhava uma coroa de três pontas.

Senhor Pipinho saiu de onde estava ao perceber Ivana com a palma estendida, depois de a menina ter aberto a portinhola. O passarinho roliço percorreu a pele alva do antebraço direito dela, marcado por uma longa cicatriz que o envolvia do cotovelo ao pulso.

Ivana o acolheu, e ele piou mais alto e feliz. Andando de forma desengonçada, mostrava interesse em subir na menina, que o ajudou, colocando-o no ombro.

— Você continua bem alimentado e contente como sempre — constatou, tal como dissera para a mãe.

Como se tivesse entendido o comentário, Senhor Pipinho sacudiu o corpinho e abriu as asas, uma delas danificada. Arrancou um sorriso de Ivana ao se esfregar em seu pescoço.

— Não posso brincar com você agora, preciso ir até o lago. Fique aí quietinho, eu já volto.

Ivana devolveu Senhor Pipinho que, sem perder a energia, continuou com os pios. Ela deixou o pássaro bebericando a água fresca e olhou para o relógio: tinha perdido quase dez minutos. Tornou a subir a escada que levava ao ateliê, mas parou no meio.

— Mãe, já estou indo.

Com assustadora rapidez, Solene surgiu à porta. Olhava Ivana de cima a baixo.

— Você sabe o que eu acho, né? Falta pouco para as cinco.

— Se dependesse de você, não faria passeio nenhum.

— Não é verdade, minha filha. Sou sua mãe, não uma monstra sádica. — A aflição na voz era percebida com facilidade.

— Mãe, vai dar tempo. Além do mais, se passar do horário...

— *Nem pense nisso, Ivana.*

A menina não respondeu. Não quis correr o risco de contrariar a mãe e acabar sendo proibida de sair. Ivana sabia que Solene aproveitaria qualquer chance de mantê-la em casa.

— Você sabe o quanto me preocupo com você.

— Sei, mãe, você diz isso umas trinta vezes por dia.

— É para você não esquecer.

— Não dá para esquecer, mãe. — Ivana sorriu. — Sei que você só quer o meu bem.

— Quero o seu bem *sempre*, Ivana. Entendeu, minha filha? Sempre. Província de Rosedário é pequena, e o que mais tem em lugares pequenos é gente fofoqueira. Não quero saber de você exposta, andando para cima e para baixo, e caindo na boca desse povo.

— Pode deixar, mãe. Posso ir agora?

— Pode.

A menina deu as costas para Solene e tornou a descer os degraus.

— Ivana...

— O que foi, mãe?

— Antes de ir, cite as três recomendações.

— Mãe... — A menina bufou, contrariada. — Estou perdendo tempo...

— As três recomendações, Ivana.

— Nunca estar na rua pouco antes das cinco da tarde ou pouco depois das cinco da manhã.

Solene acenou, encarando a filha e esperando pelas outras duas respostas.

— Tomar cuidado com a chuva sombria — a menina disse, inclinando a cabeça ao mirar um céu azul e limpo de nuvens. — Ela não vai cair *hoje*, mãe. Não cai há quatro anos.

— Não importa, o clima muda a todo momento. Fique atenta. Qual é a recomendação que falta?

— Não me aproximar da mansão dos Casanova.

— Em hipótese alguma, minha filha.

— Nem se eu precisar me abrigar da chuva sombria?

— Nunca.

Citar as recomendações era algo constante no dia a dia da menina. Ivana sempre quis perguntar à mãe por que se aproximar da casa de alguém — ainda que não fosse a casa de uma família qualquer da província — poderia ser pior do que ficar vulnerável à chuva sombria, um fenômeno que atingia a região sem periodicidade ou prévio aviso. Preferiu ficar quieta e não gastar mais tempo.

Os minutos pareciam avançar com mais ferocidade que de costume. Ivana apertou o passo, mas foi interrompida por Solene outra vez.

— Está vestindo a segunda pele?

— Você sabe que eu só tiro em casa e para lavar, mãe.

— Pode ir, então. — A voz sofrida não era disfarçada. Ao contrário, era um artifício que Ivana conhecia bem.

— Prometo que não demoro.

Preferindo não manter contato visual, Ivana se apressou ao cruzar o quintal de casa e ganhar uma das ruas de pedra que compunham quase todos os caminhos da província.

Tornou a olhar para o relógio, e seu caminhar virou uma leve corrida. A brisa que se chocava contra o corpo disfarçava o calor atípico daquele dia. Teria que colher as frutas com pressa chegando ao lago dos Mil Olhos e nem poderia dedicar alguns minutos a admirar a paisagem, ou mesmo dar um mergulho breve e refrescante. Afastou o pensamento e continuou pelas ruas e pelos becos de pedra, cercada de construções de igual aspecto.

Cruzou a praça principal, ignorando algumas pessoas que conversavam com alegria. Tentou evitar qualquer uma que pudesse bloquear seu caminho. Havia uma corrida tensa contra o tempo para executar a simples tarefa de colher as frutas. A sensação de urgência para algo tão banal causava em Ivana um terrível sentimento de estar presa que, apesar de constante em sua vida, nunca deixava de ser desconfortável.

Ela tomou uma das ruelas na direção oposta ao centro da província, afastando-se rumo ao lago. Não demorou muito para as pedras irregulares do chão se mesclarem com a terra, e depois com a grama rasteira, indicando o início da área que buscava.

Ivana tirou as sapatilhas a fim de sentir a textura do solo e deixar as pedrinhas rolarem por entre seus dedos, fazendo cócegas na sola dos pés. Mesmo o uso da segunda pele não a impedia de sentir as impressões externas, como se estivesse nua. Com os calçados nas mãos, adentrou a área do lago pisando devagar, sentindo a relva ganhar extensão e altura.

A menina atravessava um dos caminhos de terra que levavam ao silencioso e respeitoso lago. Quando árvores começavam a se emaranhar pelo trajeto, era sinal de que a margem estava próxima.

Esbaforida, outra vez olhou o relógio de pulso: quatro e meia da tarde. Havia batido seu recorde. Tinha vinte e nove minutos para colher as frutas e retornar para casa em segurança.

Ivana se assustou e, por reflexo, se escondeu atrás de uma das grandes árvores que cercavam a margem do lago. O espelho d'água estava como de costume: belo, majestoso e tranquilo — poderia com facilidade cegar algum desavisado, visto que o sol era refletido com agressividade em boa parte da superfície.

Em geral era preciso observar com grande atenção para encontrar uma única ondulação na água, mas, esgueirando a cabeça, Ivana notou um trio de jovens nadando e se afastando cada vez mais da margem. Figuras que ela conhecia e detestava, colegas de turma: Malina, Valentina e Alonso. Pessoas excelentes para se evitar.

Os três se moviam devagar, passando por trás de uma enorme cabeça de estátua inclinada que emergia da água, deixando uma parte do queixo e o pescoço submersos. De traço masculino, a escultura possuía cabelo encaracolado e um olho esculpido na testa, além dos olhos comuns da face.

Ivana notou à margem que as roupas de Malina, Valentina e Alonso estavam jogadas. Preferindo não ser vista, deu a volta pelo tronco grosso que a camuflava e adentrou com cautela os arbustos que frutificavam em alimentos silvestres. Ajoelhou e só quando puxou a primeira framboesa percebeu que havia deixado em casa sua bolsinha de pano, usada para guardar as frutas colhidas.

Usando a barra do próprio vestido floral, começou a pegar as frutas, fazendo da roupa uma cesta improvisada. Não precisaria de muitas. Além do mais, o tempo não permitiria angariar tantos frutos.

De olhos na pequena colheita e ouvidos nas braçadas dos três pelo lago, Ivana juntou o suficiente e ficou de pé. Com assombro, percebeu que havia deixado as sapatilhas ao pé da árvore que servira de esconderijo.

Voltou, pé ante pé, até recuperar os calçados. Tentando se equilibrar entre segurar as frutas escarlates com a barra do vestido e colocar as sapatilhas, percebeu que o trio havia desaparecido. Forçou a vista, mas não viu sinal de nenhum deles. Ivana sabia que Alonso tinha o hábito de nadar no lago e que, no geral, um ou outro morador fazia o mesmo, incluindo Malina e Valentina. Sabia também que era um hobby dos mais jovens nadar até os limites da província, no entanto, sem nunca os cruzar.

Não havia nada de errado em três jovens se divertirem no lago, mesmo que fossem três seres humanos desprezíveis. Mas Ivana não conseguiu negar a aflição de mirar a água lisa, sem qualquer sinal de movimento. Talvez estivessem explorando o fundo do lago, segurando a respiração por mais tempo. Ela própria fazia aquilo vez ou outra, embora mais perto da margem.

Repetiu para si mesma que eles estavam bem.

Mas não se convenceu. Gastou minutos preciosos observando a vasta paisagem. Andou de um lado a outro, esticando o pescoço, ficando na ponta dos pés, tentando alcançar novos horizontes, porém nada adiantou. Ivana nem percebeu que as frutas colhidas já haviam caído no solo, deixando só manchas no vestido. Quase gritou o nome deles, mas se conteve.

Ela tremeu ao considerar a possibilidade de chamá-los. Pensou em entrar no lago e procurar pelo grupo, mas fez um gesto negativo com a cabeça, supondo ser uma grande loucura. Não gostavam dela. Forçou a vista para enxergar a cabeça da estátua, porém nem assim os via.

Naquele momento, tinha esquecido por completo de seu cronômetro e de sua necessidade de voltar para casa. Só quando o próprio vestido se desprendeu do corpo e tocou o chão que Ivana se deu conta de que havia atingido o horário fatídico.

Cinco da tarde.

Seu corpo não era mais sólido.

Acabara de entrar em um processo de dissipação.

O pânico tomou conta da menina. Ainda que estivesse coberta pela segunda pele, e que o revestimento atípico deixasse seu tórax e quadris embaçados, era quase como se estivesse nua. Por perder a solidez, nada que era material se mantinha sustentado ao corpo. Logo, além do vestido, relógio e sapatilhas estavam no chão, enquanto Ivana era uma menina perdendo opacidade a cada minuto em um traje que imitava o tom de sua pele.

Por instinto, abaixou para pegar o vestido, as frutas, o relógio e as sapatilhas, mas suas mãos passavam pelos objetos como as de um fantasma.

— Droga... Droga! Preciso sair daqui. Minha mãe estava certa, não posso fazer isso, não posso. Por que eu não dei ouvidos, por quê?

Desorientada, ficou de pé, olhando para as mãos e os antebraços. Via através dos membros a paisagem ao redor. Tinha até às cinco e cinquenta e nove para estar em casa; às seis, teria sumido por completo. Deixaria de existir, como acontecia todos os dias naquele horário. Outro pensamento a encheu de pavor: teria que voltar para casa da forma mais discreta possível, para que ninguém na província notasse sua presença naquela *condição*.

Ouviu um barulho de água e temeu o pior: o trio estava de volta à superfície e nadava com grande empenho em direção à margem. Alonso estava bem mais afastado das meninas, mas levaria poucos minutos até os três atingirem o ponto em que Ivana estava.

Correndo, a menina *atravessou* uma das árvores e se agachou entre os arbustos. Deu passinhos curtos e só parou quando estava mais afastada do local. Pensou no vestido e em seus acessórios jogados pelo chão e ficou apreensiva com a possibilidade de o trio descobrir seus pertences.

Espiou por cima da mata e viu, minutos depois, os três de volta à margem, fazendo movimentos para retirar o excesso da água. Mãos pelo cabelo, para a frente e para trás, dispersando os respingos.

Ivana se acalmou ao perceber que nenhum dos três havia notado suas peças de vestuário não muito distantes deles. Agradeceu por estarem tão entretidos com algo que ela não sabia o que era, mas que causava euforia nas meninas. Apesar da curiosidade, se levantasse, havia uma grande possibilidade de ser vista, e ela *não poderia ser vista de forma alguma naquele estado*. Optou por continuar agachada e esperou por longos dez minutos.

O tempo estava correndo, e Ivana cada vez menos opaca. Nem mesmo seu relógio estava mais por perto para ajudá-la a calcular quanto tempo tinha para voltar sã e salva para casa. A imagem de Solene veio em sua mente, advertindo-a, o que apenas serviu para intensificar o nervosismo.

O céu ganhava o tom róseo-alaranjado característico dos fins de tarde: quanto mais a noite se aproximava, mais Ivana sumia. A menina levou as mãos ao rosto, mas não conseguiu tocá-lo. Naquele momento, ela era apenas uma versão fantasmagórica de si própria.

Espiou o trio outra vez e notou que os três não estavam mais lá. Vasculhou por segundos os arredores e os encontrou ao longe, seguindo em uma direção oposta à sua. Tomando fôlego, Ivana se levantou com um tranco. Faltavam poucos minutos para sua total dissipação, e apenas um milagre poderia ajudá-la a chegar em casa antes do sumiço completo. Virou-se para dar impulso e correr o mais rápido que podia.

Deu de cara com outro menino, metros à frente.

Ela sentiu o coração dar um salto de pavor, seus olhos se arregalaram. Ivana nunca o vira.

Um completo desconhecido.

Cobriu o busto e cruzou as pernas de forma desengonçada e constrangida, ainda que a segunda pele não deixasse qualquer parte íntima de seu corpo exposta. Mas percebeu que ele também estava desnudo. Olhando melhor, ele também usava uma segunda pele.

O menino a encarava com a mesma surpresa, era possível notar em seus olhos cor de anil. A pele negra e fosca exibia sardas no rosto, que brilhavam como estrelas em um céu limpo e salpicado. Ivana sentiu o coração amornar e depois, de imediato, acelerar.

O menino também era translúcido.

Estava bem mais opaco que ela — que já estava quase invisível —, mas ainda assim permitia-se ver a natureza através de seu corpo. Os lábios dela se moveram ao mesmo tempo que os dele. Queriam, *precisavam* dizer algo. No entanto, sem que Ivana soubesse, o ponteiro do relógio marcou seis horas.

Os olhos profundos daquele menino foram a imagem final que ela registrou.

Seu coração vibrou uma última vez, em uma batida forte, antes de seu corpo dissolver-se por completo no ar.

2

Província de Rosedário

Quando Ivana despertou, assustada, eram cinco da manhã em ponto. O sol ensaiava surgir no horizonte, convidando os habitantes para mais um dia na pacata região. O lago recebia uma camada alaranjada dos primeiros raios do dia, enquanto o corpo da menina ainda se apresentava quase invisível. Ivana sabia, no entanto, que em uma hora sua opacidade estaria de volta, restabelecida.

Normal.

Vestindo nada além da segunda pele, puxou o ar fresco e ainda frio típico do horário enquanto olhava ao redor. Não havia sinal do menino estranho. Suas companhias eram apenas os arbustos, a grama alta, algumas árvores não tão próximas e o lago dos Mil Olhos, com sua grande escultura de cabeça inclinada mirando o horizonte.

Ela deu passos lentos até a margem, surpreendendo-se ao ver o que estava próximo de uma das árvores: seu vestido floral dobrado com perfeição repousava ao lado das sapatilhas. Em cima do tecido, estavam o relógio de pulso azul-claro e uma trouxinha feita a partir de um lenço branco, com as pontas unidas. Em seu interior, um punhado de frutas silvestres.

Ivana sorriu. Sentiu o efeito do sorriso chegar ao peito, preenchendo-o. Sabia quem era o responsável. Olhou em volta, na tola esperança de vê-lo, como se o menino estivesse observando, receoso, o seu despertar. Imaginar a cena fez seu coração dar um salto, mas logo estagnar quando a menina lembrou que não havia ninguém no lago, exceto ela.

Sem poder se vestir, Ivana aguardou que o relógio marcasse seis da manhã. Quando seu corpo recuperou a solidez, ela pôs o acessório, segurou o embrulho de pano e colocou o vestido. Por último, encostada em uma árvore, calçou as sapatilhas. A imagem da mãe retumbou em sua mente, e com imediato desespero a menina começou a correr.

Ivana não se lembrava de já ter corrido tanto para chegar em casa. Aquela era a primeira vez que vivenciava na rua a dissipação de seu corpo. Desde pequena, sempre que o horário ameaçador das cinco horas se aproximava, a menina assumia a postura rotineira de estar dentro de casa, aguardando com fidelidade seu corpo tomar o rumo do invisível. Sempre respeitara a mãe, mas aquela havia sido uma desobediência como nenhuma outra. Não fazia ideia do que esperar de Solene quando chegasse em casa.

Ofegante, empurrou o portão de metal da entrada, cruzando o quintal até chegar à porta. Tremia um pouco. Fez um gesto de tocar a campainha, porém decidiu girar a maçaneta antes de apertar o botão. Para seu imenso alívio, estava destrancada e Ivana pôde abrir a porta devagar.

Deu alguns passos até a sala, pronta para atingir o corredor que levava ao quarto. Solene esperava por ela, sentada no sofá. Lia um exemplar do *Província em Fatos*, único jornal distribuído na região. A manchete exposta anunciava: PROVÍNCIA DE ROSEDÁRIO CONTINUA ÚNICA NA PRODUÇÃO DE CAULES ROSADOS.

Ao notar a filha chegar, o rosto de Solene tomou a pura expressão do desgosto.

— Mãe, eu...

— Eu avisei, Ivana. Eu *avisei, e você não me ouviu*.

— Estou bem, mãe, ninguém me viu.

— Estou profundamente desapontada. Faço tudo para cuidar de você, para não te expor, e é assim que retribui?

— Mãe, eu não imaginava que...

— Não há nada que eu queira ouvir.

Ivana mordeu os lábios.

— Se você sentisse apenas um terço da preocupação que eu sinto todas as vezes que você sai... Se tivesse experimentado o horror que eu senti ontem quando você não voltou... você entenderia e nunca faria isso comigo.

— Mãe, eu sinto muito. Não foi por querer.

— Eu não dormi, Ivana! Não preguei os olhos um minuto sequer enquanto você esteve fora. Tenho clientes que vão vir me visitar hoje para provar algumas peças, e eu não vou poder descansar porque o horário em que poderia ter feito isso passei de olhos abertos, pensando mil coisas que poderiam ter acontecido com você.

Ivana permaneceu quieta e baixou a cabeça em um suspiro derrotado.

— Vá para seu quarto e tome um banho. Você vai para a escola e, na volta, estará de castigo.

— Mas, mãe, eu queria tanto ver a Una e o Ivo depois das aulas! Preciso conversar com eles!

— Hoje você vai me ajudar com as tarefas de costura. Vou precisar de alguém para me dar suporte com as clientes, já que estou um caco por não ter dormido. Além disso, hoje é sexta. Você poderá encontrar seus amigos amanhã e depois... *se* eu achar que seu castigo de hoje é o bastante.

— Está bem...

Ivana deu um passo na direção do quarto, mas foi interrompida por Solene, que, levantando do sofá, foi ao encontro da filha com um abraço. Ivana encostou a cabeça entre o ombro e o pescoço da mãe. As duas suspiraram.

— Fiquei apavorada. Não faça mais isso comigo, minha filha.

Como resposta, Ivana fez apenas um gesto afirmativo com a cabeça.

— Eu dou muito duro desde que o seu pai se foi... — O velho tom arrastado de lamentação começava a surgir.

Ainda sem dizer nada, e com um terrível pesar, Ivana continuou o trajeto para o quarto.

Não levou muito tempo entre tomar um banho e colocar uma roupa mais folgada — por cima da segunda pele — para ir à escola. O dia prometia ser quente e pedia peças que fossem mais leves. Como uma das aulas da sexta-feira era de educação física, e a professora prometera uma atividade aquática, Ivana jogou na mochila um maiô discreto com estampa de constelações, torcendo para que houvesse um imprevisto e não precisasse usá-lo na frente dos outros. Colocou com cuidado em um compartimento interno o lenço com as frutas, questionando se havia sido mesmo o menino estranho que as tinha deixado lá.

Ivana preferiu não se sentar à mesa para o café da manhã, que não exibia os bolos, os pães e as guloseimas de costume. Havia apenas um bule fumegante, duas xícaras e alguns brioches em uma cestinha de palha. Solene estava sentada dispersando a fumaça do café com uma colher. A menina colocou um dos pães na boca e caminhou até a porta.

— Estou indo, mãe.

— Tome cuidado na rua, Ivana. Traga alguns biscoitos amanteigados para eu servir para as clientes mais tarde. Deixe para comprar quando sair da escola, vão estar mais frescos.

A menina assentiu, entristecida, e seguiu o trajeto pelo quintal. Deu uma olhada em Senhor Pipinho, confirmando que o passarinho estava bem. Abriu um sorriso manso, soprou um beijo para o animal e foi embora.

As ruas de Província de Rosedário eram feitas de pedras de diversos formatos, algumas mais regulares e outras por inteiro disformes. Em geral, eram caminhos que não permitiam um grande fluxo de veículos, sendo poucos os casos de vias com mão dupla.

Foi por meio de um trajeto revestido de paralelepípedos que Ivana seguiu até chegar à Praça do Poço, lugar conhecido como o centro da província. Costumava esperar seus amigos ao lado do monumento que nomeava o local: um grande poço de pedra bastante envelhecido, do qual brotavam flores vibrantes e um emaranhado de folhas vívidas.

Ao longo da borda, o poço era adornado por hastes foscas de metal eretas na base, que se curvavam para dentro apenas na ponta, convergindo no alto em uma rosa do mesmo material, que arrematava o conjunto. Vinhas e flores menores escalavam os metais, dando vida aos tons de cinza.

Quando Ivana chegou, os amigos já esperavam por ela. Uma jovem baixa e corpulenta se apressou em falar:

— Que cara é essa, Ivana? — disparou Una, dando um empurrãozinho na armação dos óculos com estampa felina.

— Se eu contar, vocês não acreditam.

— Desembucha, garota. A-go-ra — cobrou Ivo, um menino magricela, lançando trejeitos no ar.

— Resumindo, estou de castigo depois da aula. Tenho que voltar para casa e ajudar minha mãe no atendimento das clientes.

— Ai, que saco — falou o amigo.

— Deixa eu ver se entendi: *você*, a menina mais doce do universo, está de castigo? *De castigo?* — perguntou Una.

Ivana assentiu com um bico de frustração.

— Vou adivinhar... Falou um palavrão?

— Não, Ivo. Quem dera tivesse sido isso.

— Ah, mas então eu quero saber a gravidade do que você fez, *agora*! — ordenou Una.

— Eu... — Ivana parou um instante, observando ao redor. Não queria que ninguém na praça ouvisse. — Melhor contar amanhã.

— Está louca? — Ivo irrompeu tão alto que fez as pessoas em volta olharem com reprovação. Envergonhado, conteve-se.

— Você não começou a contar a história para nos deixar sem o restante. Pode ir falando, Ivana — insistiu Una.

— Melhor amanhã. Vamos logo para a escola, ou vamos nos atrasar.

— E se... — começou a amiga, escancarando um sorriso no rosto e erguendo as sobrancelhas, um gesto que Ivana sempre temia, e que Ivo adorava — ... a gente matasse aula?

— O quê? Ficou doida? Não, não, de jeito nenhum! — Ivana rebateu de imediato, temendo que Ivo entrasse na conversa.

Como se lendo seus pensamentos, o garoto tratou de falar:

— É, por que não? Já estamos em dezembro, praticamente passamos em todas as matérias, e ninguém vai dar falta da gente.

— Esta província é minúscula! Qualquer um daria falta da gente. Vocês podem ir, mas não contem comigo.

— Ah, Ivana, para com isso! Vai ser só um dia, uma folga daquela gente chata. Vai me dizer que você quer fazer educação física? — Una sabia como contornar a situação, para o desespero de Ivana, que ficou em silêncio por alguns instantes, em um gesto de negação.

— Vamos, Ivana! Eu também tenho novidades! — reforçou Ivo, com a euforia escancarada.

— Vocês não entendem... Já estou encrencada demais. E, além disso, eu nunca matei aula.

— Sempre tem uma primeira vez. Você vai estar com seus melhores amigos, garanto que vai ser divertido! — ela pontuou.

— Estou mortinha de calor, por que não vamos ao lago? — Ivo se abanava com os dedos.

— Vai dar muito na cara, Ivete — respondeu Una.

— É nossa melhor opção no momento — ele salientou.

— Droga, a bicha tem razão.

Ivana não conteve uma risadinha, mesmo estando nervosa, afinal seus amigos transformavam tudo em piada. As melhores e mais engraçadas envolviam o sarcasmo ácido que trocavam entre si. Mas ainda assim a descontração dos dois não fora o bastante para a menina deixar de sentir o estômago revirar de tensão. Não bastasse estar na mira da mãe, matar aula só faria sua consciência afundar. Ela visualizava com clareza o rosto decepcionado de Solene dizendo o quanto ela trabalhava duro para cuidar de ambas, e o quanto era difícil mantê-la longe dos olhos curiosos, escondendo dia após dia sua condição corpórea.

Não era a melhor das sensações.

Quando Ivana acordou daqueles pensamentos, Una e Ivo estavam alguns metros à frente, sinalizando para que ela os seguisse. Contrariada e desejando com todas as forças que eles desistissem, foi atrás a passos lentos, até que Una se aproximou, enganchando seu braço no dela e a apressando.

— Quanto mais a gente demorar, mais este lugar vai encher, e as pessoas vão ver a gente tomando outro caminho. Vamos aproveitar que ainda é cedo e as lojas não abriram.

— Se eu me der mal, vocês vão vir comigo.

— E alguma vez a gente colocou você em furada? — perguntou Ivo.

Ivana preferiu não responder, negando com a cabeça e bufando, enquanto apertava o passo com Una. Ao alcançarem Ivo, os três seguiram juntos, rindo das histórias mais descabidas que apenas os três jovens amigos entenderiam.

A paisagem de Província de Rosedário era rica, multicolorida e com uma respeitável e intimista arquitetura. Acima de tudo, mais do que abundante em flores e vegetação, era conhecida por ser o único lugar do mundo onde as roseiras possuíam o caule rosado. Lá também existiam as de caule verde, mas nem se comparavam em quantidade.

As rosas de caule rosado povoavam a região tanto quanto os moradores. Exuberantes, podiam ser róseas, brancas ou até mesmo lilases. Eram as responsáveis pelo perfume adocicado, levado e trazido pelo vento por toda a província.

O trio passou por construções feitas de pedra — em sua maioria — e algumas poucas de alvenaria, mas quase todas idênticas entre si. Das fendas rochosas, brotavam flores coloridas e outras plantas abusadas que, em algumas casas e estabelecimentos, sufocavam a fachada.

A atmosfera campestre de Província de Rosedário era reforçada por cada fonte, cada chafariz; por cada poste esculpido em detalhes, cada vaso de barro ou caixote de madeira jogado em um canto da rua ou servindo de decoração. Quase todos os habitantes se conheciam — mesmo que fosse apenas de vista. Todos eram nascidos e criados naqueles arredores, envelhecendo e morrendo sem sequer desbravarem o mundo além das fronteiras da discreta região.

Distraída, Ivana parou em uma padaria, um dos poucos estabelecimentos que já estava aberto, admirando as cestas repletas de flores que ficavam no chão da entrada. Rosas muito vívidas postas aos montes exibiam seu caule atípico. Percebendo a demora da amiga, Una se apressou em puxá-la.

— Vai ficar aí admirando flor, Ivana? Quer que nos vejam circulando? Quanto antes a gente chegar no lago, melhor.

— Certo, certo.

O trio continuou a caminhada, que não era longa. Passaram por ruas ainda mais estreitas, ladeiras pouco íngremes e becos que à noite se tornavam assustadores. Quando as pedras do chão foram substituídas por terra batida, o lago dos Mil Olhos já estava à vista, brilhando com a incidência da luz solar. Os três ficaram felizes ao notar que não havia mais ninguém no lugar.

— Já estamos sozinhos, pode ir falando! — pediu Ivo, tirando a mochila das costas e avaliando o local para ver onde esconderiam os pertences. Una indicou uma pedra de tamanho médio, próxima de um arbusto, na qual poderiam colocar as duas mochilas e a bolsa.

Ivana mirou o lugar onde havia despertado horas antes. O mesmo onde encontrara sua roupa dobrada e seus itens organizados. Foi invadida por um sentimento repentino que não soube identificar, um misto de euforia e ânimo inabalável. Durou um segundo. Talvez uma fração de segundo. Ela corou e riu de si mesma quando palavras passearam em sua mente: *ser notada*.

— Ei, acorda! — Os dedos rechonchudos de Una estalaram quase colados ao nariz de Ivana, que tremeu em um sustinho. — Pode contar, já nos enrolou bastante.

— É, ou eu vou contar a minha novidade primeiro — disse Ivo.

— Suas novidades sempre têm a ver com garotos héteros que você não pode ter — disparou Una.

— Quando você se apaixonar por alguém, venha conversar comigo, tampinha.

— Garanto que vou me apaixonar por *um* menino, e não por todos.

— Ei, vocês dois, vou contar, então. Se é para ficarem quietos, eu falo.

A menina respirou fundo, os olhos dos amigos vidrados nela, em busca da novidade. Ivana hesitou, encarou o lago e virou-se outra vez para Una e Ivo.

— Fiquei de castigo porque não voltei a tempo para casa. Acabei perdendo a hora ao vir aqui.

— O quê? — Ivo e Una quase perguntaram ao mesmo tempo.

— Não foi por querer, mas acabei ficando por estes lados. Meu corpo desapareceu, e só hoje cedo ressurgi aqui, no lago.

— Mas isso nunca aconteceu, Ivana! Desde que a gente se conhece, você e a tia Solene sempre tomaram cuidado — Ivo falou, perplexo.

— Alguém descobriu?

— Não, Una, não! Nem repita isso. Malina, Valentina e Alonso estavam nadando, mas não me viram. Mas foi por causa deles que eu demorei a voltar. Eles sumiram no lago... e custaram a subir.

Una prendia o cabelo curto e liso no alto da cabeça. O tom azul-turquesa se misturava às pontas verde-água. Ela bufou com impaciência:

— Ivana, você já não sabia que aquele ogro do Alonso adora nadar e que consegue prender a respiração por mais tempo? Quantas aulas de educação física você ainda precisa ter?

— Eu sei, eu sei. É que... fiquei preocupada. Só isso. Mas e as meninas? Andaram fazendo natação também?

— Quem liga para aquelas barangas?

— Para as barangas, ninguém, mas eu me jogaria no lago para salvar aquele maravilhoso. — Ivo tentou, sem sucesso, quebrar a irritação de Una.

— O Alonso é feio, Ivo. Que gosto horrível! Além disso, é preconceituoso e superficial.

— Foca na Ivana, Una.

— Eles poderiam ter descoberto seu segredo... — disse a menina, voltando-se para Ivana e retomando o assunto principal.

— Eu sei... — ela suspirou.

— Mas não descobriram, então para de ser agourenta, ô, achatada — declarou Ivo.

— Eu só estou preocupada, Ivo!

— Conheci um menino. — A voz de Ivana, quase inaudível, silenciou o debate com uma força incrível.

Seus dois amigos congelaram. A frase fora bastante inesperada. Ivana corou. Só de recordar o que acontecera, seu coração deu pulos.

— Não sei quem ele é. Meu corpo estava quase invisível, e, quando o vi, ele estava lá parado, perto de mim.

Una e Ivo permaneceram hipnotizados.

— Era... estranho. As sardas dele brilhavam. Os olhos eram azuis, mas não como a gente costuma ver. Eram escuros, como a noite. Pelo menos como as imagens da noite, já que eu nunca a vi de verdade. E o mais esquisito foi que... — Ela parou, buscando na memória os traços daquele menino. O corpo magro, mas com os músculos definidos, o cabelo curto e escuro, o olhar doce.

— Termina de contar!

— Ele não se assustou por me ver desaparecendo. Na verdade, ele... ele era como eu. O corpo sofria do mesmo efeito, mas ele estava quase opaco, enquanto eu estava quase invisível.

Una e Ivo se entreolharam com os cenhos franzidos.

— Tem certeza, Ivana?

— Absoluta, Una.

— Como você sabe? — perguntou Ivo, ao que a menina pegou uma de suas mãos e levou ao peito.

— Está batendo diferente desde que o vi ontem. Me sinto... preenchida... Não sei, faz algum sentido?

Ivo sorriu e recolheu a mão.

— Acho que alguém está apaixonadinha.

— O quê? Claro que não! Eu só... achei interessante descobrir uma pessoa com a mesma condição que a minha.

— Isso é curioso mesmo — concordou Una. — A gente se conhece desde a infância, e nunca vi nada parecido. Em nenhum lugar do mundo.

— Eu quero conhecer ele! Qual é o nome dele? Onde mora? — Ivo inundou Ivana com as perguntas.

— Eu estou dizendo que encontrei alguém que sofre das mesmas reações que eu, e você só pensa em flerte?

— Vai me dizer que você não gostou de ter encontrado ele...?

— S-sim, mas... Não por esse motivo. Estou curiosa para saber por que isso acontece com ele também.

— *Aham...*

— A questão é que adormeci aqui, despertei aqui, e, quando cheguei, minha mãe estava uma fera. Estou de castigo, e se ela descobrir que matei aula, acho que nunca mais saio de casa.

— Ai, quanto drama. A tia Solene não é má, só cuida de você — Ivo disse, alisando seu cabelo ensebado e inclinando-se para encarar o próprio rosto magro e o nariz fino no reflexo do lago.

— Cuida *demais* — reforçou Una.

Ivana repassou as descrições do misterioso menino na tentativa de que seus amigos o reconhecessem, já que ela não existia no turno da noite e, durante o dia, jamais o vira. Embora muito empolgados com a novidade, ambos negaram conhecer qualquer pessoa em Província de Rosedário com tais características.

— Será que ele não é daqui? — perguntou Una.

— Quem sabe... Espera aí, acho que tenho uma pista! — exclamou Ivana, em um rompante.

Os amigos viram a menina correr até a mochila e revirar com urgência o material escolar e as peças de roupa que usaria na aula de educação física. Ivana tirou a pequena trouxa feita com o lenço. Dentro, as frutas silvestres permaneciam juntas.

— Quando acordei, meu vestido estava dobrado e minhas coisas organizadas. Também tinha esse lenço com as frutas que eu colhi para tingir o cabelo.

Ivana, Una e Ivo juntaram-se em torno do objeto, analisando-o de forma minuciosa. Frustraram-se por não encontrar qualquer detalhe que os ajudasse.

— Desamarra logo isso! — Ivo gritou, aflito.

Ivana começou a desfazer o nó das quatro pontas que formavam a alça improvisada, mas o nervosismo fez com que o tecido se desenrolasse mais devagar que o normal. Por fim, quando as frutas silvestres caíram no chão, o lenço quadrado estava um pouco amassado, mas inteiro outra vez. Branco e feito de linho, tinha posicionado no centro um bordado, que arrancou dos três amigos a mais pura expressão de espanto.

Um brasão azul-escuro simples em formato losangular tinha duas letras *C* espelhadas, separadas por um retângulo fino.

— Me diz que é brincadeira — Ivana pediu sem se dar conta.

— Uma brincadeira muito sem graça — completou Una.

— É o brasão dos Casanova — constatou Ivo, perplexo.

De imediato, Solene veio à mente de Ivana, o que fez o estômago da menina revirar. Não se aproximar da mansão dos Casanova era uma das três recomendações aprendidas desde muito cedo e decoradas em suas mínimas palavras. Tantas famílias em Província de Rosedário, e o menino tinha que ser logo daquela mais falada e evitada pelos habitantes?

— Minha mãe me proibiu de chegar perto daquele lugar.

— Você não precisa ir até lá, Ivana — disse Ivo.

— Ivete está certa, você pode ir até os campos de cultivo das rosas, onde fica a *Orvalha*. Os Casanova são os donos e com certeza trabalham lá. É só chegar e perguntar para eles.

Ivana arregalou os olhos apenas por imaginar a cena.

— Claro, Una — ironizou Ivo. — Ela vai chegar lá e dizer: "Oi, Luan e Serena, desculpe invadir a empresa de vocês, mas gostaria de saber como este lenço com o brasão da sua família veio parar na minha mochila. Acho que tem relação com um menino de corpo translúcido. Ops, perdão por pisar nas suas lindas rosas". Acorda! Ir à mansão ou fazer isso dá no mesmo! Todo mundo aqui em Província de Rosedário tem o pé atrás com eles. Gente cheia dos mistérios, mal aparecem na vizinhança. Não fazem questão nenhuma de serem simpáticos. Acha que vão tratar nossa loirinha dos olhos cor de mel com doçura?

Ivana estava tensa. Ouvir, mesmo que em suposições, as ideias de Una e Ivo para buscar informações sobre o lenço causava nela um pavor sutil, o que era incômodo de uma forma terrível.

— Eu não vou a lugar nenhum. Nem na empresa, nem na mansão. Esta conversa está me deixando nervosa, preciso ir para casa.

— Não esqueça que estamos matando aula. Se eu fosse você, relaxava e dava um mergulho. Ainda temos um bom punhado de horas até dar o horário para voltar — lembrou Ivo.

Ivana suspirou, sentando-se na base de uma das árvores. Enrolava as pontas do cabelo sem perceber. A imagem do menino estranho surgiu em sua mente, e seu coração deu outra sacudida. Confusa, não queria pensar nos Casanova, porque significaria se lembrar das advertências da mãe. Naquele momento, só tinha o desejo de mergulhar na lembrança da noite anterior, de trazer à tona o cheiro, a silhueta magra e definida do garoto. Os olhos azuis-escuros eram como a noite que nunca vira — misteriosos como tudo que vinha dele. O menino ganhara espaço em seus pensamentos bem mais do que ela poderia imaginar. E o fato de tudo ter se passado havia menos de vinte e quatro horas era um motivo forte o bastante para fazer Ivana tremer.

— Não sei o que faço.

— A gente vai te ajudar. Somos as melhores amizades desta província — disse Una com um sorriso que comprimiu ainda mais seus olhos castanhos estreitos. — Por enquanto, vamos apenas aproveitar a água fresca.

— Ivo, qual é a sua novidade? — perguntou Ivana.

— Deixa pra lá. Una está certa, é só mais um garoto. Vamos pensar em você agora — ele declarou, recebendo um olhar de espanto das duas.

Olhando a imensidão das águas tranquilas, Ivana perguntou a si mesma onde estaria o menino misterioso naquele exato momento. Queria descobrir o nome dele. Ver outra vez aquele olhar doce. Passou os dedos pelo relevo do bordado, e o simples toque do linho na pele revirou suas entranhas.

Lá estava ela, sorrindo para um pedaço de tecido.

3
Conta-se nos dedos

O dia anterior se desenrolara como um festival de deslizes para Ivana. Enquanto ajudava a mãe no ateliê, começara derrubando no chão a bandeja com todas as xícaras de chá fumegante. Algumas gotas chegaram a atingir a perna de uma das mulheres que conversava com Solene. Depois de distribuir expressões de tédio, dera conta, ainda, que tinha se esquecido de comprar os biscoitos que a mãe havia pedido. Passou o restante do expediente recebendo olhares de reprovação daquelas que se achavam a nata de Província de Rosedário.

O sentimento de medo cercava Ivana. Mesmo com Solene não tendo demonstrado nada acerca da aula cabulada, ela temia ser descoberta pela mãe. O castigo acabara — depois de um sermão de quase uma hora sobre o que tinha acontecido, além da repetição das três recomendações.

O sábado amanhecera nublado, com um véu cinza-claro envolvendo Província de Rosedário, muito diferente do clima do dia anterior. Depois dos insistentes avisos de Solene para que Ivana levasse um guarda-chuva, a menina separou um azul-escuro com estampa de gotas brancas e o colocou na bolsa. Tinha marcado um encontro com Una e Ivo na Mascava, confeitaria onde o amigo trabalhava. Era dia de folga do garoto, e os três decidiram que seria ótimo conversar sobre os últimos acontecimentos.

Antes de sair, Ivana tirou a gaiola de Senhor Pipinho do quintal, pendurando-a em uma área coberta que ficava no pé da escada do ateliê. O pequeno animal piava com alegria e batia o bico na grade, pedindo para sair.

— Não posso brincar agora, mas prometo que na volta tiro você daí. Cuidado com os gatos. Se algum deles aparecer, use sua bravura.

Sem entender, a ave continuou a piar.

Dando as costas ao pequeno companheiro, Ivana cruzou o quintal, logo atingindo a rua de pedra. Caminhava devagar, tentando puxar do bolso da calça jeans o lenço do menino das sardas brilhantes.

O menino das sardas brilhantes. Sem querer, havia arrumado um apelido para ele. Achou bem melhor que *o menino estranho* ou *o menino misterioso*, ou ainda *o garoto do lenço*. Só de pensar naquele apelido seus nervos estremeceram. O que era aquela sensação tão nova que não a deixava em paz? Havia se passado apenas dois dias e Ivana estava começando a perder o foco em todas as suas atividades.

Ao conseguir retirar o lenço do bolso apertado, com discrição levou-o ao encontro do nariz. O tecido não tinha outro cheiro senão o de frutas silvestres. Se havia algum aroma anterior, ela não sabia. Ivana não conseguia distinguir nada além do cheiro forte de morango, amora e cereja — o que fez com que sua memória afetiva decretasse que seriam aquelas as três frutas oficiais do menino das sardas brilhantes.

Mantinha os olhos fechados enquanto assimilava o cheiro suave da superfície do tecido, quando parou de súbito, percebendo uma mulher que a olhava intrigada, segurando um risinho de deboche. De imediato Ivana recuperou a postura, enfiando o lenço de qualquer jeito no bolso. Apertou o passo, mirando a confeitaria, que já aparecia em seu campo de visão.

Una e Ivo haviam chegado. Era fácil notá-los graças à cor de cabelo nada discreta da menina, somado ao fato de ambos estarem sentados em uma mesinha na área externa. Ainda que fosse cedo, a confeitaria Mascava estava bem movimentada. Aos sábados, era típico ouvir burburinhos e ver o trânsito de pessoas logo que o estabelecimento abria. Por ser dezembro, as encomendas de Natal começavam também a pipocar, o que aumentava de forma considerável o fluxo de interessados em tortas e doces variados.

— Já pedi sua rosquinha açucarada e um suco de framboesa bem gelado. — Una se adiantou assim que Ivana entrou. — Pedi ao garçom para trazer tudo junto assim que você chegasse.

— E, claro, pedi uma dose extra de recheio de creme — completou Ivo.

Ivana sorriu. Confeitarias eram seus lugares preferidos, tanto quanto o lago dos Mil Olhos. Ao ver a atitude dos amigos, pensou que não necessitava de mais amizades. Duas pessoas poderiam parecer pouco, mas eram o bastante. Dois grandes tesouros que valiam por muita gente.

— Bom dia, Ivana! — cumprimentou seu César, detrás do balcão, acenando com um sorriso, que a menina retribuiu. Outras duas pessoas que estavam próximas, e que também a conheciam, repetiram o cumprimento, e de novo Ivana colocou sua gentileza em ação.

A confeitaria Mascava ficava no entorno da Praça do Poço. Era o maior e mais tradicional estabelecimento no ramo dos doces em Província de Rosedário. Passado de pai para filho havia três gerações, o lugar ganhou vida graças ao esforço da primeira dona, uma mulher chamada Gertrudes, que começou vendendo guloseimas de porta em porta quando já tinha idade avançada. Contrariando o que todos achavam, com agilidade a idosa alcançou um posto financeiro volumoso, e pouco tempo depois fundou a Mascava, que continuava famosa na província por seus produtos de sabor impecável, além do rígido controle de qualidade dos ingredientes. A tudo isso, somava-se um boato de que dona Gertrudes havia feito algum tipo de magia oculta para se tornar bem-sucedida em idade tão inesperada, o que a maioria das pessoas encarava como uma estúpida crendice.

— O que vocês pediram?
— Uma fatia de torta de limão e um cafezinho — respondeu Una.
— Nada, não estou com fome — disse Ivo.

— Você nunca está com fome, Ivete, por isso está tão seca — debochou Una.

— Fica quieta.

— O cheiro daqui está ótimo hoje — declarou Ivana.

— Está *sempre* ótimo. — Os olhos do menino brilhavam tanto quanto seu semblante.

Ivo amava trabalhar na confeitaria, ainda que o expediente tomasse toda a tarde depois da escola. Ele adorava o cheiro dos doces, a forma como eram feitos. A própria decoração da Mascava era encantadora, com o assoalho de madeira corrida e muito clara, os móveis rústicos pintados de branco e o espetáculo de cores que enfeitavam as vitrines: bolos, tortas e biscoitos fresquinhos, produzidos com o amor e a supervisão de seu César, herdeiro do estabelecimento e neto de dona Gertrudes. Um dos detalhes que Ivo mais gostava era a mescla de assentos: os clientes poderiam escolher entre cadeiras, bancos longos ou poltronas, tudo em perfeita harmonia com as mesas, também alvas, que combinavam com o papel de parede rosado e os lustres de cristal espalhados pelo teto alto.

Não demorou muito para que os pedidos chegassem à mesa. Depois de uma garfada da torta, Una desatou a falar:

— Novidades sobre o lenço?

— Não, tive que ajudar minha mãe quando cheguei, esqueceu? E depois que as clientes foram embora, não me restou muito tempo. Eram quase cinco quando saíram, e aí vocês já sabem...

Una fez uma careta, seguida por Ivo.

— Fiquei pensando sobre isso. Você precisa descobrir quem é esse menino. Não está curiosa? — perguntou o amigo, contendo os trejeitos ao perceber as pessoas em volta.

— Claro que estou, não penso em outra coisa.

— Eu disse que ela estava apaixonadinha.

— Nossa, acertou a loteria, bicha. Você é um gênio — ironizou Una.

Rindo, Ivana quase cuspiu o suco que tinha acabado de bebericar. Ivo a encarou, franzindo a testa.

— Ivana, você tem *certeza* de que o menino também estava translúcido? — ele questionou aos sussurros.

— Tenho, já disse. Estava mais para opaco do que para transparente, bem oposto de mim, mas eu podia ver através dele.

— Então... ele é tipo o seu oposto? — indagou Una.

— Como assim?

— Parece que algo semelhante acontece com ele, não? Quero dizer, entre às cinco e seis da tarde você se dissipa aos poucos, enquanto o corpo dele retoma a forma sólida.

Nervosa, Ivana deu outro gole no suco e encarou Ivo, mas o amigo não devolveu o olhar — contemplava a mesa, disperso.

— Que sentido isso faz? Em que isso me ajuda?

— Como assim *em quê*? — rebateu Una. — Só o fato de ele viver a mesma condição que a sua já é razão para você ir atrás do menino. Deixa esse receio de lado e busque respostas. Na mansão, no campo de cultivo das rosas, não interessa. Ou vai seguir sua vida ignorando o que aconteceu?

Ivana não faria pouco caso do que acontecera. A curiosidade a consumia, tanto quanto a inquietação de pensar no menino das sardas brilhantes.

— Não vai dizer nada, Ivete? — cutucou Una.

— Antes de tudo, temos que descobrir quem ele é. Se o menino tem ligação com os Casanova, precisamos ir até lá. Vamos votar.

Ivana negou de imediato, aflita.

— As votações de vocês são combinadas, e eu sempre me dou mal.

— Somos seus amigos, a gente nunca te ferra. Vamos votar e pronto.

Relutar seria desperdício de energia. Ivana mordeu a rosquinha com mais força do que esperava, sujando o canto da boca de creme.

— Eu acho que você deve ir até a mansão — sugeriu Una.

— Eu não vou até lá!

— Ah, você vai. Nem que eu tenha que colocar uma peruca loira, tocar aquela campainha e dizer que sou Ivana Montebelo — ameaçou Una.

— Você ficaria horrorosa — Ivo rebateu.
— Ah, é verdade, ficaria melhor em você.
— Pode apostar, mocreia. — Ele estalou um beijo no ar.

Os amigos discutiram possibilidades sobre como se aproximar da mansão e o que deveria ser dito quando chegasse o momento. Ivana sentia o corpo murchar de apreensão a cada nova ideia maluca proposta pelos dois.

— Uma das funcionárias dos Casanova, a Bernarda, vem aqui toda manhã comprar algumas coisas para o café. Sou eu quem a atendo na maioria dos sábados. Ela é bastante gentil, me trata muito bem, mas fala pouco. Deve ter ordens de não dar assunto para as pessoas *de fora* — disse Ivo.

— E daí? Vai botar uma fantasia e se passar por ela? — perguntou Una.

— Como você é limitada. Prestem atenção, vocês duas! Bernarda costuma vir todos os dias, bem cedo. Amanhã, quando ela aparecer, Ivana pode estar aqui e puxar assunto. Quem sabe a gente descobre alguma coisa.

— Enlouqueceu? Nunca que eu vou puxar assunto sem mais nem menos para falar de um lenço.

— Fica difícil te ajudar assim — lamentou Una. — Acho uma ideia meio estúpida, com grandes chances de falhar, mas também é a opção menos forçada que temos.

— Eu não estou ouvindo isso... — Ivana sentia o coração se agitar dentro do peito. Sofrer por antecipação era fácil para ela.

Una deixou de lado a torta de limão e levou uma de suas mãos até a de Ivana, suspirando e encarando a amiga com seriedade.

— Você entende que é uma oportunidade rara o que te aconteceu, não entende?

Ivana assentiu, deixando os ombros caírem em gesto de desistência.

— Pode ser a chance de descobrir a respeito da sua condição. Se existe alguém na mesma situação, não temos que ir atrás e fuçar essa história?

— Você está certa, Una. Só não sei como vou criar essa coragem, não sou como vocês.

— Por isso somos seus amigos. A gente se complementa — concluiu Ivo.

— Minha mãe não pode *nem imaginar* que eu vou abordar uma funcionária da mansão.

— Tia Solene não vai saber de nada. Mas claro que você terá que tomar cuidado, porque nesta província todos se conhecem. As paredes têm olhos e ouvidos — lembrou a amiga.

Una era dedicada a Ivana tanto quanto a Ivo, apesar de os dois viverem trocando ironias e deboches. Desde que Ivana relatara o aparecimento do menino no lago, Una não tinha parado de pensar em uma forma de ajudá-la. Vivia de perto o drama de Ivana desde que eram crianças e sabia todo o sofrimento que permeava a vida da amiga. Por ser uma das poucas a saber o segredo, se sentia na obrigação de tornar os dias da menina mais felizes.

Ivana teve um lampejo e, buscando deixar o clima mais leve, falou para Ivo:

— Ficamos a manhã toda de ontem naquele lago e você não disse a novidade que tinha para nos contar. Foi impressão minha ou você desconversou de propósito?

Ivo franziu o cenho, absorto.

— Por que eu desconversaria algo com vocês, minhas melhores amigas?

— Únicas amigas, Ivo — debochou Una.

— Desagradável — ele rebateu. Ivana abafou uma risadinha. — Não desconversei nada, só achei que a história da Ivana renderia muito mais.

E rendera, quase todo o tempo em que estiveram no lago.

— Então conta — Ivana insistiu, recebendo dele um olhar desconfortável.

— Não é nada, sério. É só aquele menino que vi uns anos atrás, lembram? — Elas mantiveram uma expressão de interrogação. — Então, acabei revendo.

Acendendo as feições, Ivana e Una lembraram que Ivo também tinha seu próprio menino misterioso. Quando tinha doze anos, ao voltar para casa em um anoitecer nublado que não permitia a ninguém ver as estrelas ou a lua cheia que fulgurava no alto, Ivo apertou o passo pelas ruas, que sempre ficavam desertas enquanto o céu se carregava de nuvens escuras e atípicas.

Estava triste, segurava o choro. Tinha sido cercado por um grupo de meninos da escola que o insultara, empurrando-o de um lado para outro e derrubando seu material pelo chão. Depois que os garotos se cansaram, e ele conseguiu apanhar seus pertences, parou próximo a um beco, tentando com excepcional esforço acalmar a respiração antes de voltar para casa. Encarou o céu chumbado e teve medo de que a chuva sombria caísse. Respirou fundo outra vez.

— Você está bem? — perguntou uma voz nas sombras, o que fez Ivo se virar, apavorado.

— Quem está aí?

— Tome cuidado, parece que a chuva sombria vai cair — respondeu a voz.

— Eu estou ciente, pode deixar — respondeu Ivo com rispidez.

— Só quis ajudar.

Ivo deu um passo para trás.

— Por que está na rua se a chuva vai cair?

— Às vezes ando por aí, mas também estou indo para casa.

— Onde é sua casa?

A sombra ficou em silêncio. Ivo conseguiu ver de relance alguém usando uma capa longa e grossa, com um capuz do mesmo material. Assustado com a situação estranha e medonha, mas um tanto balançado, o menino empenhou todas as forças em correr. Quando chegou em casa, puxava o ar com desespero para dentro dos pulmões e tinha certeza de que não dormiria naquela noite.

Pouco depois, a chuva sombria desabara sobre Província de Rosedário.

— É a sua cara se apaixonar por gente esquisita — Una comentou. Sua voz saíra mais alta do que esperava, e algumas pessoas em volta olharam, deixando Ivana e Ivo envergonhados.

— Me julguem, bando de chatas. Mas aquele garoto mexeu comigo e foi minha primeira paixãozinha. Tanto que não consegui esquecer aquele momento.

— Você é doido — disse Ivana.

— Pelo menos ele foi fofo em te avisar da chuva sombria — declarou Una.

— Eu o vi há dois dias, depois de tantos anos. Sei que era ele. Ele é alto... Já era naquela época. Mas dessa vez ele não me viu. Eu acho, né? Não deu para ver o rosto dele, a cabeça não estava virada na minha direção.

— Onde ele estava? — perguntou Ivana.

— Em um desses becos estreitos. Vi quando voltava para casa depois que saí daqui.

— Que estranho. Será que é um criminoso?

— Não sei, mas acho que não. Crime grave aqui é roubar galinha. Certeza mesmo, eu só tenho a de que *preciso* saber quem ele é.

— Vocês dois vão me deixar maluca — disse Una. — Um quer saber de *qualquer jeito* quem é o paquerinha, e a outra quer fugir de *qualquer jeito* do dela. Ainda bem que vocês são amigos, porque se fossem um casal, nunca daria certo!

Ivana e Ivo riram, e o trio confabulou sobre os dois meninos misteriosos. Apesar do esforço em prestar atenção nas paixões platônicas de Ivo durante a conversa, a cena do lago não saía da cabeça de Ivana.

— Já sei! Eu serei oficialmente o cupido de vocês dois! Vou ajudar Ivana com o menino dela e você, Ivo, com o seu.

— Una, eu não *tenho* um menino. Ele não é um brinco ou um anel que a gente pode possuir — disse Ivana.

— Pelo menos uma vez na vida não banque a certinha, Ivana.

— Já fiz isso ontem, matando aula.

— Então faça mais um pouco, a gente tem só dezesseis anos! Aproveite mais a vida! Já decretei que ele é seu, e o esquisitão da capa é do Ivo.

— E você é a solteirona do grupo — declarou o amigo.

— Não há nada de errado em estar solteira, magrela afetada.

— Blá-blá-blá.

Uma gota fina caiu do céu e se desfez em cima da louça suja na qual a rosquinha de Ivana tinha sido servida. Os três olharam para o alto, temerosos com a chuva que começaria a cair. Olharam o pingo desfeito em gotículas e ficaram aliviados ao verem que a água não era escura.

— Achei que fosse a chuva sombria — falou Ivana.

— Faz um bom tempo que ela não cai. Que bom que a de agora também não é — constatou Una.

— Lembram-se do que ainda falam sobre a última vez que ela caiu? — perguntou Ivana. — Algumas pessoas não conseguiram tirar as manchas escuras que ficaram nas fachadas.

— Mas água e sabão resolvem. O povo também aumenta demais as coisas — rebateu Una.

— É, mas limpar fachadas, quintais e telhados não é o mesmo que faxinar um cômodo. Todo mundo ficou frustrado, a província ficou imunda.

— É hora de falar com seu amorzinho, então, Ivo. Pedir para o garoto da capa dar um basta nisso.

— *Se* descobrirmos quem ele é e *se* ele realmente tiver ligação com isso. O fato de ter avisado Ivo da chuva sombria não torna o menino culpado — disse Ivana.

Mais pingos começaram a cair, e os clientes da área externa se levantaram. Ivana, Una e Ivo, inclusive. Depois de pagarem a conta, os três pegaram os guarda-chuvas e encararam a praça molhada. As gotas estavam mais firmes e densas do que de costume, e aquilo mandou as pessoas de volta para casa na mesma hora. Apesar da correria, Ivana se despediu dos amigos com calma. Eles seguiram caminhos opostos, enquanto ela permaneceu mais um tempo na rua. Seu guarda-chuva estampado a protegia bem, mas vez ou outra precisava driblar os golpes de vento traiçoeiros que serpenteavam pelo trajeto.

Ivana deu um meio giro com o corpo, mirando uma construção em particular, próximo dela — a maior de todas que existia em Província de Rosedário.

A mansão dos Casanova.

A imensa propriedade cercada de muros altos demais para escalar.

O nervosismo havia tomado seu corpo. Tanto quanto por apreensão, Ivana também era tocada por entusiasmo, a ponto de dar passos lentos pela praça, quase hipnotizada, até chegar ao outro lado e ficar alinhada com os portões de ferro da mansão.

Ela pensou no lenço e no menino das sardas brilhantes. Em morangos, cerejas. Em amoras também. No meio da chuva forte, tinha fechado os olhos, apurando os ouvidos, que revelavam apenas o choque dos pingos agressivos contra o chão e contra as falsas gotas de seu guarda-chuva. Permaneceu alguns minutos parada. Colocou a mão no bolso e puxou o lenço, mantendo-o apertado entre os dedos.

Estava intrigada e ainda se perguntava se era mesmo verdade ter encontrado alguém como ela. Uma pessoa que sofria da mesma condição. Alguém que não sabia o que era viver um dia por inteiro. Ela nunca vira a noite, o céu escuro, as estrelas. A esfera alva e brilhante que era a lua.

Enfim, encontrara alguém com quem pudesse compartilhar suas frustrações, seus medos. Achou-se estúpida. Pensava no menino como se fosse um velho conhecido, apenas por enfrentarem o mesmo dilema. *Se é que enfrentavam.* Ivana não tinha certeza, mas dava créditos ao seu coração, à sua intuição, que recomendavam amadurecer aquela ideia — queria descobrir mais sobre ele, porém o receio feroz a engolia. Não tinha nem mesmo um nome, somente um lenço e a memória de seu rosto. Sua pele, enegrecida e fosca. Seus olhos azuis e penetrantes.

Ainda no transe fantasioso, Ivana não percebeu a aproximação de um veículo. Luxuoso, vinha com rapidez pela rua molhada e escorregadia. Só quando o carro fez a curva para entrar na mansão é que a motorista percebeu a menina parada como uma estátua na frente do grande portão.

A freada brusca trouxe Ivana de volta à realidade. O som dos pneus em atrito contra o chão era anúncio de acidente. Seu coração deu um salto até a garganta. Ivana virou-se, com os olhos escancarados tanto quanto a boca. Sua respiração cessou por uma fração de segundo. Só retornou quando a menina percebeu que o carro estava parado a centímetros dela. Àquela altura, tinha soltado o guarda-chuva, recebendo a investida pesada da água que vinha do céu.

De dentro do carro, transtornada, uma mulher saiu, encarando a chuva. Bem-vestida, usava um conjunto social composto de blusa e saia, arrematados por um grande colar de peças metálicas, contrastante com a pele. Em seguida, do lado do carona, um homem alinhado com camisa de botão e calças vincadas também surgiu.

— Mas o que significa isso? Você quer morrer, garota?! — perguntou a mulher, aos berros.

Com o cabelo grudando na face, Ivana a olhava sem condição de pronunciar uma palavra. O susto por quase ter sido atropelada vibrava em cada célula do corpo.

— Falei com você! — insistiu a mulher.

O homem pediu que ela mantivesse a calma, embora fosse visível o susto que ele também havia levado.

Ivana sentiu uma estranha familiaridade ao notar os respingos das gotas de chuva na pele do homem, percebendo momentos depois que lembravam sardas. Ela encarou a dupla, sabia quem eram. Todos em Província de Rosedário conheciam aquele casal. Serena e Luan Casanova, donos da mansão e da empresa Orvalha, maior produtora de rosas da província, a única a produzir caules rosados.

A mulher passou as mãos na cabeça, se irritando por quase ter atropelado alguém e também por estar molhando o cabelo.

— Você quase me fez te atropelar, parada aí. O que faz aqui? Não tem nada para você... — Ela parou de falar. Viu o lenço nas mãos de Ivana.

Forçou a vista para confirmar se tinha enxergado direito e olhou para o marido, que não fez qualquer alarde.

— O que... *O que é isso na sua mão?* Como você conseguiu esse lenço?

Ivana a encarou, assustada. Observando as feições daquela mulher, o susto pelo quase atropelamento se transformou em medo.

Serena fez menção de tomar o objeto, mas Ivana não permitiu. Correu. Não se importou com as poças e com a alta probabilidade de escorregar. Afastou-se com urgência.

Nem sequer olhou para trás, estava atônita.

Ela não sabia quem era o menino das sardas brilhantes, mas descobrira naquele momento que ele tinha os traços idênticos aos de Serena.

4

MalValAlo

Se havia algo que Ivana vinha acumulando nos últimos dias eram broncas de Solene. A mais recente foi por ter perdido o guarda-chuva e ter chegado ensopada em casa. Não soube responder muito bem às perguntas sobre o que tinha acontecido, mas deu pouca importância ao que a mãe pensaria.

Ter estado tão perto da mansão Casanova a deixara mergulhada em pensamentos férteis acerca do lenço e da semelhança entre o menino das sardas brilhantes e a mulher que quase a atropelara. Ivana estava, em particular, intrigada com a reação de Serena ao notar o brasão bordado no lenço.

O fim de semana havia passado devagar, a chuva estragando a programação dos moradores de Província de Rosedário, nem um pouco farta no quesito lazer e diversão. Ivana tentou com empenho se distrair. Buscou as telas em branco, as tintas aquareláveis e os pincéis, mas continuava sem ideias. Nada era bom o suficiente para ganhar vida em seus quadros.

A falta de foco causava uma mistura de sentimentos. O que tinha de ruim, impedindo-a de fazer suas atividades, tinha de bom, de ótimo, de maravilhoso, fazendo-a repassar o momento no lago como um filme em loop eterno. Pegou-se suspirando algumas vezes, não entendia o que se passava em seu íntimo. Em alguns momentos, olhou-se no espelho, rindo de sua estupidez, um sorriso de orelha a orelha, as batidas do coração vibrando nas têmporas.

A tarde avançara sem pretensões. Sentada ao pé da cama, ela misturava alguns ingredientes químicos com as frutas silvestres que tinha outra vez colhido no entorno do lago dos Mil Olhos, com Una e Ivo. A coloração vermelha do morango e da cereja ganhou uma pequena adição do roxo da amora, e, misturada ao creme esbranquiçado e outros produtos líquidos e transparentes, tornou-se cor-de-rosa. Senhor Pipinho reproduzia um som agudo enquanto perambulava pelo edredom, entre alguns travesseiros felpudos.

Ivana decidira, depois de muito negar e se questionar, ir até a mansão Casanova. Considerava má ideia, mas queria encontrar o menino das sardas brilhantes outra vez. Sentia — *sabia* — que esbarraria com ele por detrás daqueles portões altos de ferro e dos muros animalescos. Então, como se já não tivesse arrumado confusão o bastante, iria até lá pouco antes das cinco da tarde, para ter alguma chance de vê-lo. Ainda que ela desaparecesse minutos depois.

Não sabia se funcionaria. Apesar de o menino estar translúcido, quase opaco, no lago, ele poderia ter desaparecido depois dela. Mas havia uma fagulha de intuição em Ivana, forte o suficiente para fazê-la acreditar que aquele garoto, ao contrário dela, surgia depois das cinco.

Uma condição oposta à sua.

Aos poucos, o pincel percorreu os fios cor-de-rosa desbotados, mecha por mecha, renovando a coloração em um lento processo de vaivém. Cuidadosa, Ivana estava de olho em cada fio que pudesse escapar. Levou mais tempo que o comum, distraída em seus pensamentos.

Dali a poucos minutos, faria algo que jamais imaginaria. Estava apavorada, mas mentia para si mesma dizendo que melhoraria. A atitude de ir até a mansão significava desobedecer à mãe em um nível nunca antes experimentado. Não havia alternativa. Nem sequer poderia mentir, como outros adolescentes faziam, dizendo que dormiria na casa dos amigos, porque embora Una e Ivo soubessem de sua condição, os pais deles não.

Olhou o relógio de pulso. A cada avanço do ponteiro dos segundos, ficava mais nervosa. Assustou-se quando Senhor Pipinho pulou da cama para seu ombro. Deixou a cabeça cair para trás, encostando na cama. Tinha acabado de passar a última camada da tintura.

— Você que é feliz. Só precisa comer e dormir — disse para o passarinho que agora passeava pelas suas pernas e saltava para o chão. Notando restos de amora, Senhor Pipinho deu pulinhos na direção da fruta, bicando-a.

De pé, Ivana juntou tudo que usara para tingir as pontas do cabelo, exceto as amoras que o pássaro lutava para comer. Abriu o armário e encarou por alguns minutos todas as suas peças de roupa. Solene havia passado as que faltavam pela manhã, antes de começar a trabalhar na costura.

Puxou um vestido branco estampado com bolinhas douradas metalizadas e um bolero de renda creme, peças que ela ganhara e usara apenas uma vez. Ivana tinha prometido a si mesma usá-las apenas em situações especiais. Riu sozinha. Como aquilo poderia ser especial? Cada pedaço daquela história remetia a perigo, a nervosismo, a desobediência, a tudo que pudesse dar errado.

Tudo.

Mas o coração afirmava com propriedade que ela deveria escolher algo apresentável. Ainda que escutá-lo não fosse algo que Ivana fizesse com frequência, o sentimento a arrastou sem chance de fuga.

Depois de um banho, colocou a segunda pele. O traje revestia desde a ponta dos dedos do pé até o tórax e exibia uma peculiar capacidade de adaptar-se à temperatura externa.

Conduziu Senhor Pipinho até uma outra gaiola que mantinha dentro do quarto. Em um passado não tão distante, tinha sido o lar de seu falecido hamster chamado Pastel. Agora, a caixa de grades servia como uma pousada para o pássaro, que ora ficava dentro do quarto, ora no quintal.

A poucos minutos de sair — eram quatro da tarde em ponto —, Ivana percebeu que seu plano estava funcionando. Dissera para Solene que iria pintar o cabelo, estudar um pouco e que, quando acabasse, já estaria prestes a desaparecer. Até aquele momento Solene não tinha ido ao quarto. Segundas-feiras eram sempre muito cheias no ateliê, o que dava uma ótima vantagem para Ivana. Ela apenas precisava tomar cuidado com as janelas. O ateliê não era pequeno e, mesmo estando no segundo andar, toda cautela era pouco com janelas, os criadouros de gente fofoqueira. Ainda mais em Província de Rosedário.

Com o coração retumbando, Ivana pegou o lenço adorado e o colocou dentro de uma pequena bolsinha de vinil preta. Abriu a porta do quarto devagar, dando passos curtos e evitando fazer ruído com as sapatilhas. Qualquer som a fazia congelar, o que trazia à sua mente a certeza de que o plano havia fracassado. E aí a menina descobria que era um galho se mexendo com o vento, ou portas que se moviam de leve, empurradas por alguma brisa, que parecia querer pregar peças em sua adrenalina.

Ouviu uma risada e arregalou os olhos com tanta força que demorou a se recompor. Vinha do lado de fora, mas era abafada, significando que sua origem era o interior do ateliê. Quando escutou a risada da mãe em seguida, Ivana viu a chance de correr em disparada para fora da casa, cruzar o quintal e abrir o portão sem olhar para trás.

Quatro horas e dez minutos.

O céu nublado, que costumava manter as pessoas em casa, pelo visto não estava causando aflição nas clientes de Solene, que não interrompiam os burburinhos. Ivana queria e precisava que elas continuassem. Era seu medidor da distração da mãe. Respirou fundo quando chegou à porta que dava para o quintal. Deu um passo e parou.

— Não posso.

Mas quando outra risada explodiu, o susto fez Ivana correr pelo quintal — uma reação que ela mesma não esperava. Não olhou para trás. Não ouviu mais risadas. Não sentiu as batidas loucas do coração, só o vento assoviando em choque contra os ouvidos à medida que corria e corria e corria. Chegou ao portão como se houvesse percorrido uma maratona. Puxou o ar com urgência, rodando o trinco que a libertaria daquela tensão.

E a jogaria em outra.

Pior ainda.

Quando ganhou a rua, andou o suficiente pelo caminho de pedra até se afastar de casa. Não tinha muito tempo para recobrar o fôlego, precisava alcançar a mansão.

Deixou de correr, mas continuou com o andar apressado. Chegou à Praça do Poço e, após atravessá-la, estava outra vez diante do grande portão de metal da mansão Casanova. Ivana mal se dera conta de ter chegado lá, as preocupações do trajeto tinham anuviado as percepções externas.

Sem perceber que havia gente se aproximando, puxou o ar com força e expirou devagar. O que ela estava fazendo? Por que achara que seria recebida na mansão, ainda mais depois do episódio com Serena, a dona do lugar? E de onde havia tirado a ideia de que *com certeza* encontraria o garoto lá dentro?

— Burra... Ingênua. Passa das quatro, e eu deveria estar em casa, em segurança, não aqui fora — disse ao retirar o lenço da bolsa, alisando-o com discrição.

— Falando sozinha, Ivana? — perguntou uma menina, ao centro de outras duas pessoas.

A voz desagradável penetrou os ouvidos de Ivana que, antes de se virar, desejou que o som fosse um truque do vento. Mas era real. Não havia momento pior para esbarrar com eles. O grupo que ela, Una e Ivo chamavam de *MalValAlo*, um termo que juntava três nomes em um só.

Malina, de estatura mediana, tinha uma rivalidade direta com Ivana, mais ainda por causa da mãe, que também trabalhava costurando. Ainda que a mãe de Malina fosse dona de uma fábrica e distribuísse peças para quase todas as lojas da província, a menina não engolia o fato de a especialidade de Solene ser mais voltada à moda sob encomenda, com roupas personalizadas e notórias, enquanto a de sua mãe era direcionada para o atacado, com itens básicos e populares.

Valentina, a mais baixa, era perita em causar intriga, embora fosse ainda melhor em bisbilhotar. Era incrível como a menina sabia de detalhes tão absurdos sobre coisas e pessoas em Província de Rosedário. A maior parte do que contava não era boato, o que tornava sua habilidade bastante assustadora.

Alonso, bem alto, poderia sem esforço algum ser confundido com um muro, já que falava tanto quanto um. Bronco, ninguém em Província de Rosedário jamais o vira sorrir, tampouco chorar. Boatos de escola — *espalhados por quem?* — diziam que o menino tinha um interesse amoroso em Malina, o único motivo pelo qual andava com ela. Alonso nunca confirmou. Também não negou. A verdade é que sua inexpressividade e reclusão dificultavam qualquer tipo de leitura sobre sua pessoa.

Os três eram figuras detestáveis. Sempre envolvidos em cochichos e encrencas, era comum ver Malina e Valentina em discussões, da mesma forma que não era difícil ver Alonso metido em brigas corpo a corpo. O garoto tinha uma repulsa particular por Ivo.

— O que você quer, Malina?

— A gente estava indo até a Mascava, e de repente te vi aqui, parada na frente da mansão. Fazer isso é uma ousadia *até mesmo para mim*. Pode imaginar o quanto fiquei chocada ao ver *você* aqui, não?

— É só um portão.

Valentina caiu na risada.

— Não é qualquer portão, queridinha.

— Por que está tão arrumada? — insistiu Malina, encarando-a com expressivos olhos castanho-escuros.

— Eu não estou arrum...

— Corta essa, sonsa! — Malina empurrou Ivana de leve, mas ainda assim ela deu um passo para trás.

— Você nunca se arruma assim. Até o cabelo retocou! — bradou Valentina, tentando pegar uma das pontas tingidas, mas Ivana recuou. — Devia ter se preocupado em esconder essa cicatriz horrível que você tem no braço.

— Por acaso vai ter alguma festinha particular e nós não estamos sabendo? — perguntou Malina.

Valentina franziu o cenho, olhando para a amiga. Intrigada, tornou a direcionar a vista para Ivana, que negou.

— Deve ser verdade — bufou Valentina, sem acreditar nas próprias palavras. — Ou eu saberia. Uma notícia dessa não correria em segredo tão bem guardado.

— Não existe festa nenhuma, eu já estava indo embora.

Alonso permanecia sério, e Ivana tentava manter a respiração estabilizada. O tempo passava e ela estava perdendo a corrida. Precisava de coragem para tocar a campainha da mansão, e o trio ter aparecido de repente colocava *tudo* a perder. Na pior das hipóteses, correria dos três até chegar em casa, antes que seu corpo começasse a desaparecer.

— O que é isso na sua mão?

— Nada! — Ivana tentou esconder o lenço na bolsa, mas não conseguiu abri-la.

— Deixa eu ver isso aqui.

Ivana hesitou, sentindo o pavor tomar conta aos poucos. Odiava se sentir acuada.

— A gente manda, você obedece, não ouviu? — perguntou Valentina, avançando e puxando o lenço.

— Me devolve isso! — Ivana fez menção de pegar o objeto, mas encontrou Alonso no caminho, que, com seu tamanho e presença agressiva e silenciosa, a fez estagnar.

— Vamos ver. — Malina analisou o tecido e soltou um gritinho ao ver o brasão bordado nele. — Mas olhem só! Eu estava certa, ela ia entrar na mansão! É um lenço deles! Olhem o bordado! — Ela girou o tecido no ar, para o deleite dos outros.

— Me devolve isso!

Malina riu, debochando a cada arco que desenhava no ar com o lenço. Mantinha os olhos na leveza do tecido, que dançava através de seus movimentos desdenhosos.

— Vai me dizer por que está aqui?

— Isso não é da sua conta.

Valentina escancarou os olhos, levando uma das mãos à boca.

— Ela está rebeldezinha hoje, né? Vai deixar que fale assim com você, Malina?

— Depende — respondeu Malina, virando-se para Ivana logo depois. — Você tem duas opções, Ivana — disse ao colocar a mão dentro da bolsa que carregava, procurando algo. — Me dizer a verdade ou me dizer a verdade com a ajuda disto.

Quando Malina tirou a mão da bolsa, Valentina se encheu de euforia. Alonso bufou, mas era impossível saber se de incredulidade ou de aprovação. Ivana acreditava na segunda opção. Malina tinha em mãos um pote do tamanho da sua palma. Dentro, um líquido espesso e vermelho. A menina abriu a tampa e inclinou o pote para que Ivana olhasse.

— Acho que você sabe o que é isto. Você pinta, não é? — perguntou Malina.

Ao notar a tinta para tecidos, Ivana sentiu um frio percorrer a espinha.

— Está surda, Ivaninha? — reforçou Valentina.

— Sei o que é isso, sim.

— Você sabe que não dá para remover tinta para tecidos se ela, por acidente, cair no seu vestido, né? — perguntou Malina. — Estou finalizando um modelo que costurei para mim e quero estampar alguns detalhes à mão com tinta, mas acho que não preciso de tudo isso. O que vocês acham? — Ela se virou para Valentina e Alonso, que assentiram.

— Eu... preciso ir. Pode me devolver o lenço?

— Já disse, me conte o que veio fazer aqui e eu devolvo. — Ela girou o pote, e a tinta acompanhou o movimento.

Ivana não sabia o que fazer, nem sequer tinha um plano concreto para entrar na mansão e naquele momento precisava também de outro plano para se livrar de MalValAlo. O coração seguia batendo com pressa, mas a boca não acompanhava o ritmo. Permaneceu calada.

— Que pena... — Malina concluiu ao despejar a tinta no vestido de Ivana. A menina foi específica, derramando na parte de baixo, e fazendo escorrer um pouco para as pernas de garota.

Malina e Valentina riram enquanto a tinta vermelha berrava em contraste com o branco e as bolinhas douradas.

— Acho que alguém ficou mocinha! — Valentina não conseguia segurar a risada afetada e bastante histérica.

Alonso deu outra bufada.

Ivana ficou atônita olhando para o vestido destruído e para a tinta que descia pelas pernas, o que significava que a segunda pele também havia sido atingida. Olhou para Malina com raiva, porém a garota não se constrangeu.

— Mas o que é que está acontecendo aqui? — A voz de uma quinta pessoa surgiu, causando espanto em Ivana e MalValAlo.

Bernarda, uma das funcionárias da mansão, se aproximava com sobriedade no caminhar. Era a mesma mulher de que Ivo comentara dias antes, enquanto faziam planos para entrar no lugar.

Ao perceberem Bernarda, Malina, Valentina e Alonso se entreolharam, apertando o passo em retirada sem emitir qualquer som. A mulher, por ser funcionária dos Casanova, era tão cercada de mitos e boatos quanto a mansão e seus donos. Em outras palavras, os moradores de Província de Rosedário evitavam coisas e pessoas que eram pouco — ou nada — conhecidas por eles.

No trajeto de fuga, Malina deixou pelo chão o pote com os restos da tinta escarlate, mas acabara levando consigo o lenço bordado.

— Animais — resmungou a mulher, já avançando na casa dos sessenta anos. O cabelo liso e platinado era preso em um coque.

Ivana estava espantada, tanto quanto Malina e os outros. Bernarda era intimidadora para ela também. Só quando a mulher abriu um sorriso leve e gentil é que a garota pôde relaxar, ainda surpresa pelo gesto.

Bernarda caminhou até o grande portão de ferro e, girando uma chave maior que as normais, fez um som que liberava o acesso à mansão. Empurrou sozinha o peso de um dos lados da entrada, enquanto Ivana permanecia congelada e confusa pela cena.

— Se corrermos, ainda dá tempo de tirar essa mancha. Me parece uma tinta de péssima qualidade, talvez você tenha sorte. Venha comigo. — Ela fez um sinal para que Ivana a acompanhasse. Um sinal que a chamava para *dentro* dos limites da mansão.

Ainda intrigada, Ivana não respondeu, nem se mexeu.

— Não tenho o dia todo, vamos, Ivana!

Foi o clique que ela precisava para acordar. Franziu a testa, encarando a senhora.

— Você... sabe meu nome?

Bernarda continuava a sorrir, mas não respondeu. Ficou de pé, ao lado do pequeno espaço entre os brutos portões de ferro, esperando a menina.

Ivana se esquecera por completo da hora. Faltavam vinte e cinco minutos para as cinco.

5
A mansão Casanova

De dentro dos portões, a sensação era diferente. O território da mansão era vasto, e nenhum morador em Província de Rosedário nem sequer sonharia em ter tanto espaço como morada. Ivana se encontrava em um enorme jardim de ares sombrios e inquietantes, em parte pelo céu nublado, que deixava o lugar mais intimista, em parte pelas árvores e pelos arbustos aparados com perfeição em formato esférico. Tais plantas esculpidas inundavam o grande pátio da mansão, onde uma única e ornamentada fonte com diâmetro assustador imperava no centro. A escultura espiralada que repousava no meio era pequena se comparada ao círculo formado pela fonte.

Caminhos de terra batida se cruzavam entre o verde e o entorno da fonte, e todos levavam à grande construção que era a moradia dos Casanova. De magnífica largura, a casa era feita de pedra bastante envelhecida, com um terço da fachada revestido por plantas que a escalavam pelos três andares. Um incontável número de janelas envoltas em acabamentos tão antigos quanto a própria mansão. Não à toa, era a maior construção da província, destoando sem esforço das humildes casas que figuravam por lá.

— Não se assuste, menina, este lugar é muito mais sombrio dos portões para fora do que dos portões para dentro. A língua ferina das pessoas, essa, sim, é de dar medo. Eu me chamo Bernarda, mas imagino que você saiba disso.

Ivana assentiu. Caminhava poucos passos atrás da mulher.

— Como você sabe meu nome?

— Embora seja uma província pequena, não é por isso que sei quem você é.

As duas haviam cruzado mais da metade do jardim, na direção de uma pequena escadaria revestida por musgos, que dava para a porta principal da construção.

— Então como...

— Ele me contou que viu você.

— Ele? Ele *quem*?

— Você vai conhecê-lo daqui a alguns poucos minutos.

A frase desabou na cabeça de Ivana. *Poucos minutos*. Ela olhou para o relógio, constatando com horror que o ponteiro se aproximava das cinco. Tinha conseguido o que queria: adentrara a mansão e suas expectativas acerca de encontrar o menino das sardas brilhantes a bombardearam. Será que conseguiria vê-lo?

Quando percebeu o que havia feito, já era tarde. Estava prestes a desaparecer, não apenas fora de casa, mas dentro de um território expressamente proibido por sua mãe. Falaria o que para Bernarda quando a mulher visse seu corpo se tornando imaterial? Como tinha se deixado guiar? Não havia sequer garantias de que o menino estivesse lá.

As duas subiram os degraus, sentindo os pés afofarem sobre as plantas miúdas. Usando outra chave grossa e de tamanho atípico, Bernarda girou a maçaneta e Ivana se viu dentro da mansão. Seus olho brilharam.

A sala que as recebia era rústica, com dois corredores ramificados em cada lado, metade deles levava às laterais da casa e a outra metade se perdia em cômodos ao fundo. Dois lances de escada ficavam à direita, sendo o único acesso visível ao segundo andar. O espaço não possuía uma decoração vasta, sendo composto apenas de mesa e cadeiras na lateral esquerda e um cômodo nivelado para a frente com duas portas, que se mantinham fechadas.

— Por que me deixou entrar? Aquela mulher, a... Serena... não foi com a minha cara. Acho que ficaria enfurecida se soubesse que estou aqui.

— Se você não contar, eu não conto. — Bernarda sorriu. — Além disso, ela e o senhor Luan estão no trabalho agora e só devem sair dentro de mais ou menos duas ou três horas.

— Mas e os outros empregados?

— Somos todos amigos *dele*.

— Você ainda não me disse quem é essa pessoa. — A pergunta era mais por uma formalidade do que por desconhecimento. Ela sabia de quem Bernarda estava falando. seu peito sacolejando a avisava.

— Você vai vê-lo lá em cima. Suba as escadas e entre no último cômodo à direita. Uma porta antes, você vai encontrar um banheiro. Troque de roupa, vou levar algo para você vestir e lavar essa sujeira aí.

— Obrigada. Escute... eu... deixei meu guarda-chuva cair ontem, lá na frente, depois de... bem...

— Dona Serena me contou. Seu guarda-chuva está aqui, levo para você também.

Depois de outro agradecimento e mais um reforço de Bernarda sobre como chegar aos cômodos, Ivana subiu os lances de escada devagar, receosa.

Era um ser minúsculo naquela imensidão arquitetônica. Viu-se diante de um longo corredor, com portas de ambos os lados. Ao fundo, uma janela de vidro deixava a preguiçosa claridade daquele dia nublado penetrar em feixes quase invisíveis.

Invisível.

Ela olhou para o relógio. Quinze minutos para as cinco da tarde. Andou depressa, passando pelas portas — todas fechadas — que se exibiam pelo corredor. Parou na penúltima, o banheiro. Ivana a abriu, contemplou o rico ambiente, que era maior do que seu quarto, mas não entrou. Não queria entrar. Queria o último cômodo, que estava logo depois.

Não ligava para o vestido sujo, ou para Malina, que havia levado o lenço, ou mesmo para a mancha rósea que ficara escorrida na segunda pele. Tinha o olhar fixo na porta à frente. O coração disparado mal a deixava perceber o ritmo ofegante da própria respiração. Ela deu alguns passos, tocou a madeira antiga com a ponta dos dedos e empurrou um pouco.

— O... olá?

Nenhuma resposta.

— Tem alguém aí?

Silêncio, exceto pelas retumbadas do coração chegando às têmporas.

— Eu... posso entrar?

O quarto estava em silêncio. Ivana decidiu abrir a porta de uma vez, temendo levar uma bronca, mas o fez mesmo assim. Espantou-se com o lugar.

A janela ficava na parede oposta. O quarto possuía uma longa bancada, na direção da porta, encostada na parede, onde havia duas cadeiras com rodinhas. Um número sem fim de livros e cadernos estava sobre o móvel: alguns jogados, outros enfileirados. Prateleiras acima reuniam mais livros de espessuras variadas. Pouquíssimos tratavam de tecnologia, um assunto cujas atualizações sempre chegavam com bastante atraso em Província de Rosedário. Outros, no entanto, mergulhavam na astronomia e em assuntos relacionados à evolução, volumes fáceis de identificar. Um armário que ficava na mesma parede da porta estava repleto de anotações coladas com fita adesiva. O teto era uma obra de arte, retratando um céu azul e estrelado. Era possível ver cometas e esferas maiores, representando planetas.

Dois objetos tinham chamado a atenção da menina assim que ela vasculhou o recinto. Perto da janela, apoiado por um tripé, repousava um telescópio cromado. A lente inclinada para o alto esperava por alguém que pudesse utilizá-la. O segundo objeto era o que ficava na parede oposta à bancada. A cama, para a surpresa de Ivana, era enorme, maior do que a dela. Estava vazia, mas arrumada.

Ela deu passos lentos até a beirada da cama, tocando o edredom macio. Percorreu-a com um toque até a cabeceira, onde se sentou, sem se dar conta. Notou mesas de cabeceira em cada lado e alguns retratos. Curiosa, fez menção de pegar um deles, mas se assustou com o apito do relógio, anunciando que faltavam dez minutos para as cinco. Desde muito nova, Ivana criara o hábito de colocar o alarme para que em uma possível emergência pudesse correr e se esconder. Como andava nervosa nos últimos dias, o aviso sonoro mal era percebido.

A dez minutos de sua imaterialização, apenas esperou. O tempo pareceu congelar. Só quando o relógio informou que faltava um minuto, o coração de Ivana deu outro salto.

Levantou apressada e olhou para a porta, um miado esnobe fora o motivo. Um gato surgiu, saltando para a cama. Aconchegou-se entre o amontoado de travesseiros e ficou a ronronar, mirando a garota com seus olhos grandes e amarelos.

Trêmula, Ivana tornou a se aproximar da cama e levou as mãos até a cabeça do animal, multiplicando afagos. A cor do pelo curto do gato confundia o olhar: de acordo com a luz, poderia ir de preto a um azul muito escuro. As orelhas pontudas se moviam entre os dedos de Ivana, enquanto ela notava o focinho alongado e os bigodes compridos do animal.

— Como você se chama?

— O nome dele é Noitescura. — Uma voz surgiu na frente dela. Alguém estava do outro lado da cama.

O relógio marcava cinco horas.

Ivana deu um pulo tão grande que quase transpassou o armário. O gesto foi acompanhado de um gritinho que cessou quando a menina vislumbrou o garoto do outro lado. Cobriu o rosto de vergonha, vendo que ele não usava qualquer roupa.

E então percebeu que suas próprias roupas estavam pelo chão, assim como o relógio e a bolsa — apenas a segunda pele a cobria. Tirou as mãos do rosto e ficou sem saber o que fazer.

Era *ele*. Quase invisível, mas era ele. O menino das sardas brilhantes.

Ivana levou poucos segundos — e ficou grata por levar um tempo curto — para descobrir que o menino não estava nu. Ele também vestia uma segunda pele, de acordo com o tom de sua pele, mas que, assim como a de Ivana, cobria as partes íntimas, deixando-as turvas.

— Você está bem? — perguntou o menino, sem demonstrar qualquer desconforto.

Ivana mal conseguia sustentar o olhar. Ela tinha ido até lá para encontrá-lo, descobrir quem ele era e, naquele momento, diante dele, desejou apenas um buraco onde pudesse se enfiar. O menino, ainda com aspecto fantasmagórico, foi até ela.

— Você está b...

— *Estouótimaobrigada!* — soltou e fugiu para o outro lado da bancada, perto do telescópio.

O menino a olhava com profundo interesse. Deu uma risadinha, enquanto Ivana se encolhia como se um frio brutal percorresse seu corpo.

— Eu me chamo Dario. Dario Casanova.

Ivana estava sacudida de vergonha, mas sentiu algo morno envolver seu coração. *Ele tinha um nome, afinal.*

— Eu sou... Ivana. Montebelo.

O menino não respondeu de imediato, sustentava um sorriso que se misturava com o cenário do armário atrás de si.

— Eu não sei por onde começar.

— Eu também não — disse Ivana.

— Se você está com tanta vergonha, posso ficar de costas.

— Não, não, está... está tudo bem.

— Não vejo motivo para vergonha. Quero dizer, você está vestida com a segunda pele, e além disso... é linda.

Ivana corou.

— Você é como eu, né? — ele recomeçou.

— Como assim?

— Também some e aparece.

— Sim — ela respondeu. — Desde pequena.

— Eu também! — Ele deu alguns passos na direção dela, em um rompante eufórico, fazendo Ivana se retrair. — Ah, desculpe, é que eu nunca vi alguém assim antes.

Lutando para disfarçar a queimação que subia pelo rosto, Ivana tentou controlar o ritmo da respiração.

— Nunca vi alguém como eu... como nós. Me desculpe por entrar assim no quarto, não quis ser intrometida.

— Está tudo bem, foi a melhor visão que tive, dentre todas as vezes que despertei.

— É assim que você chama? *Despertar?*

— Sim. Adormeço e desperto.

— Eu uso *dormir* e *acordar*.

— Dá no mesmo — ele soltou, rindo.

— É... No fim, é a mesma prisão. Eu nunca te vi pelas redondezas, exceto por aquele dia no lago.

— Aquele dia no lago... Eu não esqueci. Não consegui! Fiquei tão surpreso ao ver você. Ao *descobrir* você. Meu coração explodiu.

— Eu sei! Senti o mesmo. Não sei por que aquele encontro mexeu tanto comigo.

— Quando te vi desaparecendo, senti um desespero, um sentimento muito estranho. Como se eu fosse te perder para sempre. Isso faz sentido? A gente nem se conhece!

Ivana deu um sorriso tímido e involuntário que Dario poderia ficar uma vida inteira admirando.

— Quis falar com você, mas não tive tempo. Você desapareceu logo depois. No lugar, só restaram suas roupas e algumas frutas jogadas.

— Eu acordei no mesmo lugar na manhã seguinte. Você dobrou meu vestido e reuniu as frutas em um lencinho, né?

Dario assentiu. E então *ele* ficou sem jeito.

Os minutos voavam, para a inquietude de ambos. À medida que Ivana se dissipava, o corpo de Dario, ao contrário, acendia. A pele negra se tornava cada vez mais viva, assim como o sorriso leve e os olhos azulados.

— Eu estava certa, então. Não sei como, nem por quê, mas meu corpo desaparece durante a noite. O seu, durante o dia.

— Entendi isso assim que você desapareceu naquele dia.

Dario se aproximou de Ivana, que tinha os sentidos entorpecidos. A timidez estava lá, mas havia uma vontade enorme de permitir que ele se aproximasse. Ela mesma o faria se conseguisse.

Teve vontade de abraçá-lo, de repousar o rosto nos ombros delineados do menino, sentir seu perfume, o peito subindo e descendo pela respiração. Queria ele desde o momento em que o vira.

Dario parou a centímetros dela, as sardas brilhavam no céu fosco de sua pele. Quando Ivana sentiu a respiração dele tocar seus lábios, fechou os olhos. Desejou que tudo congelasse.

Nunca havia beijado um menino. E, diante da sensação envolvente, se perguntou como nunca se permitira aquilo antes. Esperou que seus lábios tocassem os dele, enfim sentiria o torpor de se entregar à uma paixão.

E quando os lábios se encontraram, não se tocaram. O corpo translúcido de Ivana se misturou ao corpo translúcido de Dario e, quando ambos perceberam, já de olhos abertos, se afastaram com surpresa.

A condição de seus corpos não permitia que se tocassem. Um não podia sentir o outro. Depois das cinco, antes das seis, Ivana e Dario eram fantasmas. A frustração foi mesclada com uma súbita raiva diante da impossibilidade material. Os dois ficaram em silêncio até que seus olhares se encontraram. As sardas dele haviam perdido o brilho.

— Se você não existe durante o dia e eu não existo durante a noite, esta história termina antes mesmo de começar.

Dario levou a mão até o rosto de Ivana. Não pôde tocá-la, mas a manteve imóvel, como se pudesse.

— *Eu* faço a minha história, e agora você é parte dela também. Se nosso corpo não fica sólido no mesmo turno de um dia, então vamos mudar o próprio dia se for necessário.

Tomada de emoção, ela sorriu. Mirou os olhos azuis-escuros dele e fez um gesto de concordância com a cabeça.

— Quero te fazer um convite — ele disse.

— Qual?

Faltavam poucos segundos para as seis.

— Quero te convidar, Ivana Montebelo, a descobrir esta nova história em nossa vida. Você aceita vir comigo?

Segurando um choro emotivo que ela não imaginou existir dentro do peito, disse *sim* no mesmo instante.

— Então vamos juntos.

— Vou estar de volta às cinco da manhã — ela concluiu.

— Estarei aqui esperando.

A noite chegara. Sozinho no quarto, Dario se aproximou dos objetos de Ivana que agora estavam espalhados pelo chão e os juntou, com um grande sorriso no rosto. Os olhos, no entanto, revelavam uma sutil tristeza.

6

Querido tempo, não passe tão rápido

Às cinco da manhã, o corpo de Ivana estava de volta. De pé, no quarto de Dario, se viu sozinha. Notou que o vestido do dia anterior estava lavado, passado e pendurado em um cabide no puxador do armário. Bernarda tinha razão ao falar da mancha. A bolsa e o relógio estavam sobre a bancada, ao lado de alguns livros. Ela ficou surpresa ao notar que seu guarda-chuva também estava entre os itens organizados.

Ainda com o aspecto quase invisível, se aproximou de alguns títulos como *Somos grãos*, *Evolução anímica através dos tempos* e *Planeta recém-nascido*, amontoados perto de rabiscos e canetas jogadas. Noitescura dormia em uma das almofadas em cima da cama, influenciado pelo céu que começava a clarear e que prometia uma terça-feira ensolarada. Ao pé da cama, uma bandeja feita de madeira escura e trabalhada em cada detalhe continha alguns pães, biscoitos, dois pequenos bules cromados e uma xícara. Ivana sentia como se o estômago roncasse de fome, mas sua condição não a permitia tocar em qualquer objeto sem atravessá-lo.

— Pedi para Bernarda fazer. Um tem leite quente e o outro, café — disse Dario, ao entrar no quarto. — Hoje ela acordou especialmente cedo para isso. Quando seu corpo se materializar, pode devorar tudo. Até lá, as bebidas vão estar mornas, mas ela fez o que pôde.

— Agradeça a ela por mim. O vestido lavado também foi ela, né?

Dario assentiu.

— Vou colocar assim que puder — Ivana continuou. — Eu trouxe seu lenço para devolver, mas uns idiotas acabaram tomando de mim.

— Por que fizeram isso?

— Porque eles vivem para constranger os outros, mas esquece isso.

— Que bom que mesmo sem o lenço você entrou aqui.

— Foi um convite da Bernarda.

— Ela me falou — ele disse, sorrindo.

— Ela é bem corajosa por me trazer, mesmo sabendo que a sua mãe não gosta.

— Bernarda e os outros funcionários são legais. Graças a eles, eu não fico preso o tempo todo nesta mansão. Só com a ajuda deles consigo escapar uma vez ou outra para explorar a província. Além disso, ela só te deixou entrar porque era você.

— Como assim?

— Falo de você para eles todas as noites desde que te vi no lago.

— Está explicado por que ela sabia meu nome.

Dario permanecia como Ivana, sem roupas ou acessórios que pudessem ser utilizados pelo corpo imaterial. A menina estava bastante curiosa por ver Dario com uma segunda pele, um traje idêntico ao dela, exceto pela tonalidade do corpo e pelo modelo: o dela começava do tórax para baixo; o dele, do pescoço e sem cobrir os braços.

— O que está olhando?

— Sua segunda pele, como você tem algo assim também?

— Eu não sei, é coisa do meu pai. Ele projetou isso, e uso desde pequeno. Cobre o meu corpo e especialmente... você sabe... aquelas partes.

Ivana não conseguiu disfarçar o rubor, e também não pôde evitar responder de imediato.

— Seu pai projetou? Que estranho. O meu pai projetou a minha, ele era cientista. — Dario franziu a testa, gesto repetido por Ivana, que reforçou: — Que coincidência estranha.

— É... Na verdade, eu acho que meu pai projetou porque foi ele quem me deu — disse Dario, sem muita convicção. Aproximou-se de Ivana, analisando o traje da menina. Ela se sentiu desconfortável.

— O que... O que foi?

— O meu pai também é cientista. Não acha *muita* coincidência, Ivana? Quero dizer... Nós sempre temos que usar esse traje, que ao mesmo tempo preserva a nossa intimidade e consegue acompanhar a transição do corpo, surgindo e desaparecendo com ele.

— Não entendi.

— A segunda pele é um traje único. Qual é a probabilidade de nossos pais terem projetado exatamente o mesmo objeto sem terem conhecimento um do outro?

— A mesma de existirem duas pessoas com a mesma condição corporal que a nossa.

— Pois é! Não acha provável que eles se conheçam, ainda mais se ambos são cientistas?

— Que *se conheçam*, não. *Se conhecido* talvez, já que o meu pai desapareceu quando eu era pequena, e não me lembro de nada sobre ele.

Ivana pensou em Solene, nas recomendações básicas para sair de casa, em especial a que a mandava ficar longe da mansão dos Casanova. Ela sempre achou que o motivo fosse banal, já que toda a província evitava a família de Dario, mas, diante das coincidências, sua mente fervilhava em teorias.

— Minha mãe nunca permitiu que eu me aproximasse daqui. Faz sentido, se o meu pai realmente conheceu o seu pai em algum momento. Você tem restrições quanto à minha família?

— Meus pais nunca foram de me pedir que evitasse uma ou outra família em particular nesta província. Sempre foram mais enfáticos em dizer que eu deveria evitar *todas elas*. Como a minha mãe é superprotetora, acabo aceitando.

— De mães exageradas eu entendo. — Ivana fez menção de revirar os olhos. — Dario, se os nossos pais se conheceram mesmo, e se projetaram juntos a segunda pele, então eles poderiam saber mais sobre o que acontece com a gente.

— Sim, mas meu pai não fala sobre isso comigo. Eu ainda tento, às vezes, mas ele sempre desconversa. Com a minha mãe eu nem tento, porque é briga gratuita.

— Minha mãe é como o seu pai.

Ivana notou que Dario tinha uma enorme cicatriz no peito e se deixou observar alguns segundos a longa tira de pele lesionada.

— Parece que temos bastante em comum — ela disse, apontando para a extensa marca. — O que houve aí?

— Não sei, ganhei quando era pequeno — Dario respondeu, ao virar de costas e mostrar que a cicatriz formava um aro em torno de seu corpo.

Ivana não conteve a surpresa. Ela levantou o braço direito, mostrando a dela, que ia do cotovelo ao pulso.

— Também ganhei quando era pequena e não sei como.

Dario forçava a vista para avaliar o braço de Ivana, que ainda estava muito apagado. Bufou em uma risadinha.

— Você parece o meu espelho. A mesma condição corpórea, também usa a segunda pele e ainda é dona de uma cicatriz misteriosa.

Ivana riu, tinha algo na voz de Dario que a fazia se sentir envolvida. Era divertido, capaz de deixá-la à vontade. Pensar em Dario como um espelho, como um reflexo, fez bem a ela. Era inegável as peculiaridades que tinham em comum.

Os cinquenta e nove minutos que Ivana e Dario tinham de interseção passaram mais rápido do que ambos gostariam. A menina se tornava mais visível enquanto ele seguia em sua rotineira condição oposta.

— Nosso tempo está acabando — ele disse, ao que Ivana correspondeu com uma feição triste.

— Passou tão rápido, né?

— É — ele concordou, conformado. — Vem me ver amanhã?

Fogos de artifício explodiram dentro de Ivana. Era o que ela mais queria. Na verdade, não queria sequer ir embora.

— Mas e a sua mãe?

— Meus pais trabalham e só costumam chegar em um horário que você já sumiu. E agora, por exemplo, estão dormindo, só levantam às seis.

— Não esqueça que tem a minha mãe também.

— Podemos combinar um lugar neutro, se você preferir... Que tal o lago?

Ivana escancarou o rosto em pavor.

— Está doido? Algumas pessoas vão lá para nadar, podem descobrir o que acontece com a gente.

— O lago é imenso, e seu entorno também. Podemos combinar em uma parte mais tranquila. Eu mesmo tenho um local preferido. As pessoas costumam ficar onde tem a cabeça de estátua.

— Eu... não sei. É tão arriscado, Dario!

— Ivana... — Ele se aproximou, tentando pegar as mãos dela e frustrando-se em seguida ao não conseguir. — Você quer viver assim para sempre? Escondida, limitada?

Ela hesitou, mas fez que não com a cabeça.

— Então... Eu vou te esperar hoje, depois das cinco, na parte do lago que fica mais perto dos campos de cultivo das rosas. Tem uma goiabeira muito frondosa. Vou correr até lá para que a gente possa aproveitar ao máximo os nossos minutos juntos. Me diz que você vai, por favor.

Com o rosto em chamas, Ivana sentia o coração explodir com um *sim*, enquanto a mente apavorada dizia *não, isso é loucura*. Relutou em responder, até que ele perguntou outra vez:

— Você vai?

E ela confirmou.

O rosto do menino se iluminou e as sardas brilharam.

— Por que elas brilham?

— Acontece quando eu fico muito envergonhado ou eufórico.

Ivana sorriu, queria se jogar nos braços dele.

— Droga de condição — ela resmungou.

— Vamos descobrir o que está acontecendo com a gente. Prometo! Vou aproveitar meu tempo depois dos estudos para fuçar isso.

— Eu também vou, durante o turno do dia — ela disse, sentindo o entusiasmo ganhar espaço.

Uma batida firme na porta fez Dario tremer de leve. Ele e Ivana notaram Bernarda surgir, aflita.

— O que aconteceu, Bernarda?
— Ivana precisa ir. Agora! Seus pais levantaram mais cedo que o normal.

O rosto incrédulo do menino contagiou Ivana, que sentiu as têmporas pulsarem pelo ritmo desenfreado do coração.

— Vamos, eu levo seus pertences, menina — disse a mulher, convocando-a para fora do quarto.

— Não vai ser necessário — Dario declarou ao mirar o relógio que ficava em uma das mesas de cabeceira. O ponteiro acusaria seis da manhã em segundos.

Ivana respirou fundo, se aproximando das peças de seu vestuário.

— Assim que se vestir, não perca tempo. Cuidado ao sair, se minha mãe vir você, ela...

Seis da manhã.

Dario deixara o recinto. Ivana se apressou em colocar a roupa, os acessórios e o calçado. Apanhou a bolsinha de vinil preta e o guarda-chuva e deixou o café da manhã para trás. Seguiu Bernarda, tentando equilibrar pressa com discrição. Cada rangido no assoalho fazia seu coração desistir de bater por uma fração de segundo, acreditando que toparia com Serena ou Luan. Embora tivesse ficado com uma boa impressão do pai de Dario, Serena sem dúvida era alguém que ela gostaria de evitar, ainda mais na condição de intrusa que se encontrava.

Bernarda estacou, fazendo um sinal para que Ivana a copiasse. Outra vez o coração disparou para a garganta. Estavam na ponta do corredor, lugar oposto ao quarto de Dario.

— O que foi? — sussurrou, sentindo um princípio de paralisia pelo corpo. O medo só aumentava, e era pior porque àquela hora do dia pairava um silêncio assustador.

Bernarda levou um dos dedos à boca, em gesto de silêncio. Ainda que a mulher tivesse ajudado ela e Dario de bom grado, era visível uma expressão tensa que poderia significar com tranquilidade um arrependimento por ter permitido a entrada da menina de forma clandestina. Ivana corria os olhos pelo primeiro andar, procurando sinais de qualquer pessoa, mas não encontrou ninguém.

— Vamos — pediu Bernarda aos cochichos.

Foi com dificuldade que Ivana conseguiu ordenar às pernas que se movessem. Girava a cabeça para o lado como uma coruja, temendo o pior. As duas desceram as escadas, e quando Ivana chegou ao primeiro andar, apertou o passo até a porta de entrada. O ato desesperado e afoito fez seu guarda-chuva cair no chão. O baque do objeto no piso ecoou pelo grande ambiente e foi de imediato seguido por uma voz.

— Quem está aí na sala? — Para um horário tão calmo e quieto, Serena soava impaciente.

Ivana congelou.

— Sou eu, dona Serena. Vou até o jardim.

Os passos de Serena se aproximando estamparam pavor não apenas no rosto de Ivana, mas também no de Bernarda. Sem tempo de reagir, a primeira imagem que Ivana enquadrou em seu campo de visão foi a mesa retangular que ficava no local, fechada nas laterais, exceto pelo lado onde a cadeira se encaixava. Foi lá mesmo que ela se escondeu. Jogou-se em um mergulho desajeitado.

Esquecera-se de pegar o guarda-chuva. Bernarda, sempre atenta ao que acontecia à sua volta, teve tempo apenas de chutar o objeto para perto de Ivana, que o agarrou, segurando a respiração, como se aquilo pudesse denunciá-la. Serena entrou na sala segundos depois, e Bernarda lutou para manter uma expressão normal.

— Você disse que vai ao jardim? Não consegui ouvir direito.

— Vou, dona Serena. Quer alguma coisa?

Devagar, Ivana se posicionou para enxergar o que acontecia por uma fresta entre o tampão e o corpo da mesa. Serena estava com o semblante ainda mais mal-humorado que o do dia do quase atropelamento. Ouvira rumores pela província de que ela era uma mulher temperamental, difícil de lidar. E depois de vê-la apenas duas vezes, Ivana comprovava que nem todos os boatos eram tão inconsistentes assim.

— Me traga algumas camomilas, quero fazer um chá bem forte e... Você está bem?

— Claro, dona Serena, claro.

Serena a fitou por um instante, intrigada.

Droga, droga, droga!, a mente de Ivana gritava, fazendo-a controlar ainda mais a respiração.

— Como Dario passou a noite?

— Bem, como sempre. Estudou as matérias do dia e tirou o tempo livre para ler seus artigos de astronomia.

— Ele tentou sair outra vez?

— Não, dona Serena, Dario ficou aqui na mansão. O menino criou raízes dentro do quarto.

— Melhor assim.

Bernarda assentiu com um sorriso, que era em absoluto composto de nervosismo. Serena virou as costas e sumiu por um dos corredores. A funcionária fez um gesto para que Ivana saísse enquanto abria a porta que dava para o imenso jardim.

A menina levantou e, pé ante pé, cruzou a entrada, ganhando o verde externo. Encheu seus pulmões com o ar fresco, ainda um pouco frio pelo horário e pelo volumoso número de plantas. A névoa era mais espessa àquela hora, o que deixava o jardim misterioso e fascinante.

Bernarda andava depressa enquanto Ivana a seguia pelo longo caminho. Passavam pela fonte quando a menina escutou a funcionária:

— Vamos torcer para que nenhum deles esteja na janela neste momento.

Ivana tremeu, mas não quis olhar para trás. Aquilo a faria perder tempo, e tudo o que queria era estar fora dos limites da mansão Casanova.

— E os outros empregados?

— Já disse, somos leais aos donos, mas também grandes amigos de Dario. Além disso, não somos muitos aqui.

Depois de atravessar o grande jardim, esgueirando-se ao máximo entre as esculturas em arbustos para se camuflar, Ivana respirou aliviada quando chegou ao grande portão de ferro que demarcava o limite da propriedade. Bernarda girou a chave, e por uma fresta Ivana passou à rua. O sentimento de alívio durou o tempo de lembrar que pessoas em volta poderiam tê-la visto saindo da grande construção. Com um olhar apurado, notou que a Praça do Poço estava deserta. Ainda era cedo demais, e Província de Rosedário mal começava a dar seus primeiros bocejos de mais um despertar.

— Obrigada, Bernarda.

A mulher sorriu e tornou a fazer seus passos na direção do jardim, bastante apressada. Os ombros de Ivana caíram em gesto de relaxamento, e a menina expirou toda a tensão. Pensou na próxima etapa do retorno para casa, que era estar de volta sem que Solene percebesse. Mas estava tranquila, tinha a chave de casa e do ateliê. Seria bem mais fácil do que escapar de uma mansão.

Ela conseguira. Não apenas conhecera e conversara com Dario, como também tinha escapado com êxito de ser descoberta pelos pais do menino. Deu uma última olhada para dentro, através do jardim, e viu a mansão ao fundo. Em uma das janelas estava um homem. Ainda que a distância fosse grande, Ivana sabia que ele estava olhando para ela. Não era um funcionário.

Era Luan.

Pai de Dario.

7
O momento

Aquela manhã de terça correra de forma bem lenta para Ivana, que não conseguiu pensar em nada além de Dario. Após lavar, de maneira improvisada, a área suja de vermelho da segunda pele, foi para a escola. Em quase todas as aulas não respondera à chamada de primeira, precisando de cutucões e broncas, ora de Ivo, ora de Una. A sensação do peito transbordando não passava, e ela revivia cada momento desde a entrada na mansão até a saída. Evitava pensar no pai de Dario na janela, anulando a perfeição de sua fuga.

Ainda assim, Ivana não podia negar: tinha adorado a experiência. Sentira-se viva como nunca antes, ainda mais depois que conseguira chegar em casa e entrar no quarto sem que Solene percebesse qualquer movimentação estranha. Tendo as chaves de casa e do ateliê, só era necessário um pouco de coragem e confiança, tudo que Ivana teve naquele breve momento.

Se Dario já tinha consumido seus pensamentos antes mesmo de ela de fato tê-lo conhecido, estava claro para a menina que, daquele momento em diante, seria ainda pior, se é que podia definir aquela sensação arrebatadora como ruim. A imagem do rapaz, seus olhos azuis profundos, seu rosto com sardas brilhantes não apenas ganharam espaço na mente de Ivana, mas também em uma ou duas páginas de seu fichário, onde a menina rabiscara tais traços sem perceber.

Havia passado o intervalo inteiro compartilhando o que ocorrera com Una e Ivo, adorando cada expressão de assombro que surgia no rosto dos amigos. Nenhum deles esperava tal atitude dela — muito menos ela mesma. Por conta do tempo curto, não puderam discutir todos os detalhes, e só quando as aulas terminaram é que o trio pôde conversar com mais tranquilidade, enquanto faziam o trajeto de sempre em direção a Mascava, onde o expediente de Ivo começava logo após o término das aulas.

— Não estou acreditando que você fez tudo isso, Ivana! — disse Una, tirando do rosto alguns fios da franja azul.

— Eu também não, não sei o que é mais doido. Se é quase morrer atropelada, invadir a mansão, ou fugir de lá. — O tom assertivo de Ivo causou estranheza em Una.

Ela o encarou, franzindo o cenho.

— Que bicho te mordeu, Ivo?

— Nenhum bicho me mordeu, Una. Só estou perplexo. Me deixa em paz.

— Nossa, mas que azeda que está essa fofa, gente. — A menina olhou para Ivana, esperando uma risadinha em reforço, mas a amiga estava aérea, ao mesmo tempo que mostrava um semblante aceso. — Ivana? Ei, estou falando com você!

— Eu estou ouvindo, Una. E não invadi nada, Ivo, fui convidada pela Bernarda.

— Bem atrevida essa mulher desobedecendo ordens dos patrões — resmungou o garoto.

— Ela parece legal. Foi muito gentil e lavou meu vestido. Só não fez o mesmo com a segunda pele porque eu não podia ficar pelada, né? — Ivana torceu o nariz ao imaginar a possibilidade.

Ao se lembrar da parte da história que envolvia Malina, Valentina e Alonso, Una fez uma careta de desprezo.

— Aquelas duas sonsas e aquele acéfalo musculoso são uns imbecis. Eu bem que adoraria aprontar alguma coisa para cima deles... E ainda ficaram com o seu lenço!

— E daí, Una? Eles que fiquem com o lenço. Ivana tem o dono dele.

As duas riram, e Ivana concordou com a cabeça.

— Tenho mesmo. Eu acho. — Ela riu outra vez, corando.

Feliz em ver a amiga contente e com o riso frouxo, Una estava ávida por cada detalhe do que Ivana contava, pedindo mais de uma vez para ela repetir algumas partes específicas e vibrando do mesmo jeito. Ivo seguia calado durante boa parte do percurso. Quando decidia abrir a boca, falava de forma pontual e objetiva, por vezes irritando Una.

— Eu já disse que adorei o nome dele? E que achei o máximo ele ser como você? E ser um fofo?

— Já, Una, umas quatro vezes desde que te contei.

— Já está chata, inclusive — alfinetou Ivo.

As duas se entreolharam e depois encararam o garoto. Explodiram em gargalhadas, enquanto Ivo vestia uma feição rabugenta.

— Ele anda amargo nos últimos dias por causa do menino misterioso.

— Cala a boca, Una! Não estou amargo por causa de ninguém. Eu nem sei quem é esse garoto.

Ivana passou um braço em volta do pescoço do amigo, puxando uma das bochechas do rosto fino de Ivo.

— Ele vai aparecer. Aí você vai criar coragem e puxar a capa que ele veste, olhar bem na cara dele e dizer: "Ei, quer comer uma fatia de torta comigo na confeitaria? Eu pago".

Houve um segundo de silêncio antes que o trio gargalhasse.

— Torta? Vocês sabem que eu não sou muito de comer. Além disso, me diz... — Ivo olhou para Ivana. — Quem é você? Onde está a Ivana que eu conheço? O amigo estava espantado. Embora Una também estivesse surpresa, adorou a cena rara de uma Ivana brincalhona e determinada, então perguntou:

— O que esse Dario fez com você?

— Eu não sei — Ivana respondeu ao soltar Ivo e pegar uma das mãos de Una, conduzindo-a em um movimento de dança no qual a própria Ivana girava. Ao retornar à posição inicial, seus amigos não podiam estar mais atônitos. — Só sei que nunca me senti assim antes. Agora eu entendo o que querem dizer com *estar nas nuvens*. Ele não sai da minha cabeça. É bonito, atencioso e... inesquecível.

— Eu quero conhecer ele — comentou Una, liberando a amiga da dança desengonçada.

— Estou me roendo de curiosidade — reforçou Ivo.

— Nosso próximo encontro vai ser no lago, mais tarde.

— Não é perigoso? — perguntou Una.

— Ele acha que não. Fiquei receosa, mas vamos ficar mais afastados de onde costuma ter movimento. Lá para os lados da Orvalha.

— Vontade de ir escondida para espiar o casalzinho apaixonado — debochou Una.

E ouvindo mais uma vez aquele termo, Ivana se deu conta. Era simples, mas por que demorara a aceitar? Estava mais do que estampado em seu dia a dia, no sorriso largo e gratuito, nos pensamentos que convergiam apenas para Dario. Ivana estava apaixonada e, a julgar pelo ineditismo do sentimento, desejava permanecer daquela forma pelo restante de seus dias.

Os três chegaram à Praça do Poço, movimentada pelas pessoas que iam e vinham, além de alguns grupos de estudantes que gostavam de ficar conversando. Malina, Valentina e Alonso estavam entre eles. Evitando passar perto do trio desagradável, Ivana e os amigos seguiram adiante, conseguindo ganhar uma boa distância sem serem percebidos. Pararam na frente da Mascava.

— Preciso entrar daqui a pouco, o seu César não gosta quando a gente se atrasa — pontuou Ivo.

— Deixa de ser chata, bicha. Já estamos aqui na frente, e você está adiantada — rebateu Una.

— Eu estava pensando nas coisas que a gente conversou ontem — disse Ivana, de repente. — Foi tão bom conhecer alguém como eu, mas também é tão frustrante a gente não conseguir se tocar. Não é justo.

— A vida é amarga, querida — comentou Ivo, com a acidez típica de sua personalidade.

— A gente quase se beijou. — O rosto de Ivana explodiu em tons avermelhados, e suas bochechas queimaram ainda mais depois da histeria de Una com o comentário. — Mas ficamos no *quase* mesmo, a gente não consegue existir de forma cem por cento material no turno do outro. E só temos dois momentos no dia em que existem essas interseções: entre cinco e seis horas, tanto da manhã quanto da tarde.

— E por ser o período de transição dos corpos, vocês são como fantasmas nesses horários em comum, né? — perguntou Una, com um pouco de pena na voz.

Ivana assentiu, frustrada.

— E vocês conversaram mais sobre essa diferença de turnos? Ele sabe o que é isso? — perguntou Ivo.

— Ele sabe tanto quanto eu. A gente desconfia que os nossos pais se conheceram. O meu era cientista, e o dele também.

Ivo e Una fizeram uma careta, estranhando o relato.

— Nunca ouvi falar nada sobre o pai dele ter sido um cientista — observou Una. — Desde que ouço falar dos Casanova, sempre tem a ver com a Orvalha e o cultivo das rosas.

— Rosas de caules rosados — reforçou Ivo. — O que torna a Orvalha a única empresa conhecida a descobrir essa mutação. E eles não apenas descobriram, como também conseguiram reproduzir com sucesso. Só por isso Província de Rosedário é tão famosa.

— Minha mãe não gosta deles. Sempre falou mal dos caules rosados, como se os Casanova tivessem feito algo muito errado. Parece um pouco de inveja, eu... não sei. Ela não fala muito sobre eles, assim como não fala sobre o meu pai. Mas sempre que surge o assunto, é tratado com muita impaciência. Às vezes, parece até que tem ódio do Luan e da Serena.

— Credo. A tia Solene é durona, mas não exagera, Ivana — disse Una.

— Mas Dario levantou um ponto importante. Juntem as peças: quem além dele e de mim vive só por um turno do dia? Quem precisa vestir um traje como a segunda pele? — Ivana lançou a pergunta enquanto olhava o entorno, para se certificar de que tinha sido discreta.

— É óbvio que não é coincidência. Seu pai conhecia o pai dele, e está mais do que na cara que eles fizeram o projeto da segunda pele juntos — Ivo comentou.

— Também acho — concordou Ivana, contente em ver que os amigos estavam engajados no assunto.

— Ou seu pai criou, e o pai dele roubou — ponderou Una. — Isso explicaria a raiva da tia Solene.

— Será? — Ivo questionou, surpreso.

— Poderia explicar a raiva da minha mãe, mas não explica um monte de outras coisas — disse Ivana.

Os amigos assentiram.

— Além disso, poderia ser o inverso. O meu pai ter roubado o projeto dele, embora não consiga imaginar algo assim.

— Isso está ficando interessante. O que você pensa em fazer? — perguntou Ivo.

— Não sei direito. Não tenho muitas opções no momento, a não ser tentar descobrir alguma coisa com a minha mãe. Mas duvido que ela me conte detalhes. Ela vai sair daqui a pouco, mas quando voltar vou conversar com ela.

— Depois me conte as novidades. Preciso ir — cortou Ivo, estalando beijos no ar. Ele subiu os degraus da confeitaria sem esperar que Ivana ou Una se despedissem.

— Ele anda estranho há alguns dias. Acho que essa história de garoto misterioso está mexendo muito com ele — Una especulou.

— É, percebi que ele anda mais quieto e triste desde que conversamos sobre nossos meninos misteriosos.

— Acho que ele está com ciúme. Sempre fomos só nós três, e você sabe o quanto ele é maltratado nesta porcaria de província por ser gay...

— Ele é muito destemido em lidar com isso publicamente, e é besteira ter ciúme. Exatamente por *sempre* termos sido um grupo unido é que vamos continuar sendo.

Ivana fez uma pausa, notando que ao longe MalValAlo se movimentava para sair da Praça do Poço. Sinalizou para Una, que revirou os olhos.

— Vou para casa, não quer ir comigo?

— Prometo que vou outro dia. Quero te ajudar nessa sua investigação maluca. Vem cá. — Una a puxou em um abraço apertado e atarracado, envolvendo Ivana entre os braços robustos. — Estou feliz por você.

Ivana sorriu de volta. Ter alguém tão especial quanto Una em sua vida era um presente. Tudo que vinha da menina de cabelo azul-turquesa era sincero e gentil. As duas se despediram, Una mal contendo a histeria pelo próximo encontro de Ivana e Dario no fim daquela mesma tarde.

Era um fato que os dias de Ivana estavam mais coloridos desde que ela conhecera Dario. No entanto, havia um incentivo extra para tal. Com a proximidade do Natal, dezembro era o mês mais iluminado e mágico em Província de Rosedário. As casas, ruas e árvores recebiam decorações com pisca-piscas, bonecos de feltro e outros acessórios que tornavam o lugar um cenário encantador. Ivana e Solene não sabiam se eram as mais atrasadas, mas tinham certeza de estarem no grupo das últimas pessoas a decorarem a casa.

Depois de terem enfeitado a imponente árvore com adereços que brilhavam em dourado e vermelho — além de uma robusta estrela no topo —, Ivana e a mãe estavam no ateliê, cada uma imersa em suas atividades. Senhor Pipinho pulava com alegria entre os materiais de pintura, que ficavam na extremidade oposta aos materiais de trabalho de Solene.

O espaço amplo era intimista e bem iluminado por um grande número de janelas. Havia algumas mesas — a maioria com objetos de Solene e alguns rolos de tecido espalhados —, sendo uma delas tão comprida que percorria toda a largura do ambiente. Dez cadeiras estavam dispostas de forma organizada em seu entorno. Erguido pouco depois de Solene se casar, em uma área anexada à casa, o ateliê repleto de vida e cor só foi impulsionado após o desaparecimento do marido.

Sem Xenócrates ao seu lado e sozinha para sustentar Ivana, que à época tinha pouco mais de um ano, Solene precisou se dedicar por inteiro aos afazeres da costura, transformando-a em seu principal meio de sobrevivência. Foi graças a seu árduo esforço que Ivana pôde crescer com um teto sobre a cabeça, comida no prato sempre que quisesse e roupas novas e confortáveis, muitas que a própria Solene confeccionava.

O assoalho do ateliê era feito com tábuas e contrastava com as paredes de pedra. Diversas luminárias feitas com baldes metálicos pendiam do teto, nenhuma delas na mesma altura. Quando a noite caía, elas eram um espetáculo à parte, e Solene sempre lamentava por Ivana não poder vê-las em pleno funcionamento. Paralela à mesa comprida, do lado oposto da porta, uma bancada também extensa era anexada na parede, onde um grande número de prateleiras e nichos repousavam. Ferramentas, máquinas de costura, carretéis e fitas coloridas, botões, todo o aparato necessário à profissão.

Na parede ao lado da porta, rios de tecidos. De estampas, cores e texturas mais variadas, permaneciam enrolados e enfileirados de um canto ao outro, de cima a baixo. Manequins para todos os tipos de estrutura corporal espalhavam-se, assim como alguns quadros discretos. O que Ivana mais gostava era feito apenas com uma moldura vazada e uma chave velha e fosca pendurada no meio por um fio semitransparente. De estrutura atípica, era esculpida em formato de carapaça de caramujo e recebia um laçarote azul no meio. Ivana às vezes se perguntava que tipo de porta aquela chave abriria, perdendo-se em conjecturas férteis.

Solene tornara-se referência de alta-costura em Província de Rosedário, chegando ao ponto de precisar ter uma agenda com horários bem delimitados para que pudesse dar conta da demanda de mulheres ricas — e outras nem tanto — que a procuravam. O diferencial da mãe de Ivana era simples: ela desenhava modelos diversos, que englobavam desde o dia a dia a eventos maiores, e mostrava para as mulheres antes de produzi-los. Caso alguma delas se interessasse, a peça seria exclusiva. Se nenhuma gostasse dos croquis, Solene os confeccionava mesmo assim. Muitas acabavam comprando depois de ver a peça real.

As roupas que, mesmo saídas do papel, continuavam sem clientes interessadas, Solene pegava para si, porém era raro acontecer.

Em geral a venda era concluída ainda na fase do esboço. Se havia algo em Província de Rosedário tão característico quanto as rosas de caule rosado eram as mulheres de ego inflado, sempre de olho na grama mais verde dos vizinhos. E em um lugar minúsculo como aquele, vestir uma roupa elegante igual à da outra era motivo de farta vergonha.

O ateliê era um refúgio para Ivana, que tinha um carinho enorme pelo espaço, em especial pelo fato de uma parte dele ser reservada para suas pinturas. A inspiração voltara. Sentia-se plena e capaz de criar o que quisesse. Até mesmo um respingo descuidado do pincel em uma tela branca seria o bastante para que ela aprovasse. Não porque se sentia superior aos outros ou uma artista inigualável, mas porque estava tão feliz, tão sorridente, que a menor expressão de arte a tocava.

Ivana mudara seu ponto de vista.

Tudo estava diferente. Cheio de vida, como se cada objeto, pessoa ou circunstância à sua volta vibrasse pela sua felicidade. Passou a ver arte em tudo. *Um todo.* Encarava outra vez a tela branca, mas naquele momento o objeto era convidativo. Sussurrava para que ela pegasse pincéis e os potes de tinta e de água. Dizia para ela que prendesse o cabelo, que se deixasse levar apenas pelo som da brisa e do canto sempre doce de Senhor Pipinho. Que deixasse a arte sair dela e que, ao sair, as ideias se chocassem contra a tela. E que fossem absorvidas, como alguém sedento em um deserto.

Ivana cedeu ao sussurro. Com um sorriso de canto e os olhos cor de mel brilhando de júbilo, sabia o que fazer. Pegou um pincel leque e o levou à cavidade da paleta, até o amarelo-claro, e, com leves batidinhas, começou a depositar sua gratidão na peça de alvura fosca.

— Por que está sorrindo, minha filha? — A voz de Solene cruzou o ambiente carregada de curiosidade.

Surpresa, Ivana tentou disfarçar:

— Estou inspirada, mamãe. O Natal faz isso com a gente.

Solene concordou enquanto desfazia um rolo de seda branca em cima de uma das mesas.

— Bendito mês que aumenta nossas vendas! — A expressão era de alegria. — O que está pintando?
— Quando terminar, eu te mostro. Tomara que fique bom.
— Tudo que você pinta fica maravilhoso, minha filha.

O que Ivana quis dizer com *tomara que fique bom* traduzia-se em *tomara que Dario goste*, mas não podia revelar suas recentes peripécias à mãe. Desconfiava que fosse receber um castigo vitalício, além de ouvir pelo restante da vida broncas que envolveriam sua ousadia, os Casanova e a exposição de sua condição corporal. Talvez não naquela ordem.

— Vai se chamar *O beijo*.
— Gosto do nome.

Não gostaria, se soubesse o motivo, mãe, o pensamento de Ivana se fez tão forte que a menina deu uma risadinha, sem que Solene percebesse.

Ela estava adorando a adrenalina que corria livre por seu corpo. O gostinho de ir contra as regras, ainda que suas aventuras não apresentassem gravidade, era novidade. Uma realidade diferente do mundo cheio de barreiras e proibições impostas a ela desde que se entendia por gente.

Era um novo sopro de vida.

— Mãe, posso te fazer uma pergunta?
— Claro.

Interrompendo o movimento do pincel, tomou fôlego, trazendo certa dose de coragem. Questionar Solene era uma das tarefas que mais a deixava tensa. Ainda que naquela tarde a mulher estivesse com um semblante tranquilo, o assunto que Ivana estava prestes a abordar sem dúvida alguma reverteria todo o bom humor.

— Se o papai era cientista, onde ele trabalhava?

Houve alguns segundos de silêncio.

Ivana analisou a expressão da mãe com cautela. Como previsto, o rosto de Solene mudara — não de forma drástica, mas dava para notar o desconforto pelo desenho do lábio, retorcido com discrição.

— Que pergunta é essa de repente, Ivana?

— Curiosidade. Você nunca me disse como ele desenvolveu a segunda pele, então eu fiquei pensando... Onde ele faria algo tão incrível? Este traje atravessa os anos servindo meu corpo com perfeição, se adaptando não apenas ao meu crescimento, mas também à minha dissipação.

— Seu pai era um gênio, Ivana. Até demais. Ele não precisava de muito espaço para as criações dele. Poderia inventar qualquer coisa até dormindo.

— Mesmo assim... Ele nunca teve um laboratório ou algo do tipo?

— Minha filha, o que é importante saber sobre o seu pai é que você era o mundo dele. Nem mesmo a ciência e suas pesquisas malucas eram mais importantes do que estar com você.

— Mas você não resp...

— Ivana, basta.

— Eu não tenho o direito de saber o que acontece comigo?

Solene abandonou a tarefa a que se dedicava, puxando o ar com força.

— Não faz diferença, minha filha. O que nós vivemos é algo que vamos carregar pelo restante da vida. Algo que seu pai levou com ele quando sumiu.

— *Nós* vivemos? Sou *eu* quem tem hora para voltar para casa, sem qualquer opção, e isso não é pelo fato de eu ser uma adolescente. Sou *eu* quem simplesmente desaparece, sem deixar qualquer vestígio, sendo obrigada a usar uma roupa que eu nem sei por que existe. Mãe, por favor... Preciso saber.

Solene inclinou a cabeça para a frente, espantada pela reação da menina. Por fim, suspirou:

— Volte a pintar, Ivana.

A menina fez um gesto negativo, incrédula:

— Por que tem que ser assim?

— Deixe o passado no passado, minha filha. Não há nada lá que possa servir para a gente nos dias de hoje.

— Mas, mãe...

— Volte a pintar, Ivana.

Jogando o pincel em cima da mesa, Ivana pegou Senhor Pipinho e caminhou até a porta.

— Se meu pai estivesse aqui, conversaria comigo.

Solene não respondeu. Ivana continuou seu caminho escada abaixo. Antes de entrar em casa e se dirigir até seu quarto, deixou o pequeno companheiro na gaiola invertida enquanto explodia em pensamentos.

O encontro com Dario aconteceria em poucas horas e, mesmo irritada com a mãe, Ivana precisava colocar em prática seu plano de fuga, que se tornaria diário a partir daquele momento: deixaria pelo chão a roupa que estava usando, colocando uma outra peça e saindo de casa escondida. O grande — talvez o único — problema seria atravessar o quintal e passar pelo portão. Todas as vezes, todos os dias. Mas Dario valia o esforço. Mais do que o próprio menino, o sentimento cálido dentro dela merecia cada novo gesto em busca de uma vida mais liberta.

Ao mesmo tempo que aparava as arestas de seu plano, Ivana tinha como pano de fundo sua conversa com Solene, e não estava satisfeita. Nem de longe poderia estar. Pelo contrário, queria mergulhar ainda mais fundo e descobrir o que havia de errado naquela história. Porque, ela sabia, *havia* algo estranho. Solene não se incomodaria tanto em dar cortes e desconversar se tudo estivesse em ordem.

Ivana concordava com a mãe a respeito de o pai ter sido um gênio. Uma pessoa comum não projetaria a segunda pele. No entanto, mesmo gênios precisam de um espaço para chamar de seu.

Principalmente os gênios.

E ela descobriria onde o laboratório — ou qualquer outro nome que ela pudesse dar — ficava ou se ainda existia. E sentia-se fortalecida em saber que não estava sozinha na empreitada. Tinha Una e Ivo.

Tinha Dario.

Ela abriu um sorriso confiante. Gostou tanto do gesto que decidiu repeti-lo outras vezes. Não queria mais ser a menininha presa em uma redoma, frágil e cheia de medos. Não desejava mais se voltar para dentro. O mundo precisava tomar conhecimento daquela Ivana contente e faminta por viver.

Era o momento de se voltar para fora.

8
O lago, outra vez

Ivana só respirou com calma depois de chegar ao lago dos Mil Olhos. Estava para lá de ofegante. Sentia fisgadas nas costelas pelo esforço e podia jurar que os pulmões saltariam pela boca, desesperados por ar.

Quase fora descoberta por Solene. Ao fechar o portão, viu do outro lado a mãe passar pela janela, o que fez seu coração dar cambalhotas. Mas a mulher não parara. Apenas movera-se de um lado a outro dentro da casa. Ivana não perdeu tempo em disparar até o lago, tomando cuidado também para que os moradores da província não percebessem sua movimentação esbaforida.

Faltavam poucos minutos para as cinco, e o local combinado estava deserto, como Dario previra. Uma parte que mesclava terra batida com uma grama preguiçosa e rala. Ficava mais afastado da área badalada em que a cabeça de estátua repousava. O número de árvores e arbustos se mantinha, o que os ajudaria em qualquer camuflagem emergencial.

Ivana aproveitava um tronco velho e grosso, sentada enquanto o corpo não se transformava. Quando a imaterialidade viesse, ela não mais conseguiria se manter em contato com o objeto, então aproveitou cada segundo que pôde do descanso. Ao mesmo tempo animada e nervosa, aguardava a chegada de Dario.

O menino chegou ao encontro às cinco e vinte, tão esbaforido quanto ela. Tinha despertado em seu quarto e disparara até o local combinado sem querer perder um minuto sequer. Ficando de pé, Ivana o viu, ainda distante, se aproximando. Era incrível como apenas uma silhueta ao longe podia afetar cada célula de seu corpo. Dario a tirava do eixo.

Vestida apenas com a segunda pele, sentia a brisa do fim de tarde. O céu ganhava tons que se perdiam entre o amarelo, o laranja e um cor-de-rosa vívido. A esfera solar era um borrão de tinta quente, dizendo *até breve, Ivana e Dario, aproveitem este momento.*

Quando Dario chegou, o sorriso esmaltado combinava com o brilho das sardas. Ivana passeou os olhos pelo corpo do menino, que, apesar de magro, tinha os músculos bem definidos, delineando a estrutura por baixo da segunda pele.

— Fico imaginando o que as pessoas fariam se te vissem assim, praticamente sem roupa.

— Elas não teriam esse privilégio. — Ele sorriu com uma arrogância proposital. — Aprendi a ser sorrateiro.

Eles se aproximaram e não existia nada além de dois corações famintos, um pelo outro. Com os rostos frente a frente, separados por uma diferença de poucos centímetros, de olhos fechados Ivana podia sentir a respiração de Dario. Ele, a dela. A menina tentou pousar uma das mãos no peito dele, mas o atravessou. Suspirou, frustrada.

— Desde que encontrei você no lago pela primeira vez, não consigo mais me concentrar nas minhas atividades — comentou Dario. — Com o nosso encontro de hoje cedo... Você ter ido lá em casa... Agora só tenho paz quando estou com você. Como isso é possível? Eu... Eu...

— Nunca senti isso antes — ela completou.

— É! Nunca! — Ele encarou o lago e levou as mãos à cabeça, embora não pudesse tocá-la. — Ivana, eu não quero mais ficar longe de você. De jeito nenhum.

Ivana recebia as falas de Dario como ondas de calor que amornavam seu corpo. Não tinha palavras para descrever a imagem dele recitando sensações a que ela correspondia por completo.

Estava entregue em absoluto e apenas conseguia sorrir enquanto o contemplava.

— Vem — ele chamou.

Os dois não se afastaram muito de onde estavam. Aproximaram-se de uma árvore tão fina quanto as outras que circundavam o lago, mas com o tronco um pouco arqueado, tornando a copa mais baixa que o natural, ainda que fosse muito frondosa. Dario apontou para algumas pedras grandes e sobrepostas. Era nítido que havia um trabalho humano naquela arrumação.

— Quando venho neste lugar, escondo as minhas roupas e acessórios aqui, na base desta goiabeira. Pena que assim que eu puder colocar as mãos ali para abrir você já não vai estar mais aqui.

— Não está muito na cara? Além das pedras estarem muito juntas, esta goiabeira é bem diferente das outras.

— Aí é que fica interessante. O óbvio muitas vezes passa despercebido. Além disso, se você retirar as pedras, não vai encontrar nada, só grama. Mas sim uma grama que na verdade é um tapete, que esconde um pequeno compartimento. Eu mesmo cavei. Deixo sempre uma bermuda, uma camisa, um par de tênis e o nosso item número um de sobrevivência imaterial: um relógio.

Ivana riu.

— Acho que nunca fiquei um dia na vida sem usar um relógio, desde que aprendi a ver as horas.

— Quando der seis horas, vou colocar as suas coisas aqui. Agora este local secreto é seu também. Traga um kit para guardar de reserva. — Ele sorriu, fazendo-a corar.

Os dois caminharam até a beira do lago, com os braços próximos um do outro, como se pudessem dar as mãos. Não podiam se tocar, mas valia o simbolismo. O lago estava tranquilo, um espelho d'água liso no qual círculos fracos surgiam e expandiam-se até sumir, fruto da movimentação de libélulas que tocavam a superfície. De enorme extensão, o lago se perdia de vista para além das fronteiras de Província de Rosedário. Confundia-se com o céu, de tão perfeito reflexo.

— Gosto muito daqui. Você sabe por que este lugar se chama lago dos Mil Olhos?

— Não.

— Porque à noite ele fica repleto de vaga-lumes, e todos parecem pequenos olhinhos brilhantes que te encaram. Às vezes, passo um tempão aqui, vendo um passar de lá para cá. Lindo mesmo é quando eles voam por cima da água. O lago vira uma imensa piscina de luz.

— Eu gostaria de saber como é a noite. Só conheço por fotos em livros. Deve ser tão linda quanto eles a retratam.

— A noite é maravilhosa. Te convida ao silêncio, ao descanso. É um turno sagrado, quando cada um pode se recolher e pensar sobre si mesmo, sobre os rumos da própria vida. O brilho da lua e das estrelas é místico, te faz questionar o que mais pode haver além deste planeta. Acredito que o dia deva ser muito especial também.

— Ah, o dia é mágico! Te injeta ânimo, te impulsiona a buscar seus sonhos, te faz conviver com pessoas que te ajudam a caminhar. Um céu azul sem nuvens pode te hipnotizar se você deixar.

— Sabia que a minha cor preferida é o laranja? Mas não qualquer um! É o tom do pôr do sol. É o que consigo ver quando desperto, o mais próximo do dia que consigo estar. Consigo ter um vislumbre do azul depois das cinco da manhã, mas nunca vi o sol nascer.

— Eu prefiro o azul-escuro. Você já deve imaginar o motivo.

Ele sorriu. Tornava-se opaco devagar, enquanto ela esmaecia.

— Conseguiu descobrir alguma coisa?

Dario negou, um pouco frustrado.

— Nada. Mas estou só no início. E você?

— Nada também. Tentei conversar com a minha mãe, mas, como era de se esperar, ela desconversou. Fiquei pensando no que você me falou e nas reações da minha mãe. Ela não gosta dos seus pais.

— Ninguém nesta província gosta. E, sinceramente, não acho que seja apenas por eles serem reclusos.

— Não entendi.

— Ivana, meus pais são bem-sucedidos, as pessoas que mais têm poder aquisitivo neste lugar. A única mansão de Província de Rosedário é a nossa. Sabe o quanto isso incomoda as pessoas? Especialmente quando esse sucesso vem de pessoas negras?

— De onde você tirou isso? As pessoas não têm receio de vocês por causa da sua cor.

Ele parou, encarando-a com profunda curiosidade. Aguardou para ver se Ivana estava brincando, mas percebeu que não.

— Ivana, quantas pessoas negras existem nesta província?

A menina precisou consultar a memória com grande esforço. Surpreendeu-se ao perceber que não conseguira numerar muitas.

— Esta província é linda por fora, mas podre em seu interior. As pessoas olham, cochicham, bisbilhotam. E se fazem isso entre os que se conhecem, imagina o que não falam da gente.

Ela ponderou o comentário.

— Você está exagerando. Concordo que as pessoas aqui podem ser bem perversas quando querem, mas não é pessoal.

Dario suspirou.

— Posso pedir um favor?

— Claro.

— A partir de hoje, preste atenção nos ilustres moradores deste lugar. Depois me diga se eu estou exagerando.

Ela concordou, sentindo-se envergonhada.

— Acho que passei tanto tempo voltada para as minhas necessidades, em uma bolha, que deixei de ver ao redor. Não vou só observar, mas refletir sobre o que você falou.

Dario sorriu.

— Vamos voltar ao nosso assunto principal. — Ele cortou o clima denso com uma voz animada. — Antes que o sol te leve!

Ivana retomou a conversa de onde tinham parado, relatando a hipótese de Xenócrates ter roubado o projeto da segunda pele de Luan, e também o contrário.

— Será? — Dario fez uma careta, não recebendo bem a ideia. — Meu pai não parece o tipo de pessoa que faria isso.

— Eu não me lembro do meu pai, mas acho que não faria algo assim também.

— Precisamos confirmar primeiro se eles realmente se conheceram.
— Eu acho que sim.
— Também acho, mas sem uma certeza, podemos tomar um caminho totalmente errado.
— Vamos trabalhar com o que a gente tem. O que você sabe sobre a segunda pele? — perguntou a menina.
— Só sei o que é e como funciona.
— Então me fala. Vamos ver se tem algo diferente na minha.
— A minha segunda pele é um traje muito fino, quase imperceptível, que tem a única função de preservar a minha intimidade quando meu corpo fica imaterial e as roupas e os acessórios caem. Ela é fosca e borrada entre meu quadril e minhas coxas, tanto na frente quanto atrás. Ela me reveste da ponta dos pés até o tórax, onde também fica borrada, sem envolver os braços. Some e aparece comigo. Não consigo me sentar, deitar ou encostar em nada quando estou imaterial, mas a segunda pele, de alguma forma, consegue sustentar a sola dos meus pés. Caso contrário, eu afundaria no chão.

Ivana bufou, frustrada.

— É exatamente igual à minha, exceto pela altura do revestimento. A minha termina nas axilas, e, mesmo com o traje, consigo atravessar objetos sólidos.
— Eu também consigo.
— Ainda bem que elas existem. Imagina a gente ficar pelado por aí a cada vez que o corpo começa a sumir.
— Eu não me importo — Dario falou. — Pegar um ventinho faz bem.

Ivana deu uma risadinha, tentando cobrir a boca com a mão. Foi inútil.

Algo farfalhou próximo a eles. Os dois se viraram ao mesmo tempo, com uma feição imprevista de nervosismo estampada no rosto.

Passos.

Eles se entreolharam. Faltava pouco para o corpo dela se dissipar e o dele se materializar. Se fossem vistos, não tinham a menor ideia do que falar ou mesmo fazer. De trás dos arbustos altos, uma voz conhecida por Ivana, mas desconhecida por Dario, surgiu em tom alarmado:

— Eu sabia que não devia ter pedido para sair mais cedo da Mascava. Eles não estão aqui, Una!

Ivo.

Tão logo o menino terminara a frase, ambos surgiram de trás da planta volumosa. Espantados, encaravam Ivana e Dario.

— Achamos! Eu não falei? — E, parando de supetão, cobriu os olhos. — Me desculpem! Eu não sabia que estavam sem roupa!

— Não seja idiota, Una. Ele também usa uma segunda pele — disse Ivo, em um tom rabugento, mas admirado ao observar a silhueta de Dario.

Una descortinou os olhos, encarando Ivana e Dario, sem jeito.

— Você já está quase invisível. Não dá para perceber muito.

— Vocês querem me matar do coração? O que estão fazendo aqui? — perguntou Ivana.

— A culpa é dela — adiantou Ivo, recebendo um olhar fulminante de Una.

— A gente... só estava passando...

— Deixa de ser sonsa, Una. Ivana, como você falou que estaria aqui com Dario, não aguentamos de curiosidade e viemos conhecê-lo. E é isso — assumiu.

— Que boca grande, hein, Purpurinada?

Ivo fez um bico debochado, dando de ombros.

— Ela me fez inventar uma dor de barriga para sair mais cedo da confeitaria.

— E foi muito difícil para você, né, Ivo? Estava se coçando mais do que eu para conhecer o menino misterioso da Ivana.

Ivana desejou ter dois buracos: um para enfiar a cabeça, de tanta vergonha, e outro para jogar Una e Ivo dentro.

— Quer dizer que eu sou seu menino misterioso? — Dario perguntou com um sorriso largo para Ivana, que deu um risinho constrangido de volta.

— Ela só fala de você!

— Una! — Ivana nunca desejara tanto que seu corpo sumisse.

— Ah, é mesmo? Que bom. Prazer, eu sou Dario. — Ele estendeu a mão, mas recuou o gesto. — Bom, eu cumprimentaria vocês, se pudesse. Na verdade, vou poder em alguns minutos.

— Ah, não se incomode com a gente. Não viemos atrapalhar, só conhecer você mesmo. Eu sou Una, e essa recalcada é o Ivo.

Dario acenou para Ivo, que, desconfortável, ergueu as sobrancelhas em cumprimento. Una não conseguia disfarçar o fascínio ao ver Ivana e Dario juntos, com suas reações corporais tão opostas.

— Você não se importa de termos visto você assim? — perguntou a menina a Dario.

Ele fez que não, sorrindo.

— Por que me importaria? Este sou eu. Se vocês são amigos da Ivana, tenho menos motivos ainda para me preocupar.

Una ajustou os óculos estampados acima do nariz, concordando. Ivo mantinha os olhos em Dario, intrigado com seu aspecto físico, e disse:

— Então podemos ir, Una. Já atrapalhamos demais.

— Por que não ficam? Seria ótimo poder conversar com alguém da minha idade. Só faço isso com os funcionários da mansão, e eles que não me escutem, mas às vezes não consigo aguentar nem meia hora. No fim das contas, a diferença de idade pesa muito nos assuntos.

— Você não conhece *ninguém* da nossa idade? — Una estava chocada.

— Vocês são os primeiros. Depois da Ivana, claro.

Ivana gostara da ideia e deu força para que os amigos ficassem com Dario, apesar do susto que havia tomado com a atitude da dupla. Acabou gostando da surpresa, já que não sabia como ela poderia apresentar Dario para os amigos em outras circunstâncias. Deixou que ele e Una conversassem, já que Ivo não se empenhava em interagir.

A menina encarou o próprio corpo. Quase não se via mais. Por uma longa experiência, sabia que restavam poucos segundos até que sumisse por completo. O céu perdera a cor vespertina.

— Vejo vocês amanhã. Conversem bastante, mas não falem mal de mim.

Dario, Una e Ivo a encaravam.

— Vou estar aqui quando você acordar — disse o menino com o rosto iluminado pelo brilho sutil das sardas.

Ela sorriu.

E virou brisa outra vez.

9

O perfume das rosas de caule rosado

A tarde do dia seguinte estava fresca e convidativa ao lazer. Ivana saíra para fazer uma das atividades que mais gostava: pintar no lago dos Mil Olhos. Com seu aparato, mantinha uma tela quase concluída anexada com cuidado no cavalete, com um mundo de água à frente. Una estava com ela, mas nadava perto da cabeça de estátua, vez ou outra cuspindo jatinhos de água cristalina no ar. Ivo ficara na Mascava por conta do expediente a cumprir.

O lago estava movimentado de forma razoável, com algumas pessoas ao longo da margem e outras refrescando o corpo dentro da água gelada. Malina, Valentina e Alonso eram algumas delas. Ivana e Una não estavam muito distantes, o que as fazia verificar MalValAlo com frequência.

A manhã correra bem. O momento com Dario fora tão marcante quanto as outras vezes que estiveram juntos. Deixara a tela de *O beijo* no ateliê, propondo-se a continuá-la sem pressa, embora tivesse dado um prazo a si mesma: terminaria até a véspera de Natal, e seria um presente para Dario. No entanto, apesar de faltar pouco mais de duas semanas para as comemorações natalinas, Ivana sentia-se tão invadida de inspiração que decidiu pintar uma nova tela naquele dia, continuando *O beijo* em outro momento.

De volta, Una torcia o cabelo curto à margem, e gotas azuladas e verdes escorriam pelo maiô de bolinhas roxas.

— Estou adorando te ver assim — ela disse, enquanto buscava a sombra de uma das árvores no entorno.

— Assim como?

— Feliz. Você está mais leve, Ivana.

A menina riu.

— Isso é normal?

A menina baixinha pegou os óculos na bolsa, colocando-os depois de limpar as lentes com um lenço.

— Deliciosamente normal, Iv. Pensar que tem alguém que carrega a gente com carinho no coração, aonde quer que vá, é maravilhoso. E Dario é um menino muito legal, além de ser lindo. Você tinha razão quando falou dos olhos e das sardas.

— Ainda não acredito que ele convidou você e o Ivo para visitarem ele na mansão. Os pais dele estão lá, chega a ser meio rebelde.

— De primeira, eu também achei que ele estivesse brincando, mas logo de cara a gente percebe que ele não é um bobão como os outros meninos da nossa idade. É mais maduro, pacífico, realmente um garoto gentil. Talvez tenha convivido demais com gente mais velha. Fiquei encantada com a educação dele. Conversamos sobre muitas coisas. Muitas mesmo!

— O que o Ivo achou dele? Mal deu uma palavra hoje na escola.

— Ele também não falou comigo, mas acho que gostou.

Com uma toalha, Una enxugava o cabelo ao se aproximar da tela de Ivana. A peça mostrava o cenário do lago onde o objeto de mais destaque era a notável cabeça de estátua e seu terceiro olho na testa.

— Essa estátua me dá arrepios — disse a amiga.

— Gosto da história dela.

— Ah, não! — Una se apressou em discordar. — Como gostar de uma estátua imensa que surgiu da noite para o dia, sem ninguém ter visto o transporte?

— Claro que isso não aconteceu, Una. É só uma lenda, que, como todas, serve para nos causar medo, curiosidade e essas coisas.

— Isso não é lenda, Iv. Lendas têm séculos, milênios. Essa estátua está aí só há quinze anos.

— Uns dizem mais, outros dizem menos.

— Tanto faz. Ela poderia ter sido colocada aí ontem. O que me assusta é *como*, sem ninguém perceber, ela veio parar aqui. Eu notaria algo assim sendo transportado por essas ruas estreitas da província...

— Seja como for, é uma escultura linda que me transmite muita paz.

— Ela não dá paz, Ivana. Dá calafrios. Ca-la-fri-os.

— Para quem tem o pé atrás com uma escultura inofensiva, você gosta de nadar bastante perto dela, né?

Una fez uma careta. Fora pega.

— Gosto, e daí? Ela também não vai levantar do lago e me atacar — rebateu com deboche.

— Levantar não, mas a mão dela, que a gente não vê, pode te puxar para o fundo e você vai ficar lá eternamente.

— Não existe mão nenhuma, Iv. — A careta de Una ficou pior, mas ainda que estivesse espantada em ver Ivana lançando piadas mórbidas, gostara de vê-la mais liberta de amarras para falar e brincar como quisesse.

A tarde avançou com tranquilidade, e quase todas as pessoas continuavam no lago. Era hábito dos moradores, em especial dos mais jovens, fazer visitas frequentes ao local em meses de muito sol. Dezembro era uma época quente, e quase todos os dias a esfera solar escaldante convidava a um mergulho, ou pelo menos uma conversa despretensiosa em uma toalha jogada na grama falhada.

Enquanto as duas meninas juntavam seus pertences, tão envolvidas que estavam, não perceberam a aproximação de MalValAlo. À vontade, Malina e Valentina usavam biquíni com a cintura coberta; Alonso, uma bermuda. E embora as cores de seus trajes fossem vibrantes, as feições eram sempre desdenhosas e cinzentas.

Malina parou na frente de Ivana e Una, mas não disse qualquer palavra. Ficou encarando as duas, enquanto esperava Ivana terminar de desmontar o cavalete. A tela pronta ainda secava sobre a grama, e estava isolada dos outros objetos. Ivana, diferente do habitual, preferira usar tinta a óleo em vez da aquarelável.

Foi Una quem dissolveu o silêncio:

— Posso ajudar? — perguntou em tom irônico. Se Malina era boa em sarcasmo, Una poderia ser debochada na mesma medida.

Malina não respondeu. Fez um sinal de silêncio com o dedo, o que floresceu a raiva de Una de forma instantânea.

— Acho que isso aqui é seu — disse Malina, ao olhar para Ivana. Havia um brilho perverso no olhar, algo que era um tom acima do deboche. Segurava o lenço bordado, retirado da bolsa de palha que carregava.

Ivana acompanhou o delicado tecido com os olhos, disfarçando a vontade de puxá-lo da mão de Malina. Pela distância, ainda que curta, não teria reflexo suficiente para conseguir recuperá-lo.

— Você veio me devolver?

Valentina soltou uma risada escandalosa, enquanto Alonso continuava estático, sem mexer um músculo. Ivana continuou:

— Veio até aqui porque pensou em como você é uma garota insuportável e que precisa chamar atenção dos outros, mas que foi longe demais sujando meu vestido e decidiu devolver também o lenço que você roubou. Estou certa, Malina?

Ninguém disse uma palavra sequer. A expressão de incredulidade no rosto de cada um deles só não foi maior do que a feição da própria Malina, que continuou em silêncio, mas exibia as pupilas dilatadas em um ódio dissimulado.

— Vai deixar que ela fale assim com você, Malina? — Valentina congelara na expressão espantada.

Malina permaneceu quieta. Deu alguns passos até o quadro ainda fresco e brilhante pela tinta. Olhou o cenário, erguendo a vista para o lago. Tornou a baixar os olhos, comparando a imagem real com a original.

— Você é boa, Ivana. Diria que é tão boa com pintura quanto eu sou com moda. Esse seu jeito sonso de boa moça funciona para pintar, da mesma forma que minha personalidade autêntica me ajuda a desenhar e confeccionar as roupas que uso. O que eu não entendo é...

Como você, sendo essa pessoa apagada, sem carisma, pode aparecer com um lenço da família Casanova na mão, logo eles que são os mais evitados da província.

— Isso não é da sua conta, Malina.

— É, no mínimo, estranho. Vocês não acham? — ela perguntou para Valentina e Alonso, que assentiram.

Ivana observava com tensão Malina se agachar perto da pintura. Una sentia o mesmo.

— Vou te dar um tempo para pensar e dividir isso com a gente — disse, por fim, ao levantar e começar a se afastar. Valentina e Alonso seguiram atrás. — Até lá, o lenço fica comigo. Se na próxima vez que a gente se encontrar, você insistir nessa resposta, é bom que não esteja com nenhuma tela por perto. Caso sua memória seja fraca, pode olhar para o vestido manchado de tinta de alguns dias atrás.

— Ele não está manchado — respondeu Ivana.

Malina franziu a testa com sutileza, encarando-a. Ivana sustentou o olhar.

— O vestido não está mais manchado, Malina — repetiu, sem desencontrar os olhos dos dela.

Malina bufou com um risinho debochado, sem acreditar em Ivana. MalValAlo seguiu seu caminho, com Una fazendo caretas de nojo enquanto os três se afastavam.

— Ridículos.

— Deixa pra lá, Una. Vamos embora.

Ainda faltavam algumas horas para que o aguardado horário das cinco chegasse. Antes, à medida que a intimidadora hora se aproximava, Ivana sentia medo, uma tensão que ia crescendo minuto a minuto, até que seu corpo desaparecesse. Só o pensamento em estar fora de casa após aquela hora era aterrorizante. Depois que conheceu Dario, ela só desejava que fossem cinco horas, não importava se da tarde ou da manhã, desde que fossem cinco horas. Sentia a insegurança ceder lugar a uma força intensa, que a impulsionava, sem mesmo se dar ao trabalho de perguntar para onde. Estava se permitindo apenas se deixar levar.

Enquanto trocava a água e renovava a comida de Senhor Pipinho, deixou o pequeno pássaro no ombro, que não tinha outra atitude além de cantar. Ivana achava que se houvesse uma criatura sempre contente e feliz em Província de Rosedário, esta era o passarinho com a mancha de coroa na cabeça.

Talvez Senhor Pipinho fosse tão entusiasmado pelo fato de ser irracional e não compreender o mundo à sua volta. De não recordar que perdera a mãe quando ainda era um filhote, ao ter seu ninho atacado por uma cobra. Talvez por Ivana tê-lo salvado ele era tão apegado a ela. Sendo, àquela época, uma bolinha de carne enrugada com olhos inchados e arroxeados, era fácil reconhecer o ser vivo mais próximo como membro da família.

Passeando os olhos pelo quintal, Ivana admirava os enfeites natalinos, exuberantes e mágicos que ornamentavam o espaço de sua casa. Bolas coloridas, bonecos de feltro e plástico, uma centena de itens que enriqueciam a charmosa moradia das Montebelo. Havia, claro, os pisca-piscas que Ivana nunca pudera ver em ação ao cair da noite. Sua experiência limitava-se a vê-los em um cômodo escuro durante o dia, o que, é óbvio, não a satisfazia.

Notando um grupo de fios embolados na lateral esquerda, atrás da árvore em que pendia a gaiola de Senhor Pipinho, a menina viu que eles se misturavam a uma robusta roseira — típica de Província de Rosedário, exclusiva em seus caules rosados, com rosas formosas e imponentes, ricas de pétalas que iam do rosa ao lilás —, que tomava toda a lateral do quintal. De tão densa que era, ninguém conseguia podar ou tocar nela, exceto em suas beiradas. Era de admirar que as rosas estivessem em seu jardim, já que Solene não gostava delas.

Tornando a colocar Senhor Pipinho na gaiola, voltou a atenção para os enfeites emaranhados que haviam caído da árvore em cima do volumoso grupo de rosas, derrubados pelo vento, talvez. Ivana caminhou até o lugar, tomando cuidado na retirada das pequenas luzes. Os espinhos eram numerosos, tal qual uma clássica roseira. Não demorou muito até que redistribuísse as luzes artificiais por um galho mais baixo da grande árvore.

Tornou a admirar a roseira volumosa. O aroma das flores tocava as narinas de forma inebriante. Era um pouco mais forte que as rosas tradicionais, mas nada incômodo. Ela fechou os olhos, deixando-se guiar pelas sensações, tendo ao fundo apenas o canto de Senhor Pipinho e de outros pássaros ao redor.

Quando abriu os olhos, percebeu mais ao meio da roseira, a certa distância, que o aglomerado se arqueava para fora. Era sutil, algo que um olhar rotineiro e despercebido não notaria, mas, naquele momento, com olhos focados na volumosa roseira, que atingia uma altura pouco acima de sua cabeça, Ivana viu. Sentiu-se intrigada e começou a dar passos pela lateral, cercando as rosas. À medida que caminhava, notava que a parte arqueada continuava discreta e estranha. Não tinha hábito de ir até aquela área do quintal, e ainda que tivesse visto a roseira infinitas vezes, só naquele dia sentira uma estranha intuição, como se o perfume das flores aguçasse sua observação.

Assim que chegou ao fim, no muro que dividia sua casa com a propriedade vizinha, espantou-se ao perceber o que parecia ser uma pequena toca, onde era possível adentrar apenas engatinhando. Aproximou-se para examinar: havia mesmo um caminho por dentro da roseira! Uma estrutura básica aramada formava um túnel muito estreito e reservado, envolto pelas vinhas espinhentas, tão antigo quanto curioso. Ivana estava certa de que fora feito por mãos humanas.

Olhou para o portão e não viu qualquer silhueta passar pela rua. Solene havia saído. Dezembro era um mês movimentado por conta do Natal, o que com frequência fazia a mulher se ausentar, ou para fazer compras de matéria-prima pela província ou visitar clientes histéricas com seus prazos urgentes.

Enrolando o cabelo comprido e jogando-o todo para a frente, ajoelhou, sentindo as alfinetadas dos grãos na pele. Tocou o chão de terra escura com as mãos e iniciou o avanço pelo túnel. Tomou cuidado, observando possíveis caules partidos, porque sabia que a seiva apresentava riscos à saúde. Mas, ao contrário do que esperava, Ivana mal tocou nas plantas, escapando sem dificuldade dos espinhos e sem sequer notar qualquer líquido escorrendo pelo emaranhado. Naquele local, imersa entre os caules rosados, o aroma era ainda mais agressivo. Mais instigante. Ainda que a luz vinda de fora fosse pouca, era o bastante para seguir em frente. Não demorou para chegar ao fim da trilha, percebendo um alçapão, feito de metal quadrado, castigado pelo tempo de forma impiedosa. A tampa, que sem dúvida levava a um local oculto, possuía apenas uma fechadura, esculpida em formato de carapaça de caramujo com uma aldrava de metal em formato de aro, pendente.

Ivana segurou a argola de metal e puxou.

Trancada.

Bufou com impaciência, tentando uma segunda vez, impondo mais força.

Nada.

Espiou a fechadura de perto, com a desconfortável sensação de que já vira aquele símbolo em algum lugar. A chave que poderia abrir aquela passagem, já a vira antes? Onde? Ela não ignorava a memória que, mesmo distante, dizia que seus olhos já haviam registrado em algum lugar o objeto que poderia liberar o caminho.

— Pense, Ivana. Pense — disse baixinho.

Revisitou todos os cômodos da casa, a confeitaria, o lago, até mesmo o que tinha conhecido da mansão Casanova, mas nada estalava em sua mente.

Frustrada, resolveu sair do túnel. Sacudiu a terra dos joelhos e das palmas. Encarou o ateliê no andar de cima e foi quando sua mente se iluminou. No instante seguinte, estava correndo até ele, subindo os degraus de dois em dois. Abriu a porta com um empurrão e foi até a parede oposta. Parou bem em frente a um objeto.

A chave de metal, pendurada por um fio semitransparente na moldura vazada. O pequeno objeto esculpido como uma carapaça de caramujo, envolto em um laçarote azul, cujos dentes combinavam em exatidão com a fechadura.

Nervosa, Ivana sentia o coração sacudir na garganta. Pegou uma tesoura e cortou o fio que sustentava a chave, tomando-a para si. Pressionou-a contra o peito, soltando o ar pesado de tensão. Não sabia quanto tempo Solene demoraria para voltar. Tinha que ser rápida, e, embora não soubesse o que encontraria lá dentro, tinha certeza de que *precisava* conferir.

Saiu do ateliê mais rápido do que entrou, quase tropeçando e rolando pelos degraus. Passou pela árvore de Senhor Pipinho, contornou a roseira e voltou a engatinhar pelo túnel. O coração era puro descontrole, ainda mais quando Ivana ficou frente a frente com a portinhola de metal.

Respirou fundo, encaixou a chave e, como esperado, o objeto encaixou em simetria com a fechadura. Ivana deu outro suspiro nervoso.

Girou a chave uma, duas vezes.

Ouviu o trinco liberar a passagem. Segurou a aldrava com as duas mãos e puxou para cima.

Ficou alguns segundos paralisada, encarando o que estava prestes a descobrir.

10
Debaixo daquele caminho

Algumas poucas luzes no ambiente abaixo de Ivana acenderam de forma automática. Ela estava quase certa do que se tratava, mas preferiu descer a escada de metal em espiral para confirmar. Um misto de contentamento e medo preenchia seu coração enquanto seguia pelos degraus curtos. Fazia bastante calor, muito mais do que na superfície.

Um cheiro forte de mofo misturava-se com outros odores que ela não sabia identificar. Ao colocar os pés no chão, espantou-se com aquele lugar tão bem estruturado que existia abaixo do solo. Mais surpresa ainda estava por nunca ter percebido o túnel na imensa roseira, ainda que fosse uma passagem bastante discreta.

O ambiente bagunçado não era muito grande. Um número sem fim de objetos acumulava-se entre mesas retangulares, umas de madeira, outras de metal. Tubos de ensaio em formatos diversos, presos em suportes de madeira ou soltos, blocos de papel, objetos decorativos. Canos enormes de metal, retos e curvos, eram encontrados em uma extensa bancada, que dava uma volta pelo espaço.

Ivana foi andando, receosa, sem tocar em qualquer item. Dava passos lentos, como se alguém pudesse ouvi-la, descobri-la. Chegou a uma parte onde podia observar, intrigada, grandes blocos de metal com botões de cores distintas, monitores apagados de aparência esverdeada e adesivos com ícones que ela não entendia.

Sua atenção foi captada por um grupo de prateleiras que exibia potes de vidro de alturas diferentes, os rótulos desgastados pelo tempo, nos quais líquidos de texturas e tons diversos repousavam, imóveis como a água do lago dos Mil Olhos.

A menina andou mais um pouco, passando os olhos por pilhas de livros dispostos em outras prateleiras e armários de parede com portas de vidro. Sentiu o coração amolecer ao notar um porta-retratos que exibia a foto de um homem jovem e sorridente de jaleco sujo acenando, o corpo com claros sinais de esgotamento e o cabelo despenteado. Tinha o semblante feliz enquanto posava em uma das mesas daquele mesmo local.

Ivana segurou a foto. Sorriu, passando os dedos pelo rosto daquele homem. Sabia quem era. Sabia também o que acabara de descobrir.

Aquele era o laboratório de seu pai.

Não pôde evitar que uma lágrima escorresse, atingindo a foto do jovem Xenócrates.

A lembrança do pai era quase inexistente. Perdê-lo tão cedo fora um golpe duro para ela e a mãe. O que mais a incomodava era o fato de Xenócrates nunca ter tido um túmulo. Muitas vezes quis levar flores, chorar ou apenas se sentar diante da lápide, tentando sentir um aconchego de pai, mas nunca pôde. A figura paterna desaparecera e, até que provassem o contrário, continuava viva aos olhos da sociedade, mesmo que aquilo já durasse quinze anos. Logo, gente viva não ganhava lápide.

Quando pensava na estupidez dos moradores em não conceder aquela homenagem a um homem havia muito desaparecido, Ivana lembrava que Província de Rosedário não era tão florida assim. Que fosse por fora — *ah, isso era* —, mas por dentro andava estragando, se é que já não havia definhado de vez. Em um breve lampejo, lembrou-se de que Dario tinha feito um comentário semelhante acerca da província.

Naquele momento, tão mergulhada no que era a rotina do pai, Ivana o sentiu. Como nunca havia sentido. Estar no universo dele era a conversa que sempre desejara, melhor e bem menos mórbida que uma lápide.

— Preciso de respostas, pai.

Ela tornou a olhar para a imagem, dando conta de que outros porta-retratos estavam distribuídos mais à frente. O nervosismo que sentira ao descer a escada passara. Queria ficar mais tempo. Dias, meses. Desejou poder explorar cada centímetro, saber o que era cada máquina, cada substância, admirar as fotos. Mas precisava tomar cuidado com Solene. Agora entendia o porquê de a própria mãe mantê-la longe — o que não a deixava menos triste.

Correndo os olhos por outras fotos, viu com surpresa a imagem de Xenócrates com outro rapaz. Mais robusto, contrastava com o pai de Ivana em beleza e postura. Utilizava o mesmo jaleco, porém limpo, impecável. Por um momento, Ivana achou que fosse Dario. Seu coração deu um salto, até olhar com atenção e perceber que o homem era Luan.

Ela e Dario estavam certos.

Seus pais haviam mesmo se conhecido.

Não bastando a surpresa — e um estranho alívio — pela confirmação, Ivana devolveu a moldura que segurava, pegando outra. Nela, havia duas mulheres sorridentes, abraçadas. Explodiam em afeto e empatia, contagiando até mesmo Ivana, que abriu um sorriso.

— Não é possível.

Não era apenas estranho Solene e Serena juntas, como se fossem melhores amigas, penduradas em um poste, cada uma de um lado com um braço aberto, sorridentes em alguma rua perdida na Província. O que era raro era que as duas estivessem sorrindo. Não uma risada fraca ou banal, mas uma gargalhada escancarada, como se aquilo fosse a maior diversão do mundo.

Ivana sentiu uma vontade enorme de correr até a mansão Casanova e contar para Dario o que descobrira. Mas, além de ser uma loucura tentar entrar lá não importasse o jeito, seria inútil de qualquer forma, afinal o menino ainda não *existia* naquele horário.

Ainda sentindo o gosto da perplexidade, devolveu a moldura, passando para uma outra, que a fez ter dificuldade em segurar as lágrimas. A imagem exibia Xenócrates, também jovem e descuidado em aparência, com uma menina pequena nos braços. Loira e com cachinhos brilhantes, o sorriso sem dentes exibia uma alegria contagiante, mesmo para um ser humano tão jovem e com o braço enfaixado. Ivana olhou para a própria cicatriz no lado direito. Não lembrava como a conseguira, mas acabara de descobrir quando. Quis levar o porta-retratos consigo, porém terminou por devolvê-lo.

Diante dela, armários de tamanhos variados estavam dispostos. Como todos, o mais próximo tinha duas portas de vidro emolduradas com madeira. O que chamou atenção da menina foi que, além de possuir apenas três objetos, a mobília tinha fechadura. Levando as mãos até os puxadores, descobriu que estava trancada. Ivana bufou, frustrada, e tentou buscar na memória outras possíveis chaves que pudessem abrir o armário: nada veio à sua mente.

Tendo o tempo como inimigo, não apenas por causa de Solene, que poderia chegar a qualquer momento, mas porque tinha horário certo para encontrar Dario, Ivana não pensou duas vezes e vasculhou o laboratório atrás de algo pesado. Encontrou um peso de papel em formato de estrela e respirou fundo, encarando o armário.

— Sinto muito, pai.

Arremessou o objeto, estilhaçando uma das vidraças, do mesmo lado onde estavam os três itens. Tomando cuidado para não se ferir, pegou o peso de papel no interior e terminou de quebrar os pedaços presos, tornando o acesso muito mais fácil.

Consumida de curiosidade, passou a mão nos objetos, mas apenas reconheceu um deles: um caderno de tamanho médio, amarelado e bastante manuseado, inúmeros eram os papéis anexados. Deixou-o para folhear por último. O outro objeto era pequeno, retangular, com um simples botão na parte inferior e todo o restante uma tela escura de vidro, onde nada era exibido. Ivana apertou o botão em baixo-relevo, porém nada aconteceu. Ela olhou a parte traseira do item e encontrou um pequeno quadrado, com círculos de relevos diferentes no centro. Sem ter a menor ideia do que era aquilo, passou para o objeto seguinte: uma esfera metalizada polida com perfeição, que refletia com distorção o seu rosto. Ao contrário dos artefatos naquele laboratório, o globo permanecia limpo e inabalado. Um dos lados exibia círculos que para Ivana lembraram a imagem de uma íris. A menina encarou a esfera, girou para um lado, depois para o outro. Nada aconteceu.

 Sem grandes expectativas acerca do que tinha descoberto, restou a ela investigar o caderno. A primeira página revelou ser aquilo uma espécie de diário, em que Xenócrates anotava curiosidades, descobertas e experimentos. Logo que abriu, Ivana notou um anexo, um rabisco do objeto que ela mexera minutos antes, com algumas anotações. Na parte superior da página, um garrancho que deveria ser o título dizia "smartphone". Um comentário abaixo questionava o nome, dizendo que o próprio termo havia sido encontrado dentro do aparelho, antes de ele desligar sozinho. Outro trecho parecia relatar que o funcionamento daquele aparelho se dava por bateria. Um segundo rascunho da tela exibia pequenos quadrados de bordas arredondadas, mas Ivana seguiu ignorante àquilo.

 Passou adiante. Textos a princípio desconexos, assim como rabiscos. Um deles mostrava dois aros em lados opostos, que se conectavam por um tubo fino no meio, e a legenda "B.M.?". Ivana notou que uma página continha tópicos sobre a segunda pele, mas nada que ela e Dario já não soubessem. Folheou mais um pouco, até perceber, no topo de uma das folhas, um pequeno rabisco tremido e abstrato. Ao lado, uma seta indicava a legenda "Visita da Ivana ao laboratório". A menina abriu um sorriso.

 — Ivana! — Uma voz abafada correu o ar, vinda do quintal, acima dela.

 Era Solene.

 Pânico.

 Ivana congelou por segundos até conseguir organizar os pensamentos e tentar encontrar uma saída. Pegou o diário de Xenócrates, tornando a subir a escada em espiral, o nervosismo devastando seu corpo a cada degrau que ganhava. Solene não podia descobrir que ela sabia do laboratório. E muito menos que ela estava em posse do diário do pai.

 Ivana sentiu o corpo fraquejar de medo. Tinha duas tarefas pela frente e precisava de muita sorte para conseguir realizá-las: sair do túnel sem ser vista e devolver a chave à moldura. Tornou a ouvir a mãe chamar, mais perto, já que Solene não obtivera resposta.

A garota estava apavorada.

Ergueu o alçapão metálico da entrada devagar, temendo que o metal rangesse e entregasse sua posição. Com apenas os olhos à mostra, esquadrinhou a entrada do túnel, onde a luz era abundante. Não tinha como saber se Solene estava perto ou longe, então deu outra tragada nervosa de ar, terminou de abrir a tampa-porta e se esgueirou para fora, mal conseguindo se virar para fechar e trancar a passagem. Depois de um contorcionismo doído e muita força de vontade, girou outra vez a chave que mantinha o laboratório preservado. Restava à garota saber se ela mesma conseguiria se preservar e não ser pega.

Engatinhando para a luz, o coração era um órgão que não mais obedecia à sua fisiologia. Entre sacolejos e retrações, Ivana espiou para fora do túnel como um animal desconfiado cujo predador ronda a toca.

Não viu Solene — o que não significava que ela estivesse salva... ou que a mãe não fosse chamá-la uma terceira vez.

Não chamou.

Em um ímpeto de coragem, saiu de vez do caminho escuro da roseira e se pôs de pé. Bateu uma palma na outra da forma mais discreta que conseguiu, dando em seguida tapas nos joelhos para expulsar a sujeira concentrada.

Puxou o ar com firmeza e vasculhou a casa e o ateliê com o olhar. Também o quintal. Solene não estava visível. Ivana apertou o passo até as janelas da casa, olhando para dentro, e continuou sem ver a mãe. Percebeu, então, que Solene só poderia estar no ateliê ou nos cômodos mais internos da casa. Desejou que fosse a segunda opção. Precisava de qualquer maneira chegar ao ateliê e devolver a chave, tentando não sucumbir ao nervosismo de saber que ainda precisava *pendurar* o objeto ao passar um novo fio através da estrutura metálica e pesada.

Alcançou as escadas e subiu devagar. Parou na metade do caminho quando ouviu passos vindos do ateliê. Pavor nos olhos escancarados, pavor nas mãos trêmulas, pavor nas pernas bambas. Segurando o diário e a chave, Ivana estava a segundos de ser descoberta. Olhou para o lado direito, onde vasos altos — alguns vazios —, adornavam o canto da escada, junto de outras plantas. Não pensou duas vezes: colocou a chave dentro do diário e o jogou, torcendo para que caísse sem estrondo. O diário foi engolido por um dos vasos. A chave voou para o lado da parede, batendo no chão com um som metálico seco.

— Onde estava? Te chamei várias vezes — perguntou Solene, aparecendo à porta, com ares de impaciência que anunciavam uma tempestade de broncas.

— Fui até casa da Una — Ivana disse a primeira história que veio à mente.

— Saiu de novo?

— É, eu... esqueci uma coisa da escola na bolsa dela.

— Devia ter me avisado antes de eu sair.

— Só lembrei depois que você saiu, mãe. Me desculpe.

— Tudo bem. — Solene fez menção de virar, e Ivana já iniciava uma fervorosa comemoração interna. — Seus joelhos estão sujos? — Franziu o cenho, encarando as desbotadas marcas de terra na pele alva da filha.

Pânico outra vez. Ivana olhou para os joelhos, sem conseguir evitar a cara de espanto, mas aproveitou a feição para transmitir surpresa:

— Joelhos? Nossa, devo ter sujado enquanto pintava no lago. Não acredito que fui assim até a casa da Una! Vou tomar um banho e lavar a segunda pele.

Virou-se, fazendo o possível para sumir da frente da mãe. Ivana pensou em Malina, que tanto gostava de chamá-la de sonsa. Se a menina tivesse visto aquela atuação de Ivana, teria morrido de inveja.

— Está bem. — Solene tornou a virar, adentrando o ateliê.

Ivana desceu os degraus com calma, mas por dentro era puro desespero. Agoniada, foi até a lateral da escada, olhou para o alto e, não percebendo sinal da mãe, passou a mão dentro do vaso ornamentado e recolheu o diário. Agachou-se, pegou a chave e correu.

Esconderia o diário e cuidaria da chave assim que pudesse. Tudo que restava naquele momento era torcer para que Solene não desse pela falta do objeto na moldura.

Foi quando ela refletiu.

Perguntou-se até que ponto a mãe sabia da existência do diário, ou mesmo se sabia dele. Sua mãe abandonara o laboratório ou ainda o frequentava sem que ela soubesse? Se a chave estava tão exposta, e ao mesmo tempo tão camuflada, era porque seria óbvio para alguém que tentasse descobrir ou porque Solene não dava a mínima se descobrissem?

Novas perguntas, um punhado de novas possíveis respostas.

E Ivana não sabia como encontrar as corretas.

Pensou no que Dario havia falado sobre tudo que era óbvio.

Sentia necessidade de conversar com a mãe, em alguns momentos sentia uma vontade enorme até mesmo de confrontá-la, mas não conseguia. Sentiria culpa. Seria a pior filha do mundo, a que não dava valor aos cuidados maternos, "é para o seu bem por causa disso, é para o seu bem por causa daquilo".

Jogando-se na cama, liberou a tensão depois de guardar o diário em uma bolsinha e a chave em uma gaveta. Em pouco tempo, o relógio acusaria cinco da tarde e um novo encontro com Dario se aproximava, até então o momento mais tenso do dia — mas que em particular *naquele dia* perdera para a escapada do laboratório.

Mirando o teto, permitiu-se relaxar um pouco antes do banho. Depois de um tempo, fechou os olhos, imaginando Dario e suas particularidades. A cicatriz em torno do tórax, a forma como os olhos azuis a encaravam e como eles pareciam um céu estrelado quando as sardas brilhavam junto. O sorriso largo e franco, os dedos compridos e os músculos torneados.

Imaginou o beijo. Como ele seria. O que sentiria. Acima de tudo, desejava ter a sensação do toque, ainda que fosse por um segundo. Seria o momento mais marcante de sua vida. Pensou, pensou, pensou.

Adormeceu sem perceber.

A tarde avançou, e quando o relógio de pulso apitou, às cinco horas, já desprendido do pulso, a menina continuou no sono profundo. A segunda pele, que podia apenas mantê-la acima do solo quando de pé, não funcionava na horizontal. Ivana afundou na cama, indo parar abaixo dela. O corpo penetrou o piso por inteiro. Caiu no andar de baixo com força, mas sem que pudesse sentir qualquer estímulo externo, ela continuou dormindo. Afundou outra vez no piso.

A figura fantasma de Ivana sumira nas entranhas da terra. Quem sabe pelas entranhas da própria Terra.

No entanto, a menina permaneceu sonhando.

Belas imagens da lua cheia e do mar, enquanto caminhava descalça pela areia. O oceano era tão novo quanto a noite. Sentia a maresia passear pelas narinas e a brisa se esconder entre as ondas do cabelo.

E, mergulhada em seu mundo de fantasias, Ivana seguiu adormecida, mesmo quando o relógio anunciou seis da tarde.

Ela desapareceu por completo.

Talvez tivesse ido para o mundo de seus sonhos, onde o mar e a noite e a lua poderiam ser reais.

Talvez.

Fato é que na outra ponta da província, no lago dos Mil Olhos, Dario chegaria em breve para encontrá-la.

E ela não estaria lá para recebê-lo.

11
Convite

Ivana reaparecera de pé, no quarto, último lugar onde estava antes da dissipação, tensa pelas suposições de onde fora parar no dia anterior. Passara a manhã se martirizando por ter dormido e perdido o encontro com Dario. Por ser algo tão especial e raro, deixar a oportunidade escorrer trazia uma amarga sensação de perda, ainda que a chance voltasse todos os dias.

Mesmo tendo surgido às cinco da manhã daquele que era o dia seguinte, Ivana não foi ao lago. Não conseguiria sair de casa sem alarde, além de não ter certeza se Dario estaria esperando por ela. Tinha quase certeza de que sim, mas não arriscaria fugir de casa e ser vista por Solene. Era melhor perder um dia do que ser descoberta e perder todos.

Não o ter encontrado só mostrou a Ivana que ela não conseguia mais ficar sem vê-lo. Se ouvira meia dúzia de palavras durante as aulas naquela manhã, fora muito. A ansiedade louca parecia comer sua mente pelas beiradas, como se a qualquer momento ela pudesse largar tudo e correr até a mansão. Vontade não faltava. Caso Dario estivesse lá durante o dia, ela se questionou se não teria feito mesmo aquilo.

Ivana estava sentada em uma das mesas do lado de fora da Mascava com Una. Remexia no que sobrara de sua limonada, sem interesse. A confeitaria estava cheia, e Ivo, que não fora à escola naquela manhã, mal pudera conversar alguns minutos, como sempre fazia. Atarefado, chegou a derrubar dois pratos ao tentar desviar de outro garçom. Uma das louças estava vazia, já a outra carregava uma fatia de torta de amora.

— Estou curiosa para saber o que tem nesse diário. — Os olhos de Una brilhavam desde que soubera do túnel.

— Eu não estou me aguentando de curiosidade de mostrar para vocês. Mas não quis trazer porque fiquei receosa de encontrar Mal-ValAlo, e você sabe, né...

— Nojentos. Ainda espero pelo dia em que aqueles três vão se dar mal.

— Deixa eles pra lá. A gente pode dar um pulo lá em casa, e eu te mostro.

— Pena que o Ivo não vai poder ir. Tem hora que esta confeitaria só atrapalha — lamentou Una.

— É puxado, mas ele precisa. Senão, aí mesmo é que o pai dele vai arrumar confusão.

— É de dar um nó na garganta. Não sei o que faria se meus pais me tratassem como o pai dele...

Como se atraído pelo nome, Ivo apareceu, livre de bandejas e com a expressão entediada.

— Quinta-feira difícil — bufou o garoto. — Está cada vez mais complicado viver neste lugar.

— Calma, bicha. Você sabe que dezembro é pior. Natal é assim mesmo. Muda um pouco essa cara. Está péssima. Andou chorando?

— Você sabe muito bem que eu não sou de chorar.

— O que aconteceu? — Ivana quebrou o clima tenso.

— O seu César... Só faltou me cortar e servir no lugar da torta que eu derrubei. Era a última fatia. Fazer outra não leva menos que cinquenta minutos.

Depois de uma sutil indicação de Ivo, Ivana espiou o cliente que pedira a torta. Era um homem baixinho e barrigudo, que usava o guardanapo de pano preso à gola da camisa social. Estava bastante irritado, batendo um dos pés achatados no assoalho de madeira, enquanto cultivava um bico de mau humor e encarava o garoto.

— Melhor você nem ficar muito aqui com a gente para não dar motivos para eles. — aconselhou Una.

— Que se dane. Nessas horas, penso que a chuva sombria poderia cair sobre a província e acalmar os ânimos dessa gente arrogante e preconceituosa.

As meninas se entreolharam. A chuva sombria era motivo de alarde na província. Causava medo e desespero desde o seu surgimento, ainda mais por ser um fenômeno de causas desconhecidas. Se Ivo estava desejando que ela caísse, era porque estava *mesmo* com raiva.

— Vim aqui por causa disto. — Ele colocou a mão no bolso do avental róseo e puxou um pedaço de papel dobrado. Pôs em cima da mesa enquanto Ivana e Una devoravam o bilhete com os olhos.

— O que é isso? — Ivana perguntou.

— Foi Dario quem me entregou ontem. Ele me abordou na rua, depois que saí daqui. Tomei um susto. Disse que tinha ido até o lago, mas você não apareceu. Aí veio atrás de mim, achando que eu sabia de algo, mas se enganou. Ele perguntou se eu tinha algum pedaço de papel, e como estou sempre com a mochila, arranquei uma folha do caderno.

— Por que ele não foi até mim? Ele sabe onde eu moro. — Una mal conseguiu disfarçar o fato de não ter sido a primeira opção de Dario.

— Já disse que ele me surpreendeu no caminho para casa — Ivo respondeu com azedume. — Ou você espera que ele toque a sua campainha, se apresente e tome chá com os donos da casa?

— Duvido que você não tenha lido, Ivo — provocou Una.

— Não li. — O rosto e a voz tinham uma firmeza tão madura que Una chegou a se constranger.

Ivana se apressou em abrir o bilhete, que tinha sido dobrado duas vezes. Quando notou o conteúdo, que não chegava nem à metade da folha, sorriu. Depois ficou tensa.

— O que foi, Ivana? Fala de uma vez! — pediu Una.

Ivo mantinha os olhos também curiosos sobre o conteúdo da folha delicada.

— É um convite — disse a menina, com os olhos brilhando. — Para ir até a mansão.
— Um convite? Quando? — perguntou Ivo.
— Hoje. Em vez do lago, a mansão. Olhem.
Ivo e Una se aproximaram da mesa e engoliram palavra por palavra:

O que aconteceu hoje? Te esperei, mas você não apareceu. Está tudo bem? Pensei em te convidar para um lanche lá em casa, amanhã. O que acha? Chegue antes das cinco para poder comer alguma coisa! Meus pais vão fazer hora extra e só devem chegar bem tarde. Bernarda e os outros já estão avisados. Acho que vai ser legal. Pode chamar a Una e o Ivo também. Eles vão gostar, né? Espero vocês lá!

D.

P.S.: Meu dia hoje foi mais triste por não ter te encontrado. Amanhã irei ao lago de manhã, como sempre.

Ivana sentiu um aperto no peito por ter faltado naquela manhã, ainda que de forma involuntária. Embora todo o conteúdo a tivesse deixado saltitante, foi a última frase que grudou em sua mente. A menina quis falar para a carta que ela também tinha ficado triste, que sentira a falta dele, como se o objeto de papel pudesse entregar o recado para Dario, que, àquela hora, não existia. Admirou por alguns segundos a folha, até ser trazida de volta por Una:
— Ele é um fofo.
— É, Una... É, sim.
— E pensar que a província acha a família Casanova metida e mal-encarada...
— Até você achava, Una — cutucou Ivo, que revidou com uma careta.

— Ainda acho. Pelo menos o pai e a mãe — rebateu a menina.
— Mas eles são mesmo. Serena, sem dúvida — disse Ivana. — Sobre o Luan eu ainda não tenho uma opinião formada. — Ela se lembrou da silhueta do homem, encarando-a ao longe enquanto fugia da mansão.

Um pigarro alto chamou atenção do trio. O cliente e fã da torta de amora encarava Ivo com desprezo, e o menino passou os olhos para seu César, que lançava olhares fulminantes.

— Tenho que voltar — disse o menino. — Ivana... você está pensando em ir até a mansão?

— Aceitei o convite no momento em que terminei de ler. Vocês vão comigo?

— É muito arriscado — declarou Ivo.

— O máximo que vai acontecer é sermos descobertos e então expulsos — afirmou Una. — Estou dentro.

Ivana sorriu, animada.

— Vamos, Ivo, deixa de ser antipático. Você não é assim.

— Melhor não.

— Está bem. Mas, se mudar de ideia, encontre a gente lá por volta das quatro — disse Ivana.

O menino caminhou para se afastar, no entanto parou, virando para as duas.

— É perigoso, Ivana. É uma loucura.

— Então vou ser uma louca. — Ela ainda sustentava o sorriso.

Estava ficando cada vez mais difícil Ivana entrar e sair de casa sem que Solene questionasse. Naquela tarde, a menina pegou a bicicleta de cestinha — pintada de azul-claro na lataria e cor-de-rosa nos pneus — e disse que encontraria Una para um passeio pela província. O dia mantinha-se fresco e com poucas nuvens. Ivana disse que voltaria antes das cinco e que a mãe não precisava se preocupar, porque ela iria direto para o quarto descansar.

Ivana não sabia até que ponto Solene estava de acordo com suas saídas frequentes, mas estava cada vez menos preocupada com a mãe, pensando mais e mais em si. Em sua felicidade. Pedalando sem pressa, carregava consigo a carta de Dario, além do diário do pai, dentro de uma bolsa discreta, cruzada no peito por uma alça fina.

Ao chegar à frente da mansão notou que a rua estava movimentada, mas não se intimidou com o que as pessoas poderiam falar quando a vissem entrar. Encontrar Una já parada diante da entrada deu ainda mais força à Ivana. A amizade tem a mágica propriedade de injetar determinação nas pessoas, de elevar a autoestima, e o relacionamento com Una não era diferente. Vê-la na frente do portão dos Casanova tranquilizou Ivana. A garota de olhos estreitos também estava com uma bicicleta, coberta de adesivos multicoloridos e pompons em cada lado do guidão.

Ivana sorriu e desceu da bicicleta. Adiantou-se, respirando fundo, e tocou a campainha.

— Estou nervosa! — disse Una.
— *Estamos!*
— Nem acredito que vou entrar na mansão.
— Você vai adorar. Será que o Ivo não vai vir mesmo?

Una deu de ombros.

— Se vier, só depois do expediente.
— Ou seja, se ele vier, já vou ter desaparecido.

Una fez uma careta de frustração, compartilhando do infortúnio da amiga.

— Outro dia que ele tiver folga, a gente consegue.

Ivana assentiu, e as duas viram Bernarda se aproximando. Levou alguns minutos até que a funcionária chegasse ao portão. Àquela altura, algumas cabeças no entorno espiavam. Ivana se perguntou se alguma daquelas pessoas eram clientes de sua mãe e se contariam para Solene da visita da menina à mansão, mas afastou o pensamento.

— Boa tarde, meninas. Me acompanhem, por favor.

Ivana e Una adentraram o terreno da mansão com as bicicletas, admirando tudo ao redor.

— Não é arriscado as pessoas nos verem entrar? Não vão contar para a Serena e o Luan?

— As pessoas aqui falam da gente, Ivana, mas não *com* a gente. Em todos esses anos de governança, entendi que o que falam do portão para fora não chega sequer a estes jardins. — Ela sorriu. Ivana relaxou, mas não notou que uma das pessoas nas proximidades era Valentina.

Una passava pelas esculturas em arbustos com espanto, encantada com o verde bem cuidado e a dimensão do lugar.

— Dá vontade de correr por este lugar inteirinho!

— Chegamos muito cedo, Bernarda?

— Estamos com tudo pronto há algumas horas, com exceção de determinadas comidinhas que são melhores frescas, como biscoitinhos e pastas.

Os olhos de Una brilharam. Ivana estava feliz em ter a amiga por perto. Depois que cruzaram o jardim, as duas seguiram pela lateral da mansão, deixando em certo ponto as bicicletas encostadas na parede de pedra.

Chegaram à parte dos fundos e, perplexas, viram que o espaço era tão amplo quanto o jardim. Mais plantas — uma área tomada de roseiras —, esculturas de pedra e uma enorme piscina, que ostentava uma pequena ilha ao centro. Ao lado da piscina, erguia-se uma construção blocada e quadrada, forrada de vegetação por fora.

— É por aqui — disse Bernarda, ao parar diante do arqueado portal da construção.

Ivana e Una seguiram a governanta, que estacou ao ouvir a campainha tocar outra vez. Mesmo ao longe, o som reverberava por cada canto da mansão.

— Podem prosseguir. Vou ver quem é — a mulher arrematou, retirando-se.

Ivana e Una passaram pelo portal, em choque com o cenário interno: o caminho a partir da entrada tornara-se uma plataforma retangular, que seguia até o meio, onde se encontrava um círculo. Tudo era cercado por uma água tranquila, mas escura, nas quais pequenos pontos de luz boiavam sem sair do lugar. As paredes, diferentes do aspecto externo, ganhavam cores que se misturavam entre o azul-escuro, o preto e o roxo em algumas partes. Uma pintura bem detalhada do universo. O local não possuía teto, permitindo que as poucas nuvens que vagavam pelo céu refletissem na água. Quase próximas do topo, janelinhas vazadas circundavam o ambiente e tinham a mesma silhueta do portal de entrada.

Uma mesa farta estava disposta na região central, onde três funcionários aguardavam, sorridentes. Todos tinham idade avançada, cabelos grisalhos e olhos gentis. Havia um homem e duas mulheres, uniformizados como Bernarda.

— Sejam bem-vindas — disse o homem, que logo foi copiado pelas mulheres ao lado. — Me chamo Ari. Estas são Beatrice e Chiquinha.

As duas funcionárias cumprimentaram Ivana e Una com um aceno de cabeça, de pronto correspondido.

— Fiquem à vontade. Preparamos esta mesa para as convidadas do Dario. Ele certamente vai ficar muito contente em recebê-las. Se nos dão licença, vamos terminar de trazer o que falta.

— Claro, claro, não se incomodem com a gente — falou Ivana, apressada.

O trio se retirou, pouco depois de reforçar que as meninas poderiam se sentar e comer o que quisessem. Maravilhadas, as duas gastaram alguns minutos admirando a obra de arte que era aquela mesa. Nenhuma delas soube dizer se eram as guloseimas que chamavam mais atenção ou a louça, elegante em seu tom azul-escuro. Bolos, pães, frutas, e aperitivos que deixariam a confeitaria Mascava com inveja, ainda que Ivana tivesse reconhecido alguns produtos de lá. Jarras de suco, baldes com gelo e seus pegadores esculpidos, guardanapos de pano com o brasão dos Casanova bordado: tudo era suntuoso, abundante, um convite para se esbaldar.

Já passava das quatro. Quando Ivana pegou uma faca e desceu o primeiro corte em um bolo fumegante de frutas vermelhas, notou Bernarda cruzando o portal. Ela e Una sorriram ao verem Ivo caminhando ao lado da mulher.

— Não acredito que você veio! — Ivana disse, com alegria.
Deslocado, o menino concordou.
— Inventei uma enxaqueca e saí.
— Cuidado com isso, Ivo. Você já saiu cedo esses dias... — começou Una.
— Eu tomo conta da minha vida, Una. Pode deixar.

O corte foi recebido com estranheza não apenas por Una, mas também por Ivana, que, na tentativa de amenizar o clima, mostrou a mesa para Ivo. Sem cerimônia, o menino se sentou em uma das cadeiras altas e despencou os ombros, relaxando.

Bernarda os tinha deixado à vontade enquanto comiam e conversavam. Ivo não tocou na comida, apenas encheu um copo com dois dedos de água. Nenhum dos quatro funcionários ficou cercando o trio de amigos, apareciam apenas quando precisavam repor algo. Como a mesa era farta e os convidados eram apenas três, quase nada precisou ser adicionado, o que deu uma grande privacidade ao grupo. Quando o relógio de pulso da menina apitou cinco da tarde, não apenas ele, como também suas roupas, foram parar no chão. De pé e vestindo a segunda pele, Ivana sentiu-se um pouco constrangida. Não demorou muito para que a imagem quase invisível de Dario surgisse pelo portal, trajando também sua segunda pele. Os olhos se encontraram, e um correu até o outro.

— Que bom que você veio! Que bom que vocês todos vieram!
— Eu peguei no sono ontem e acabei perdendo a hora. Hoje de manhã também foi difícil...
— Não importa. Você está aqui agora. Estão servindo vocês bem?
— Melhor impossível. Essa comida toda é um sonho — pontuou Una. Ivo fez um aceno de cabeça, concordando. — E este lugar é maravilhoso.
— É mesmo — concordou Ivana.
— É meu observatório, venho muitas vezes aqui. À noite, fica ainda mais lindo. Os pontos de luz ficam mais evidentes. Tenho um telescópio que costumo deixar aqui, exatamente onde está essa mesa agora, por isso o guardei.

— É o telescópio que está no seu quarto?

— Não, é outro, um pouco maior.

— Um telescópio? Você consegue ver os planetas e as estrelas e tudo aquilo lá em cima *de verdade*? — Una perguntou com profundo interesse.

— Não exatamente tudo, mas bastante coisa. Me distraio assim. Adoro astronomia.

— Ele quer ser astrônomo — disse Ivana, corando, como se fossem um casal de muitos anos. E ela nem bem sabia se eram mesmo um casal.

— Adoro física e matemática. Costumo ler sobre mapas celestes, estudar as constelações, essas coisas. Mas não sei se a minha condição vai permitir que eu me profissionalize um dia.

— É lindo — disse Ivo. — Quero dizer, tudo isso — ele se apressou em reiterar. Ivana e Una concordaram.

— Obrigado por entregar o bilhete. — Dario sorriu, deixando Ivo envergonhado.

— Tudo bem — ele respondeu.

— Estou feliz de ver vocês aqui. Sem dúvida é uma situação atípica nesta mansão.

— Tem certeza de que seus pais não vão descobrir? — perguntou Una.

— Fiquem tranquilos. Qualquer imprevisto, a gente conta com a Bernarda, o Ari, a Beatrice e a Chiquinha para nos avisar.

— Eles te ajudam mesmo, né? — indagou Ivana.

— Muito. Não sei como meus pais nunca descobriram.

Ivana fez um sinal para Una, que entendeu. A menina foi até a bolsa de Ivana e a abriu, pegando o diário de Xenócrates. Colocou-o em cima da mesa, afastando alguns pratos e copos, convocando Dario e Ivo. Ivana já estava ao lado do diário.

— O que é isso? — quis saber Ivo. Dario também estava intrigado.

— Temos menos de uma hora até eu desaparecer — respondeu Ivana. — Dario e Ivo, vocês ainda não sabem, mas encontrei isso aqui ontem, sem querer. Una vai folhear para mim, por motivos óbvios. Vou dividir com vocês o que aconteceu.

A garota limpou a garganta para começar a falar.

12

A criança infausta

— Como você nunca descobriu um túnel desses? — perguntou Ivo depois de ouvir toda a história sobre a descoberta do laboratório.

— Eu não saio por aí vasculhando cada canto, até porque um laboratório camuflado por uma roseira monstruosa jamais passaria pela minha cabeça.

— Então já acertamos alguma coisa. Nossos pais se conheceram, de fato. Com certeza tem algo para a gente revirar nessa história — afirmou Dario.

— Por que você não conversa com seu pai? — sugeriu Una.

— Meu pai é legal, mas muito reservado. Ele não vai dizer. E se eu perguntar, ele pode desconfiar, o que vai atrapalhar as minhas pesquisas. Melhor continuar assim, buscando informações na moita. Não descobri nada consistente por enquanto. Esta mansão é grande, às vezes tenho a sensação de buscar uma agulha em um palheiro.

— Não se cobre tanto. Você está fazendo o possível — disse Ivo. Dario sorriu com gentileza.

Ivana retomou a fala, preocupada com o horário.

— Encontrei esse diário no laboratório do meu pai e mal tive tempo de ver as páginas com calma.

Todos encaravam a capa de couro marrom envelhecida, com um X em baixo-relevo no canto inferior direito. Uma cinta também desgastada envolvia o objeto, podendo ser retirada com facilidade.

— Junto, encontrei também dois objetos que nunca tinha visto. Aqui tem um deles rabiscado. Já viram algo assim?

Dario, Una e Ivo encaravam o esboço com o título "smartphone".

— Diz aí que funciona por bateria.

— Nunca vi uma coisa dessa — resmungou Ivo. — Tudo demora a chegar aqui, neste fim de mundo! Não entendo como Província de Rosedário, referência mundial no cultivo das rosas de caule rosado, pode sofrer com o atraso de globalização. É um absurdo a tecnologia engolir tudo lá fora e demorar tanto tempo para nos alcançar.

— Pagamos o preço por não estarmos nas cidades — amargou Una.

— É uma pena mesmo que ninguém invista na província — disse Dario.

— Ainda assim, me parece que esse tal smartphone é avançado demais. Também achei uma esfera metálica, leve, que parecia ter uma íris — declarou Ivana.

— Tem um desenho dela aqui também? — perguntou Dario.

— Não que eu tenha visto. Essa esfera me deixa um pouco incomodada. Ela parece um olho. É como se... pudesse me ver, sei lá — falou a menina.

Os quatro mantinham os olhos conectados a cada folha amarelada que viravam.

— O que exatamente estamos procurando? — indagou Ivo.

— Qualquer pista que nos ajude a entender o que acontece com o corpo do Dario e o meu — Ivana explicou.

— O que é isso? — Dario apontou para uma folha solta, não pertencente ao diário. O menino afundara o dedo fantasma na superfície de celulose.

Ivana já tinha visto o desenho antes, sem se demorar nos detalhes. Eram os dois aros, que ficavam em lados opostos, conectados por um tubo que se estreitava no meio.

— Não sei. Não tem legenda — respondeu a menina.
— Parece familiar. Devo ter visto algo assim nos meus livros. Ivo, você pode copiar esse desenho para mim? Tem guardanapos de papel aqui na mesa, além dos de pano.
— Cla-Claro.
— Vou pedir para a Bernarda trazer uma caneta.
— Não precisa. Tenho aqui — disse Una, revirando a bolsa e retirando uma caneta com quatro opções de cor na ponta.

Aproveitando a superfície fina e semitransparente do guardanapo, Ivo colocou o papel sobre o diário e passou a caneta por cima. Tremia um pouco, mas o rascunho era simples e não exigia destreza. Ao terminar, usou uma cestinha de pães como peso, deixando uma ponta do guardanapo sacolejando com a brisa preguiçosa.

— Vou dar uma olhada nisso com calma. Tenho certeza de que já vi essa imagem. — Dario apertava os olhos, em um gesto de quem tentava se lembrar, mas resposta alguma o iluminou.

— Vamos continuar — disse Ivana, pedindo que Una mostrasse a página seguinte.

Passaram mais da metade do diário sem grandes revelações. Cálculos e comentários ininteligíveis, equações e comentários avulsos. Algumas folhas rasgadas pela metade, outras por inteiro, muitas outras sem conteúdo. Algumas grampeadas, em complemento a outros tantos números e letras.

Percorreram os olhos sobre anotações da segunda pele, que serviu para ampliar o entendimento apenas de Una e Ivo. Para Ivana e Dario, nenhuma novidade. Duas amostras do tecido estavam cortadas em quadrados pequenos e grampeadas juntas no alto da página. Uma com o tom de pele de Ivana, outra com o de Dario. Os dois se entreolharam. Ivana corou. As sardas do menino brilharam, ainda que não estivessem por inteiro visíveis.

— O que é isso? — perguntou Una.

A menina apontava para uma página dupla, quase ao fim do diário, riscada com violência. O traço era diferente dos que tinham visto até então. Estava mais firme, como se rabiscado às pressas.

O desenho era composto de quatro itens de fácil identificação: o smartphone, a esfera metálica e, para o estranhamento de todos, uma silhueta malfeita de um bebê. No centro das três figuras existia ainda uma outra, que poderia ser abstrata, não fosse por seu pobre formato losangular e traço bastante tremido. Tudo era circulado em duas ou três voltas de caneta. No canto da folha, um texto simples perguntava: "outros?".

— Outros? Outros o quê? — repetiu Dario.

— Alguém tem ideia do que sejam essas duas outras figuras, além do smartphone e da esfera? — perguntou Ivana, mas todos foram enfáticos em negar.

— Olhem as legendas — disse Ivo.

A esfera mostrava um "?", o smartphone um "S." e o bebê um "C.I.". Ninguém entendeu.

Ivana notou que o papel estava marcado por outro rabisco que vinha do verso da folha. Pediu que Una virasse. Do outro lado, o quarteto observou um quadrado grandioso. Possuía uma marcação retangular fina em um dos lados com uma linha arqueada para a parte de dentro da geometria maior. Outros dois retângulos, sem arcos, apareciam no lado oposto.

— É uma planta arquitetônica — disse Dario. — Um lugar que tem apenas uma porta e duas janelas na parede oposta.

— É a planta do laboratório do seu pai, Ivana? — perguntou Ivo.

— Não. Lá não tem janelas. Meu pai deve ter passado um sufoco.

— Não tem legenda aqui. Parece que seu pai queria anotar as coisas, mas sem muita clareza — observou Una.

— Talvez para que outras pessoas não entendessem.

— Por que ele faria isso? — perguntou Ivo.

Ivana não soube responder.

— Vai ver ele não queria que as pessoas soubessem — declarou Dario.

— Ou se aproximassem — disse Ivana ao apontar para o que havia no centro do quadrado desenhado por Xenócrates.

O meio da imagem repetia o rabisco desconhecido da página anterior: o losango quase disforme e tremido pairava no meio daquele espaço. Os quatro se encaravam, na esperança de que alguém pelo menos desse um palpite interessante, mas o silêncio era geral. Por fim, Dario se pronunciou:

— Sugiro que a gente busque qualquer símbolo que seja losangular.

— É uma boa ideia — disse Ivo.

— Não temos muitas opções — falou Ivana. — Podemos tentar a biblioteca da escola.

— Vou vasculhar a daqui de casa também.

— Vocês têm uma biblioteca particular? — Una quis saber.

— Esta mansão é gigante. Tem cômodos que até eu desconheço.

Una continuou a folhear o diário, nas últimas páginas. Embora tivessem encontrado motivos para se engajar nas pesquisas, tudo ainda era vago demais, o que contribuía para o sentimento de frustração, em especial de Ivana e Dario.

Já prestes a darem por concluída a investigação, outra informação saltou à vista. A página era isenta de rabiscos e formas abstratas. Feita apenas de texto, ostentava um título chamativo, que imperava acima dos tópicos: "Criança infausta".

— Um C e um I — disse Dario. — A legenda do bebê na página anterior. O S então é mesmo de smartphone, e a esfera continua um mistério.

— *Tudo* ainda é um mistério — falou Una.

— Você entendeu. — Ele deu uma risadinha.

— O que é *criança infausta*?

Outra vez, o silêncio da ignorância. Ivana e os outros foram aos tópicos. Quatro, apenas, demarcados por um bloco:

CRIANÇA INFAUSTA *(Luan e eu chamamos assim)*

1. *Surgiu junto com aquilo*
2. *Chorava muito*
3. *Rosto sujo com substância escura*
4. *Primeira chuva sombria da história da província*

Uma nota de rodapé mostrava o nome "orfanato Gotinha de Sol". Os quatro precisaram tirar alguns segundos enquanto tentavam digerir as novas informações.

— Essa criança tem relação com a chuva sombria? — perguntou Ivana, notando que seu corpo estava mais transparente do que o de Dario. Os minutos avançavam, e ela desejava apenas que o tempo congelasse.

— Se não tivesse, por que seu pai faria a anotação número quatro? — observou Dario.

— Pode ser só uma observação — disse a menina.

— Acho pouco provável — Dario respondeu, e Ivana concordou.

— Só eu fiquei chocada com o item número um? — perguntou Una, incrédula por ninguém ter comentado de imediato. — Como uma criança *surgiu*? — Ela colocou a palavra entre aspas com os dedos. — E o que é *aquilo*? — Repetiu o gesto.

Ninguém respondeu.

— A chuva sombria é uma maldição — disse Ivo, tão intrigado com a recente descoberta quanto os outros.

— É. A província inteira fica apavorada — declarou Una.

— Minha mãe fala tanto para eu tomar cuidado com essa chuva... Mas a frequência diminuiu muito. A última foi há quatro anos.

— Meu pai conta que ela caía com muita frequência há alguns anos. Deixava a província estagnada por dias e as pessoas não conseguiam sair para trabalhar, ou porque estava chovendo gotas escuras ou porque tinham medo de que a chuva caísse de novo, caso estivessem fora de casa — disse Dario.

— Você não consegue extrair isso dele, Dario? Ele sabe desse assunto tanto quanto meu pai sabia. Eles mesmos inventaram essa denominação para o bebê.

Ivo lotou um copo com água e o bebeu de uma golada única, atento à conversa.

— Voltamos àquela situação. Se eu perguntar, ele vai desconfiar, e nossa pesquisa pode desandar.

— Mas que droga — Una comentou.

— O que nós sabemos da chuva sombria hoje? O mesmo que todo mundo? — perguntou Ivana.

— Acho que sim. Vamos ver — respondeu Una, começando a enumerar com os dedos. — Chove sem aviso prévio, suja a província com água escura, caiu pela última vez há quatro anos. Ah, e pode ser fatal pela ingestão ou causar sérias complicações na pele se o contato for prolongado.

— É, temos mesmo motivos para ter medo dela — Dario reforçou.

— Alguns boatos dizem que as pessoas que se molharam precisaram ser isoladas da província, mas você sabe como são as coisas aqui. Muita fofoca e poucos fatos — disse Ivana.

— Eu nunca conheci ninguém que tenha sido isolado, mas as mortes foram reais. Fiquei muito mal quando soube — falou Ivo. Una concordou.

— Acredito que se a chuva sombria continua a cair, a criança ainda está viva — declarou Dario, em tom alarmante.

— Pelo menos *estava* há quatro anos, quando a última chuva sombria caiu — Ivana reiterou.

— Não podemos afirmar. Não sabemos nada sobre essa pessoa.

— Sabemos que, se ela era um bebê naquela época, tem a nossa idade agora. Um pouco mais, um pouco menos. Nada muito além, já que a gente não sabe exatamente a data dessas anotações — disse Ivana. Dario e os outros concordaram, espantados.

Una apontou para a nota, ao fim dos tópicos.

— Sabemos para onde o bebê foi levado.

— Orfanato Gotinha de Sol? Eu nunca ouvi falar nesse lugar por aqui — comentou Ivana.

Dario e Ivo, além da própria Una, reforçaram a resposta da menina.

— Nossos pais devem saber. Não conheço ninguém aqui que seja adotado. E se essa criança tem a nossa idade, a gente saberia, não? — Ivana continuou.

— Está esquecendo que nós estamos em Província de Rosedário, querida? Esse lugar é um cubículo, cheio de gente que fala demais e que sabe tudo da vida do outro. Se alguém fosse adotado, nós *com certeza* saberíamos — afirmou Una.

— Alguém mascarou muito bem essa adoção. — Ivo exibia uma expressão rígida.

— Ninguém aqui entende o que aconteceu com essa criança. Nossa melhor chance é encontrar o orfanato — Dario concluiu.

Um ronco alto veio do céu. O laranja do pôr do sol fora substituído. Com horror, Ivana olhou para o alto, percebendo que um grupo de nuvens densas e enegrecidas estava se formando. O rosto de Ivo, Una e Dario também mostrava preocupação.

— É o que estou pensando? — ela perguntou.

Sentindo um calafrio, Dario pediu que Una fechasse o diário e o guardasse.

— Vocês precisam ir.

— Me diz que isso não é uma chuva sombria se formando — disse Una.

— Uma coincidência, talvez, mas é melhor vocês irem agora — Dario reforçou.

— Una e Ivo, vocês devem ir — apressou Ivana. — Eu e Dario estamos imateriais. A chuva não vai nos afetar.

— Mas vai afetar a segunda pele, que transita entre o material e o imaterial. Não sabemos se o contato dessa água pode fazer algum mal para o traje. Pensando melhor... Falta pouco para você desaparecer. Una e Ivo devem se apressar para casa. A gente não sabe quanto tempo pode ficar chovendo.

— Droga. Minha dissipação começou aqui. Isso quer dizer que vou reaparecer neste mesmo lugar. Só me resta torcer para que não esteja chovendo amanhã cedo.

— Eu vou cuidar de você. Não se preocupe — disse Dario.

— Vamos logo. Toma, Dario, pegue isso assim que você ficar material. — Una empurrou o diário para o menino. — Iv, você vai ficar bem. Está em boas mãos. Eu... confio no Dario.

Ele sorriu.

— Vou estudar o diário esta noite. Amanhã, quando você despertar, o devolvo. Vamos alternando — ele disse para Ivana, que assentiu.

Una puxou Ivo, que estava um pouco aéreo, pelo braço, para saírem de lá.

— Vamos atrás desse orfanato assim que a gente puder. Vamos descobrir quem é a criança — declarou a menina.

— Não sei o que significa esse "B.M.", mas vou pesquisar o desenho dos aros ligados pelo tubo e também o losango, além de tentar saber mais sobre essa planta arquitetônica — disse Dario.

Una assentiu, apertando o passo com Ivo. A menina correu até onde tinha deixado a bicicleta encostada. Ivo se posicionou no assento traseiro para atravessarem o jardim.

— Tomara que eles consigam chegar em casa — sussurrou Ivana, mirando o céu com preocupação.

Ela e Dario viram Ari se aproximar junto de Beatrice e Chiquinha, a fim de retirar a mesa o mais rápido possível. Se a suposta chuva sombria caísse, sujaria a louça, além do mobiliário, e seria impossível esconder de Serena e Luan.

— Peguem as roupas da Ivana e este diário também, por favor. Deixem no meu quarto. Sinto muito, queria poder ajudar vocês — disse Dario.

— Está tudo bem, senhor. Vamos conseguir retirar tudo. Se apressem. Entrem! — pediu Ari.

Dario, por reflexo, tentou puxar Ivana pela mão, a fim de conduzi-la, mas a imaterialidade não permitiu. Diante do rosto triste de todos pela tentativa fracassada, ele mirou os olhos azuis profundos nas íris cor de mel dela, já quase invisível, e disse:

— Nós vamos conseguir. Não vamos passar o restante da vida assim.

Ela suspirou, desejando com fervor que conseguissem superar as dificuldades. Ainda assim, uma firme chateação fazia morada dentro dela.

13

Gotinha de Sol

Quando reapareceu no observatório, a primeira imagem que se formou na frente de Ivana foi a de Bernarda. Com rapidez, as duas se esgueiraram até o quarto de Dario, a tensão de encontrar Serena e Luan pelos corredores sempre presente.

Ao chegar, Ivana respirou com tranquilidade e, olhando pela janela, notou um céu limpo, começando a trazer o dia outra vez. Dario estava ao lado da cama, esperando de pé por ela.

— A chuva sombria... demorou a passar? — quis saber, ainda apreensiva pelo dia anterior.

— Ela não caiu.

— Não caiu? — perguntou, perplexa.

— Alarme falso. As nuvens ficaram acumuladas por um tempo, mas quando resolveram se desfazer, foram tão rápidas como quando chegaram.

— A província deve ter enlouquecido.

— Com certeza. Meus pais acabaram voltando para casa e desistiram da hora extra, que ficou para hoje. Disseram que as pessoas corriam de um lado para outro e tiveram até que liberar os funcionários.

— Falando neles... Não posso demorar. Eles vão acordar a qualquer momento.

— Concordo, mas achei que era importante termos esta conversa rápida antes de você voltar.

Ivana assentiu.

— Estranho não ter chovido. Só a chuva sombria poderia ter se formado tão rápido e com aquele aspecto.

— É... Mas por algum motivo não caiu. Talvez fossem só nuvens comuns, no fim das contas. Vamos deixar isso pra lá? Tenho novidades — disse Dario.

— Já? Você não perde tempo, né? — Ela riu enquanto mirava Noitescura lambendo uma das patas em cima da cama. O gato mantinha os olhos amarelos na menina, como se soubesse que ela estava escondida naquele quarto.

— Eu disse que a gente não vai mais viver esta vida limitada. Quero poder te abraçar, te... beijar. — As sardas brilharam. O rosto de Ivana flamejou. — Mas desta vez a ajuda veio de onde eu não esperava.

— Como assim? — Ela reparou que a roupa do dia anterior estava lavada e pendurada em um cabide no puxador do armário, como da primeira vez.

— As pessoas da nossa idade podem não ter ouvido falar do orfanato Gotinha de Sol, mas os mais velhos, sim. E quando digo *velhos*, quero dizer os mais idosos mesmo.

— Ainda não entendi.

— Perguntei para Bernarda. Ela, Ari, Beatrice e Chiquinha já ouviram falar de lá.

Os olhos de Ivana se acenderam. Era todo ouvidos para Dario.

— O orfanato não existe mais. Não resistiu ao longo dos anos e, segundo a Bernarda, não tinha muitas crianças por lá. Como a província sempre foi pequena e ninguém de fora vinha para cá, era muito difícil alguém ser abandonado. Fechou naturalmente.

— Onde ficava?

— Ainda fica.

A menina se espantou.

— Pelo menos o que restou dele.

— E onde é?

— Próximo dos campos de cultivo das rosas de caule rosado.

Ivana engoliu em seco. Dario continuou:

— Já coloquei o endereço em um pedaço de papel dentro do diário. Não se esqueça de levar com você. O orfanato fica em uma estradinha de terra batida, praticamente deserta, perto dos limites da província.

— Vou até lá hoje.

— Tome cuidado. Não vá sozinha.

— Vou, se for preciso. "A gente não vai mais viver esta vida limitada", esqueceu?

O menino sorriu. Aproximou-se dela, lábio com lábio, ainda que eles não pudessem se tocar. Sentir a respiração um do outro era tão intenso, tão sedutor, que ambos se permitiam ser arrastados por aquela sensação.

Quando o relógio de pulso da menina apitou seis da manhã, ela vestiu a roupa e colocou o acessório, guardando o diário de Xenócrates na bolsa. Dario desaparecera, e quase na mesma hora Bernarda surgiu à porta.

— Vamos? — perguntou a mulher. Ivana assentiu, dando uma última olhada para o quarto-planetário de Dario.

A caminhada até o portão foi tensa. Atravessar o imenso jardim era sempre um esforço, e o medo de ser vista por Serena ou Luan era um companheiro nada bem-vindo. Bernarda girou a chave e abriu uma fresta, pela qual Ivana passou.

— Obrigada por nos ajudar, Bernarda.

— Ivana... Amo Dario como se fosse meu filho, por isso quero ajudar. Ainda assim, o orfanato está desativado, e não sei se isso faz alguma diferença.

Ivana se aproximou da mulher, segurando-a pelas mãos. Irradiava um sorriso.

— Se colocar à disposição já é um tipo de ajuda.

Contagiada pelo gesto, Bernarda também sorriu, soltando as mãos e tornando a fechar o portão. Ivana ficou um tempo vendo a governanta se afastar, perdida na sensação leve que experimentava.

Foi sugada de repente da felicidade ao notar que ao longe a silhueta de um homem estava na janela de um dos andares superiores da mansão.

Outra vez, Luan.

— Será que ele te viu? — perguntou Una, intrigada ao saber da história do pai de Dario na janela.

— Sei lá. Mas foi a segunda vez. Apesar da distância, ele pode ver perfeitamente se tem alguém parado no portão ou passando pela rua.

— Então por que ele ainda não barrou a sua entrada ou proibiu o filho? — perguntou Ivo.

O amigo tinha colocado Ivana em um beco sem saída. Una, da mesma forma, não soube responder ou propor qualquer teoria.

Aquela sexta-feira não era apenas o início de um novo fim de semana, mas também o início das férias. O trio tinha ido à escola para receber as notas finais, confirmando o que já sabiam: tinham atingido médias suficientes para passar de ano. O ar fresco da manhã passeava pela província, e o céu azul em nada lembrava a ameaça do dia anterior.

A duas semanas do Natal, Província de Rosedário revestia-se do mais genuíno espírito natalino. Esculturas dividiam espaço entre cestos de frutas e caixotes com temperos ao longo dos pisos rústicos em alguns estabelecimentos. Pisca-piscas, ainda apagados, podiam ser contados a perder de vista. Árvores artificiais adornavam alguns espaços e mesmo as naturais recebiam bolas, estrelas, pombas brancas e outros tantos símbolos daquela data.

Ivana buscava sempre varrer a frustração de não conseguir visualizar tudo funcionando à noite. De, na véspera de Natal, nunca estar presente à meia-noite, de nunca poder ter uma ceia no mesmo horário que todos. Todo ano era sempre um almoço-ceia natalina com sua mãe. Aquele ano, mais do que todos os anteriores, ela queria — desejava quase com um desespero infantil — que pudesse estar ao lado de Dario quando o relógio badalasse as doze horas que anunciavam o dia 25. Aquela era uma de suas motivações para descobrir o que acontecia com o corpo dos dois.

O trio passava por uma rua florida e introspectiva. Os raios do sol furavam a copa de algumas árvores, salpicando silhuetas luminosas de folhas pelo chão. Quando chegaram ao centro da província, viram que a Praça do Poço ainda estava com pouco movimento, e seu César começava a abrir as portas da Mascava. Ivo se adiantou, virando para as meninas:

— Vou aproveitar que ainda está cedo para trabalhar. Inventei desculpas para sair antes da hora esses dias e não acho que o seu César tenha acreditado muito. Vou repor o tempo que perdi — disse Ivo, se apressando. Não estalou seu habitual beijo nas bochechas de Ivana e Una.

— Você está querendo perder seu emprego, né...? — perguntou Una.

— Depois me contem tudo! — ele pediu, ignorando-a, enquanto apertava o passo para se afastar.

As amigas o viram cumprimentar seu César, que não estava com um semblante muito bom.

— Tomara que ele não tenha problemas — desejou Ivana, enquanto Una permanecia atenta à cena do amigo com o dono da confeitaria. — Estava pensando aqui...

— O quê?

— Vou aproveitar que saímos cedo e que as férias começam hoje e mergulhar nessa história de criança infausta, dissipação e tudo isso. Vou até o orfanato agora. Quer vir comigo?

— Se você não sugerisse, eu mesma iria te puxar! — Una era o retrato do entusiasmo.

— Bernarda disse que a gente deve levar em torno de quarenta minutos se formos andando. Ir de bicicleta nos daria uma vantagem, mas ainda teríamos que pegar elas em casa, e aí acabaríamos levando praticamente o mesmo tempo. Então... o que você prefere?

— Estou precisando caminhar — respondeu a menina, segurando a dobrinha da barriga.

— Você está ótima assim. Parece um beijinho.
— Como você é brega, Ivana.

A caminhada das duas cruzando a província foi marcada por risadas e fofocas, que incluíam Dario, a mansão e tudo relacionado ao menino, ainda um mistério para elas.

— Se eu soubesse que depois de uma parte do trajeto a gente ficaria quase sem sombra, teria escolhido pegar as bicicletas — bufou Una, com gotas de suor escorrendo pelo rosto.

Ivana também seguia esbaforida e já tinha prendido o longo cabelo no alto, em um coque malfeito. Abanava-se com as mãos, sem sucesso.

— Toma, mas deixa a metade para mim — ela pediu, tirando uma garrafa de água morna de dentro da mochila e entregando à amiga.

Una agarrou o objeto com voracidade e, se pudesse, engoliria até mesmo a garrafa. Bebeu em goles longos e nem sequer reclamou da temperatura do líquido. Passou para Ivana, que também bebeu, deixando um pouco para jogar pela nuca. A garrafa quase vazia voltou para a mochila em seguida.

Após estarem seguindo havia algum tempo por uma estradinha de terra batida e deserta, tal qual Dario informara, as duas avistaram uma construção antiga. Podiam ver a imensidão rosada ao fundo, um tapete natural formado pelas roseiras, divididas entre blocos rosas e lilases.

— Elas são lindas — disse Ivana.
— Muito. Não dá para negar que o trabalho dos pais do Dario é muito bom.

As duas foram caminhando, reduzindo o passo à medida que se aproximavam da construção abandonada.

— O que te faz achar que vai descobrir algo em um orfanato desativado?
— É provável que a gente não descubra nada, Una, mas precisamos pelo menos ver com os nossos próprios olhos.

A menina concordou, e as duas andaram mais um pouco, até se aproximarem. De perto, o orfanato Gotinha de Sol era ainda maior: um sobrado devorado pelo tempo, tomado de plantas em boa parte da fachada, algumas poucas roseiras de caule comum entre elas.

O que mais chamava atenção era uma sacada semicircular no segundo piso, que se projetava um pouco à frente com três pilares que iam do parapeito ao teto. O telhado falhado era mais composto de buracos do que de telhas, o que permitia às plantas serem quase os órgãos internos da construção. O muro que delimitava o espaço, feito de barras metálicas, paralelas e intercaladas entre pilares de alvenaria, quase não existia.

As meninas encaravam o lugar com receio. Uma pontinha de medo também.

— Tem certeza de que você vai entrar aí?

— *Nós* vamos, Una. Você vai me acompanhar.

— Por que eu tenho sempre que te apoiar em tudo? — bufou a menina com a ironia de alguém que sabia não ter outra opção.

— Porque você me ama e porque sempre esteve comigo em todos os momentos.

— Droga.

Ivana fez um sinal e, devagar, as duas passaram pelos restos do muro, por cima de um portão metálico caído e quase camuflado pelo grande número de trepadeiras. Apesar do sol forte, a casa oferecia uma sombra generosa, o que refrescou as duas, mas também dava um ar sombrio ao lugar e o fazia parecer ainda mais abandonado. Esquadrinhando o entorno, o caminho entre o muro e a porta de entrada era curto.

— Olha isso. — Ivana apontou, mostrando uma placa com um aviso.

ESTA PROPRIEDADE PERTENCE À ORVALHA, EMPRESA REPRESENTANTE DA FAMÍLIA CASANOVA. FAVOR NÃO ADENTRAR. O NÃO CUMPRIMENTO DESTE AVISO PODE IMPLICAR EM DETENÇÃO POR INVASÃO DE TERRITÓRIO PRIVADO.

— E como eles vão saber que alguém esteve aqui? Tudo isso está deserto, e as pessoas mais próximas estão nos campos de cultivo, a alguns quilômetros — resmungou Una.

— Não são tantos quilômetros assim. Mesmo que não tivesse placa, a gente sabe que o local está dentro da área deles. É invasão de propriedade mesmo assim. Melhor a gente se apressar.

Concordando, e tensa pelo alerta da placa, Una seguiu Ivana pelos poucos degraus que levavam à porta de entrada. Contrariando o conjunto, o portal era novo e não tinha sinais das trepadeiras. Só então Ivana e Una repararam que todas as janelas também eram novas. Ivana girou a maçaneta, frustrando-se ao perceber que a porta estava trancada.

— O que isso significa? Vamos ter que entrar pelo telhado? — perguntou Una.

— Ou pela sacada, ela também dá acesso à parte de dentro — respondeu Ivana.

— Parece que eles não querem que ninguém entre.

— É, isso está bem claro. Mas por quê?

— É uma construção velha, podem querer evitar moradores de rua ou vândalos.

— Vândalos pode até ser, mas moradores de rua... O único que era conhecido por aqui arrumou emprego e não mora mais na rua.

— Acha que eles estão querendo esconder alguma coisa?

— Tenho certeza. Se a criança infausta viveu aqui, é motivo mais do que suficiente para que este lugar fique tão isolado.

— Mas o que os Casanova ganhariam com isso?

— Não sei. Isso tudo é só hipótese, mas precisamos entrar para tirar a prova — Ivana concluiu.

Descartando a ideia de entrar por um dos buracos no telhado — não apenas porque tudo poderia ceder, mas também porque nenhuma das duas conseguiria escalar os dois andares —, Ivana e Una começaram a contornar a casa, dando passos lentos e cautelosos pelo solo que mesclava terra, uma infinidade de folhas e vinhas. Tomaram especial cuidado com algumas roseiras ricas em espinhos que poderiam rasgar a pele ao menor dos contatos.

Ivana notou uma parede na lateral da construção que concentrava mais arbustos e mato do que outras partes. Como um imenso buquê verde e selvagem, folhas espessas e altas deixavam claro que aquele espaço era delas. Algumas poucas flores amarelas podiam ser vistas, mas eram minoria diante da mancha esverdeada que a natureza imprimira sobre a parede rachada até o telhado.

As meninas circularam o orfanato, passando pelo pátio, o cheiro reforçando o aspecto de total abandono. Olhando alguns metros para o lado, Ivana notou uma árvore grande e robusta, que ficava perto da casa. Tão concentrada estava ao rondar a construção que não a percebera de imediato. Acompanhou com os olhos os inúmeros galhos e suas ramificações. Analisou a espessura de alguns e abriu um sorriso confiante vendo que dois ou três daqueles braços de madeira avançavam acima da casa, indo de encontro ao telhado.

— Não tem como entrar — Una concluiu. — Será que o Dario não tem uma chave ou algo assim? Podemos pensar em algum equipamento para entrar tamb...

— Vou subir — Ivana disse, cortando a amiga.

Una não entendeu em um primeiro momento. Só quando viu Ivana encarando a árvore e acompanhou os galhos acima do telhado é que percebeu do que se tratava.

— O quê? Ficou maluca? Olha a altura disso!

— Temos opção?

— Temos, Ivana. Podemos falar com o Dario para tentar encontrar a chave.

— E você acha que vai ser fácil de encontrar? E eu não preciso esperar que o Dario faça tudo. Tenho duas pernas, dois braços e força de vontade — declarou, deixando a mochila com Una, conferindo a aderência da sandália e se agarrando às primeiras saliências do tronco, estudando bem a textura e a firmeza da superfície, para que não escorregasse.

Enquanto a amiga entoava um coro de "Desce daí, Ivana!", a menina continuava avançando para o alto. Pedaço por pedaço, cautelosa — mas não menos receosa —, Ivana passou da metade, até chegar à altura desejada. Sentou-se em um galho mais grosso e amparou as costas no tronco, de frente para a casa.

— Ivana, você vai cair daí! O telhado não era nossa opção!

— Agora não tem mais volta.

A menina continuou se aproximando do topo, sentada, de pouco em pouco. Quando o dedo de um dos pés tocou a superfície seca e imunda da telha, Ivana estudou outra vez o local, colocando a sola por inteiro, tentando não fazer peso. Deu uma batidinha e a telha não quebrou.

— Acho que está tudo bem por aqui!

Una não respondeu. Fazia apenas caretas e negativas com a cabeça.

Quando Ivana deixou o galho para se equilibrar no telhado, sentiu um frio correr pela espinha. De onde estava, podia ver todos os buracos que havia no telhado, espantada que a maioria deles revelasse plantas e vinhas.

Antes de continuar, teve outra surpresa: a paisagem. A vista a partir de um ponto mais alto revelava a imensidão dos campos de cultivo de rosas e a vivacidade de suas cores. Ivana podia ver também os limites da província e além dela: descampados a perder de vista, onde nem mesmo animais podiam ser observados. Raras eram as estradas que se conectavam com a província.

Daquele telhado, a menina pôde comprovar o que sempre achara: Província de Rosedário era um lugar isolado e, embora fosse muito belo e convidativo, não recebia turistas. Talvez por ser tão agradável e intimista, seus moradores não se afastavam sequer para viajar.

Um estalar debaixo dela a fez dar um passo medroso e devagar para o centro do telhado. Una cansara de fazer advertências. Ivana se aproximou do primeiro buraco — não muito grande, assim como os demais. Espiou lá dentro: a altura não era vertiginosa, mas ainda poderia presenteá-la com fortes dores, caso o teto cedesse. A luz do sol mantinha algumas partes na penumbra, porém o que pôde ver do segundo andar mostrava um quase nulo número de móveis.

Ela deu mais passos, tentando ver se algum dos outros buracos daria um acesso mais fácil. Estava pensando — e se achando brilhante — em descer pelas vinhas que faziam a conexão do teto com o piso do segundo andar, ainda que fossem finas demais para suportar seu peso. Sem opções melhores, espiou o segundo buraco, que ficava no centro do telhado. Aquele ponto era o que mais tinha plantas para fora, o que deu à Ivana a impressão de ser uma passagem amortecida. Ela deu um passo pequeno, trêmula. Ouviu outro estalo.

Que foi seguido por outro muito mais alto. Um som que significava destruição.

Primeiro Ivana afundou metade de uma perna, fazendo a telha quebrada arranhar sua panturrilha. No momento seguinte, todo seu corpo despencou.

Deu um grito.

Una fez o mesmo.

14

Para onde as rosas apontam

Ivana caiu no segundo pavimento da casa com as costas no chão, e, embora boa parte estivesse coberta de plantas, o impacto quase não foi amortecido. Ela caiu gritando, em um coro nada melódico com Una, que berrava de pavor, sem descanso, do lado de fora.

Ainda zonza, sentia a perna ferida latejar. O sangue não escorria, mas significava que a segunda pele havia sofrido uma discreta ruptura naquela área. Ivana anotou mentalmente um lembrete de costurá-la assim que pudesse, para que sua mãe não percebesse. Seu primeiro pensamento, antes de se concentrar na dor, foi em Dario. Desejou que ele estivesse lá com ela. Logo foi trazida à realidade por um incômodo também nas costas. Antes que conseguisse se mover, sentiu que havia algo no seu tornozelo além de plantas entulhadas.

Algo que se mexia devagar. Quando percebeu que o animal rastejava, entrou em pânico. A pele escamosa e áspera deslizava sem pressa. Ao erguer a cabeça de leve, torcendo para que não fosse o que imaginava, Ivana viu a cobra passar por sua perna. De todos os animais que ela detestava, aquele encabeçava a lista. Criara um trauma, havia alguns anos, desde que salvara Senhor Pipinho de ser devorado por aquele tipo de bicho. Na ocasião, por pouco não fora picada, ainda que as cobras da província não fossem venenosas.

Um impulso louco fez Ivana sacudir as pernas, jogando a cobra longe. Era esguia e pequena, de cabeça redonda e verde-escura. Afastou-se de Ivana, mais assustada que a menina, que levantou rápido, temendo encontrar outras debaixo da traiçoeira tapeçaria vegetal. O corpo da garota vibrava de pavor. Ivana olhou o ferimento na perna e levou as mãos às costas, tentando alongar o corpo. Gritou de dor, o que aumentou o desespero de Una do lado de fora.

— Ivana! Você está bem?

— Estou! Um pouco machucada e cheia de dor, mas viva! Tem uma cobra aqui dentro. Vou me apressar em vasculhar esse lugar. Não quero topar com outras!

— Sai logo daí! Vou tentar arrombar uma dessas janelas.

Ivana pensou que poderiam ter feito aquilo antes, embora não combinasse com sua personalidade entrar de forma criminosa em uma propriedade privada. E ainda que já tivesse cometido tal crime, julgava entrar pelo telhado uma atitude menos problemática do que destruir uma janela.

Ela deu passos lentos e percebeu que o segundo piso era na verdade um mezanino em formato de U, posicionado atrás da sacada que vislumbrara do lado de fora. E, sem surpresa alguma, viu que possuía uma porta dupla fechada que as impediria de ter entrado pela varandinha.

Uma escada em espiral no canto direito fazia a conexão do mezanino com o primeiro andar, bastante amplo. Ivana foi se desvencilhando de roseiras, folhas e vinhas, evitando segurar com firmeza o metal enferrujado da escada, até chegar ao primeiro pavimento. Parte do espaço era configurado como uma espécie de sala, onde estavam um sofá embolorado, uma mesa poeirenta com quatro cadeiras e um baú no canto próximo a uma das janelas bloqueadas.

Com espanto, Ivana notou uma fenda imensa ao lado do baú, cercada de plantas, e a reconheceu como sendo a mesma que vira do lado de fora, a que ia até o teto. Lá, porém, com o grande volume de plantas cobrindo-a, a fenda estava camuflada.

— Una, já sei como sair! Essa fenda é grande o suficiente para a gente passar, mas aí do outro lado você não vê porque as plantas estão cobrindo.

— Você quer que eu entre? — A voz de Una mostrava com clareza que ela esperava um *não*.

— Não precisa. Mas me faz um favor. Tira essas plantas todas daí e libera o caminho enquanto eu exploro o restante deste lugar. Por dentro não é tão grande como parece visto de fora.

— E se tiver cobras?

— Pega um galho comprido e vai remexendo. As cobras são pavorosas, mas não têm veneno.

— Agora estou tranquila! — O sarcasmo imperou.

Ivana continuou observando o local. Todo o ambiente tinha as paredes e os pisos escuros, como se uma água suja os tivesse manchado a perder de vista, além de parecer uma floresta compacta, que tomava boa parte da construção.

Do lado oposto da sala, uma ilha retangular concentrava uma pia de granito com duas cubas e armários embutidos na parte de baixo. Marcações mais claras no chão exibiam o que fora um local onde ficavam a geladeira e outros móveis. Um único corredor alongava-se do lado oposto da parede com a fenda, e Ivana foi até lá.

Passou pela primeira porta, escancarada, e viu que era um banheiro. Azulejos imundos, espelho quebrado na parede da pia, banheira suja e rachada. O local onde deveria haver um chuveiro mostrava apenas uma fiação oxidada. Ivana tampou o nariz quando sentiu o cheiro forte de sujeira estagnada e continuou sua exploração.

Chegou à porta seguinte, o cômodo era maior. Camas e berços, ao todo onze, distribuíam-se em organização, além de um grande armário velho. Tudo sujo, um abandono que causou em Ivana um misto de terror e tristeza. Ela entrou, buscando alguma pista sobre a criança infausta, mas só o que viu relacionado a crianças foram pelúcias e bonecas destroçadas e fedorentas.

Retomou o caminho do corredor, passou por outro quarto, onde camas de adulto se dispunham. Uma placa velha na porta ainda dizia "Quarto dos funcionários". Ivana entrou, olhando devagar cada item. Havia cinco camas com armários modestos correspondentes e uma penteadeira de espelho rachado em um canto, ao lado de uma passagem alta e retangular fechada por cortinas puídas.

Ivana caminhou, nervosa, até um dos armários. A maioria estava escancarada, exibindo uma ou outra peça de roupa gasta. Abriu o único entreaberto, mas nada encontrou.

— Ivana! — gritou Una do lado de fora, fazendo Ivana tremer de leve com o susto.

— Estou bem! — gritou em resposta, sem ter certeza se Una escutaria.

Fitou a perna e os respingos de sangue por um instante e seguiu pela lateral do quarto, até estar diante da passagem fechada por cortinas. Sentiu um cheiro mais forte, lamacento, o que a obrigou a tampar o nariz. Tomou coragem e afastou uma das cortinas com a mão.

Fez uma careta de repulsa.

Naquele novo cômodo, não havia nada além de um berço e um armário pequeno. Ivana não deu um passo sequer, porque havia uma enorme mancha escura em torno do berço. Com as cortinas abertas, o cheiro acabou por impregnar suas narinas, provocando nela ânsia de vômito. A mancha ostensiva impedia Ivana de acessar o berço, já que ela não tinha a menor intenção de atravessá-la.

A chuva sombria caía com frequência quando Ivana era criança, mas somente a que desabou sobre a província quatro anos antes é que fez a jovem guardá-la na memória. Riscos finos e escurecidos, navalhas escuras vindas do céu. Ela se lembrava bem da água empoçada nas ruas, quando não se transformavam em enchentes que deslizavam pela província. As paredes das casas sujas. Província de Rosedário imunda. E aquele quarto nada mais era do que a representação de como a província ficava depois da chuva agourenta.

Por isso ela sabia que aquele líquido em torno do berço era o mesmo. Ela jamais esqueceria aquele cheiro asqueroso. Diante de um ambiente tão triste, teve certeza de que a criança infausta fora mesmo entregue ao orfanato Gotinha de Sol e que ela tinha, de fato, relação com o estranho fenômeno climático.

Na ponta dos pés, tentou enxergar algo dentro do berço, mas não teve êxito. Contornou a mancha e conseguiu chegar ao armário, no entanto não encontrou qualquer item relevante. Tornando a olhar para o berço, Ivana sentiu tristeza. De uma forma estranha, mesmo sem conhecê-lo, ou saber se estava vivo, foi tomada de compaixão pelo bebê, que sem dúvida havia sofrido bastante.

Com um pesar indefinível no peito, caminhou para fora da passagem, depois para fora do quarto de funcionários. Estava outra vez no corredor até chegar ao ambiente principal, com o mezanino. Sempre atenta ao redor, sempre atenta à cobra, ela seguiu até a fissura na parede e a percebeu mais clara. Una fazia um ótimo trabalho retirando o volume de plantas.

— Una, acho que já está bom. O que ainda tem consigo ir tirando sozinha.

Examinando o emaranhado de plantas ao redor, Ivana não encontrou outros animais rastejantes, exceto baratas e alguns insetos menores. Menos mal, já que não tinha medo deles.

Deu o primeiro passo, afundando o pé nas folhas e vinhas densas, depois o outro. Olhou para o lado e notou o baú, que havia esquecido de verificar. Já estava lá dentro, com as costas doendo e a perna com um arranhão gigantesco: não iria embora sem dar uma espiada no objeto.

Saiu do mar de vegetação, caminhando até a arca empoeirada. Assoprou a poeira, que formou uma nuvem cinza no ar. Segurou a tampa e, para sua alegria, o baú estava destrancado. Deu um grito assustado ao descobrir um rato morto em um dos cantos, afastando-se do baú na mesma hora. Encarou o conteúdo que havia dentro: livros, papéis e pastas. Mas o que chamou sua atenção foi um porta-retratos grande que se inclinava perto do animal morto. Ela não quis tocar na moldura e curvou o corpo para enxergar melhor.

Tampou o nariz, mas logo se esqueceu do cheiro. A imagem era mais nebulosa. Sete pessoas estavam na foto. Uma delas, que

Ivana não reconheceu, segurava um bebê, outra era seu pai, e havia também Luan. A menina demorou, mas em pouco tempo também conseguiu reconhecer as demais. Posando na frente do orfanato e sorrindo, a versão alguns anos mais jovem de Bernarda, Ari, Beatrice e Chiquinha completavam o retrato.

Atônita, Ivana se perguntou por que Bernarda não dissera a ela de imediato. Poderia tê-la poupado de ir até o orfanato, de se ferir, de invadir a propriedade alheia. Mas não disse.

Irritada e sentindo-se enganada, tornou a voltar para onde a fenda estava, pisando com fúria nas folhas. Coitada da primeira cobra que surgisse pela frente, pagaria pela ira de Ivana. A sensação de ser ludibriada a consumia a ponto de bloquear qualquer medo.

Ivana adentrou a fenda, afastando com determinação folhas, vinhas e flores, até perceber a luz do sol sobre ela. Em alguns minutos, estava do lado de fora do orfanato.

Furiosa.

Una a encarava com espanto.

— O que aconteceu?

— Te conto no caminho. Me passa a mochila. Quero jogar o restante da água no arranhão.

Sem questionar, a amiga entregou a mochila para Ivana, que lavou a ferida da perna. Ainda bufava de impaciência. Guardou a garrafa dentro da mochila e a colocou nas costas.

— Vamos.

— O que aconteceu, Ivana? Por que está assim?

A menina saiu a passos pesados, com Una em seu encalço. Pegou a estradinha de terra, mas não fez o caminho inverso. Seguiu adiante, na direção dos campos de cultivo.

— A direção é para lá — alertou Una, mesmo sabendo que Ivana estava ciente.

— Eu sei, mas já que o Luan e a Serena estão em expediente, vou esclarecer que raio de criança infausta é essa e por que ele e meu pai entregaram aquele bebê para um orfanato.

— O quê?

— É, Una, eles dois estão em uma foto com outras pessoas, segurando um bebê. E adivinha quem são essas outras pessoas? Os funcionários do Dario!

— Não estou entendendo...

— Vem comigo, que eu te explico tudo.

— E a sua perna?

— Está ótima, se comparada ao meu humor no momento.

O trajeto entre o orfanato e os campos de cultivo foi feito na metade do tempo, tamanha era a impaciência de Ivana. Ao chegarem lá, Una ficou tensa. Estavam em um corredor pequeno, entre duas fileiras enormes de roseiras, todas com os caules rosados.

— Estamos invadindo uma propriedade, Ivana. Essa não é você!

Ivana parou. Respirou com pesar.

— Já invadi o orfanato. Entendo se você não quiser vir, mas eu preciso. Não posso mais viver sem saber o que acontece com o meu corpo. Sabe o quanto conhecer o Dario mexeu comigo? E quanto tempo tem isso? Uma semana? Como alguém pode ter a cabeça revirada desse jeito em apenas uma semana? Estou balançada, estou... — Ela tomou novo fôlego, mirando as rosas, próximo dela. — Estou completamente apaixonada por ele. Quero ele na minha vida dia e noite, a cada minuto, a cada segundo, mas não posso ter isso. Porque nem sequer posso estar presente quando o sol se põe. Quero ficar com ele, não importa o que aconteça. Não importa até onde eu precise ir para descobrir uma forma para isso acontecer. Então vou invadir quantos orfanatos e campos de cultivo eu precisar.

Una ouvia calada e com certa melancolia.

— Por isso eu vou adiante, Una. Vou entrar nesses campos atrás do pai dele e perguntar o que é tudo isso.

— Ivana, minha amiga... Eu te entendo. Quero te ajudar, mas acha que fazer isso de cabeça quente vai resolver?

Lágrimas começaram a se formar no contorno dos olhos de Ivana.

— N-não sei o que fazer. Isso me machuca demais. — Ela levou as mãos ao rosto, desaguando o peso da dor. Una a abraçou.

Por alguns minutos, o som do choro lamurioso de Ivana era o único no local, além do sopro do vento entre as milhares de rosas. Quando se recompôs, encarou o mar de pétalas e caules. Era inegável que as rosas exercem um fascínio sobre qualquer um que as observasse. O caule rosado tornava o campo quase irreal, somado ao fato de as roseiras serem mais altas que as convencionais. O frescor da plantação era perceptível pelo formato de alguns botões e pela leveza das pétalas.

Era possível notar um grande número de pessoas de chapéus compridos, com escadas e ferramentas, espalhadas pelo campo, retirando rosas e colocando em cestas, também em número incalculável pelos caminhos de terra entre as roseiras. Além delas, destacava-se um galpão de alvenaria, em grandes proporções e bem cuidado. Era o espaço onde a Orvalha funcionava. O local no qual se concentravam desde o maquinário até os escritórios de Luan e Serena. O coração da empresa, um bloco frio em meio à exuberante relva colorida.

Hastes de metal eram vistas ao longo de todo o campo a perder de vista, e alguns fios do mesmo material arqueavam-se, cruzando o campo pelo alto. À certa hora do dia, liberavam lonas que encobriam o vasto território, poupando as rosas da luz solar direta mais do que as seis ou sete horas diárias, suficientes para um bom cultivo.

— Nunca estive aqui antes — disse Ivana.

— Ninguém esteve. É propriedade dos Casanova, esqueceu? E deles a gente mantém distância. Pelos menos a gente *mantinha*.

O perfume das rosas era poderoso e de fácil memorização. Enchia as narinas com tranquilidade e transportava qualquer pessoa para lugares que apenas os olhos cerrados e a imaginação poderiam descrever. Para Ivana, em particular, as rosas de caule rosado exerciam certo fascínio, quase uma hipnose.

— O campo está cheio, não? — perguntou Ivana.

— É o mês. Entre novembro e dezembro é uma das épocas de adubação — disse Una.

— Ei, vocês não podem estar aqui! — exclamou um homem que segurava uma enorme saca com um pó avermelhado, ao notar as duas, mesmo longe. O alerta chamou atenção de outras duas pessoas que estavam próximas, e os três avançaram na direção de Ivana e Una.

— Vão atrapalhar nosso trabalho! — disse um deles.

— Corre! — ordenou Una.

Mas a primeira reação de Ivana não foi correr. Ela se abaixou, engatinhando entre o mar de rosas. Devagar, tentava movimentar as plantas com discrição, tanto para não ser descoberta quanto para se arranhar o mínimo possível. Una a seguiu, contrariada.

— É melhor a gente correr.

— Shhh, Una!

Enquanto o trio de funcionários se aproximava, Ivana e Una estacaram entre as volumosas plantas. A dificuldade de se mover entre os caules era gigante, mais ainda por causa dos espinhos, o que as fez congelar e esperar. Cheias de cortes causados pelas pontas espinhentas, nem Ivana nem Una reclamaram. Controlaram a respiração, aguçando apenas os ouvidos enquanto ouviam os funcionários em algum lugar próximo.

Foram minutos eternos enquanto os sons de passos iam e vinham, mas o número de rosas era tão alto que assustava e as camuflava muito bem. Pagavam um preço dolorido pelos espinhos, no entanto tinham uma boa chance de não serem descobertas.

— Por lá! — Ouviram um deles dizer, fazendo com que os outros se afastassem.

As meninas estavam lado a lado, encarando-se.

— A gente podia ter simplesmente corrido.

— Me desculpa, Una, mas eu... senti uma vontade muito estranha de estar entre as rosas, como se elas estivessem me chamando.

— Mas que história é es...

Una congelou. Os olhos arregalados estavam em Ivana. Mal conseguia pronunciar as palavras.

— O quê...? — Ela apontava para a amiga.

Ivana notou, com assombro, que as rosas se inclinavam para os pontos de onde o sangue escorria. Alguns caules tinham tentado se enroscar em seus braços e pernas sem que ela notasse.

O mesmo não acontecia com Una.

Ivana tentou se sacudir, mas os espinhos a feriam mais. Una abriu a bolsa com dificuldade, tirando um estilete que deixava junto de outros materiais escolares, dentro do estojo. Se apressou em cortar os caules, enquanto Ivana também lutava para se desvencilhar. Uma seiva escura escorria dos cortes enquanto as meninas tentavam evitar que a pele fosse tocada, mas sem sucesso.

Embora Una enfrentasse os caules rosados com a lâmina do estilete, as plantas não se moviam ou resistiam. Permitiam-se cortar como qualquer outra. Quando Ivana conseguiu se livrar das amarras róseas, as duas correram para fora das roseiras, jogando-se no caminho de terra entre elas. Os funcionários não estavam por perto, mas ainda podiam ser vistos procurando por ambas, muitos metros além.

— O que foi isso? — Ivana perguntou, ofegante, mas Una fez uma negativa com a cabeça.

— Temos que sair daqui. E você principalmente, Ivana. Fique longe das rosas. *De todas elas.*

15
Chá para quatro

Chiquinha girava a delicada colher de cobre em torno de um chá alaranjado. Depois de algumas voltas, tomou a xícara nas mãos e a levou até a mesa da cozinha, onde outras já preenchidas repousavam. Beatrice estava sentada próxima de Ari. Bernarda se juntou a eles poucos minutos depois.

A tarde seguia rotineira, com Luan e Serena cumprindo expediente na Orvalha, deixando a mansão aos cuidados do fiel quarteto. Bernarda se sentou à frente da xícara recém-colocada por Chiquinha, mexeu o líquido um pouco mais e inalou a essência de laranja com suavidade. Sentiu o peito encher e depois esvaziar de tranquilidade.

— O que seria de nós sem este chá?

Chiquinha sorriu, e Beatrice concordou. Ari tinha uma expressão rígida na face. Bebeu um gole, adicionando meia colher de açúcar e disse em seguida:

— Acha que fez bem em falar do orfanato?

— E por que não? — Bernarda mordiscou um biscoito amanteigado que se somava a outros em uma travessa.

— Aquele bebê não é comum, você sabe disso.

— Aquela criança merece ter uma vida como qualquer outra.

— Ela traz uma maldição para este lugar! — A voz de Beatrice se fez soar alta e inesperada. Os outros a encararam.

— Não me sinto no direito de invadir sua privacidade e revelar quem ela é — disse Bernarda.

— Nós concordamos, há muitos anos, que não falaríamos sobre isso, e de repente você está induzindo o filho do patrão a ir até o Gotinha de Sol? — A acidez era ferrenha na suposição de Ari.

— Não estou induzindo nada, Ari. Como se atreve a dizer isso? Eu amo Dario e sei que vocês também o amam. Sei que respeitam o Luan e a Serena tanto quanto eu, mas você acha justo ver aqueles dois tentarem ser felizes diante de uma possibilidade impossível?

— Exatamente, Bernarda — disse Chiquinha. — É impossível Ivana e Dario ficarem juntos. Ainda assim, você falou sobre o orfanato e aquela criança. Por quê?

— Eles merecem saber a verdade.

— Só por isso? — perguntou Ari.

— O que quer insinuar? Você me conhece há anos, Ari. Se tem algo para me dizer, o momento é este.

— Só fico abismado com essa atitude, você quebrou nosso acordo.

— Quebrei. O que você vai fazer a respeito? Sair por aí falando sobre quem é que traz a chuva sombria para a província?

As expressões de Ari, Chiquinha e Beatrice nublaram com a tensão.

— Foi o que pensei — Bernarda continuou, notando as feições amedrontadas. — Não é motivo para se chocar. Eu é que deveria estar espantada por vocês terem tanta aversão àquela criança.

— Ela não é mais uma criança, talvez nem seja huma...

— Cale a boca, Chiquinha. Você é melhor fazendo chá do que falando alguma coisa — repreendeu Bernarda.

— Não sabemos o que a criança pode causar ao longo dos anos — observou Beatrice.

— Nada mudou desde que ela era um bebê, por que mudaria agora?

— Sua ajuda pode custar nosso emprego, Bernarda — disse Ari.

— *Se* custar, vai ser o meu, não o de vocês. — Ela terminou o chá em uma golada longa, comendo outro biscoito.

— Depois de velha, perdeu o juízo — zombou Beatrice.

— Se é assim, vocês também perderam. Sabem quem é aquela criança tanto quanto eu, sabem onde encontrá-la, e ainda assim nunca a expuseram. Por quê? Por medo? *Realmente por medo?*

Ari a encarava, intrigado, e Bernarda continuou:

— Ou nunca revelaram sua identidade porque sentem compaixão, a mesma que a minha, por aquele ser desafortunado?

Os outros três ficaram em silêncio.

— No fundo, por mais que saibam o que a criança representa, vocês a preservam muito mais por amor do que por receio.

— Que bobagem! — rebateu Ari, mas Bernarda captou a falta de convicção em sua voz.

— Não adianta, Ari. Nós quatro sabemos que a identidade daquela criança não vai ser revelada, não importa o que aconteça, ou quão apavorante seja seu histórico e seu poder. E se mais alguém tiver que saber, essas pessoas serão Ivana e Dario.

Nenhum deles se manifestou. Derramaram novas doses de chá fumegante e beberam, entreolhando-se. No íntimo, sabiam que Bernarda estava certa.

Levariam o passado para o túmulo.

16
De trio para trio

Depois de ser questionada pela mãe sobre os arranhões, Ivana omitiu a verdade, mascarando-a como sendo um tombo de bicicleta. Observou, no entanto, que Solene demonstrava desconfiança com suas histórias, ainda mais porque Ivana *não* fora de bicicleta para a escola.

Com a perna enfaixada, a segunda pele remendada e pequenos pontos brancos de curativo pelo corpo, ela foi para o quarto, dizendo que descansaria até o horário da dissipação. Uma mentira que precisou contar para conseguir sair e encontrar Dario na goiabeira perto do lago dos Mil Olhos. Como de costume, quando ele chegou, trazia um sorriso largo, que logo se converteu em preocupação.

— O que aconteceu? — Ele se aproximou com urgência, sem saber em qual curativo manter o foco. Acabou pousando os olhos sobre a perna enfaixada.

— Não sei por onde começar, mas fui ao orfanato hoje com a Una. Entrei pelo telhado.

— Você o quê? — Dario deu uma risadinha abafada, incrédulo.

— As portas e janelas são novas e bem trancadas. Acabei descobrindo muito tarde uma fenda na parede, por onde saí.

— Você está bem? — Ele se aproximou com o já típico gesto de tentar tocá-la.

— Estou, mas podia ter sido poupada de tudo isso. Pelo menos, confirmei que a criança infausta esteve mesmo lá, e que ela tem relação com a chuva sombria.

— Tem certeza?

— Absoluta. Descobri um berço e uma mancha escura em volta que só a chuva sombria seria capaz de deixar.

— Mas dentro de uma casa?

— Não sei explicar isso, mas sei que estou certa. E sabe o que me irritou?

Embora estivesse vendo uma versão mais esquentada de Ivana, Dario continuava a observá-la com encanto.

— Bernarda já sabia de tudo isso. E tem mais: ela, Ari, Beatrice e Chiquinha trabalharam lá.

— O quê? — Dario perguntou, intrigado.

— Eu vi uma foto, eles seguravam um bebê. Meu pai e o seu também estavam com eles. Só não reconheci uma das mulheres, era quem segurava o bebê.

— Mas por que ela não falaria de cara? Bernarda sempre cuidou de mim com tanto carinho. Ari e as outras também.

— É uma ótima hora para você perguntar.

Dario andou de um lado para outro tentando entender, mas não chegou a nenhuma conclusão.

— Vou falar com ela assim que sair daqui.

— Pena eu não poder estar com você — ela disse, deixando o olhar cair triste através da imensidão do lago. Dario também suspirou, frustrado.

— Este momento da interseção é tão raro que tem me dado raiva quando termina. É tão curto que chega a ser ridículo. As pessoas normais podem ficar juntas, mas a gente não? E olha onde isso está nos levando, você está aí, toda machucada. Isso é inadmissível!

— Eu fui porque quis, porque... quero. Quero estar com você, em mais do que dois momentos por dia. Quero poder ver as estrelas com você.

— E quero tanto ver o sol brilhando enquanto a gente dá um mergulho no lago... E poder andar de mãos dadas. Ah, uma das coisas que eu mais queria era poder segurar a sua mão! Te puxar por aí, a vida toda! Sem medo do sol ou da lua, do dia ou da noite, de nada nem ninguém!

Ivana observava Dario e o brilho que vinha das sardas.

— Eu me machuquei assim por causa das rosas de caule rosado.

Dario franziu o cenho.

— Fomos até os campos de cultivo da Orvalha e acabamos nos escondendo entre as roseiras. Claro que a gente se arranhou entre os espinhos, mas o que foi estranho é que os caules tentaram se enroscar em mim. As rosas que estavam por perto se inclinaram, como se buscassem contato com o meu sangue.

Ivana esperou Dario reagir, mas ele continuou pensativo.

— O que foi?

— Essa reação dos caules e das rosas... Isso já aconteceu comigo uma vez há alguns anos. Você sabe que essas rosas de caule rosado estão por toda parte aqui na província, e lá na mansão também não é diferente. Uma vez, eu caí e ralei o joelho, estava ao lado de uma roseira. Eu me lembro de ter arrancado uma das folhas rosadas para ajudar a estancar o sangue...

Ivana prestava atenção, sem piscar.

— Quando percebi, os caules em volta tinham se movido na minha direção, tentando envolver meu calcanhar. Outras rosas estavam inclinadas para baixo, viradas na direção do ferimento.

— Será que essas rosas têm algum tipo de raciocínio?

— Não... Não é para tanto. Por instinto, qualquer vegetal busca a luz solar como forma de alimento, se virando para a fonte da luz. Mas parece que o nosso sangue é tão interessante para elas quanto a luz do sol.

— Não sei. Isso não aconteceu com a Una, só comigo.

Dario pensou um pouco mais.

— Una não sofre da mesma condição que a gente.

— Então agora somos comida de rosas de caule rosado?

Dario deu uma risada comprida, mostrando a fileira de dentes esmaltados com perfeição.

— O que você fez quando foi atacado?

— Só me afastei. Depois perguntei para a minha mãe, mas ela desconversou e pediu para que eu tomasse muito cuidado. Naquele dia, minha mãe arrancou todas as roseiras lá de casa, mas elas voltaram com o tempo.

— Mais coisas escondidas de nós.

— Acho que, daquela vez, nem ela mesma sabia o motivo, por isso desconversou. Claro que eu redobrei o cuidado com cortes e ferimentos depois disso, né?

— Não me recordo disso ter acontecido comigo antes.

O momento breve de ambos passava rápido, e faltava pouco menos de vinte minutos para que Ivana sumisse e Dario retomasse à materialidade.

— Você é linda, sabia?

A menina deu um sorriso, olhando para baixo.

— Sério, você é muito linda. Não vejo a hora de sair por aí com você, para esta província inteira ver.

— Você fala com tanta fé...

— É o que temos. Nossa fé, aliada à nossa vontade, pode trazer tudo até nós. E eu te digo, Ivana Montebelo, que nós ficaremos juntos.

— Vamos, sim.

— Nossa vida agora é uma só, somos duas metades que se completam.

Ele se aproximou, e de novo aquela troca de respiração a levou ao céu. Ela deu um passo, ele também. Os corpos se misturaram, duas silhuetas translúcidas em um mesmo espaço, uma amálgama negra e branca, noite e dia, lua e sol. Não podiam sentir com o corpo aquela mistura, mas sentiam com a alma. Se por um lado as pessoas comuns podiam se tocar, por outro só eles podiam se *fundir*.

Lá ficaram por alguns minutos, um dentro do outro, um *sendo* o outro.

— É cedo para dizer uma coisa? — ele perguntou.

O coração de Ivana deu um salto. Ela sabia o que era e também queria dizer aquilo. Não importava se havia apenas uma semana que

se conheciam. Ele era único, ela também. O que compartilhavam ninguém no mundo viveria, era uma experiência deles. E da goiabeira. E do lago. E dos pássaros em volta. Da grama, da terra batida e do céu rosa alaranjado. De tudo que os cercava; testemunhas silenciosas.
Amor.
Da forma mais sublime.
Que tocava, sem poder tocar.
Que mesmo diante do impalpável, conseguia se fazer preencher.

— Me prometa uma coisa, e eu te prometerei o mesmo — ela disse. — Só diga quando a minha mão puder tocar a sua, e então eu direi também.

Ivana fechou os olhos, Dario a acompanhou. Enxergando apenas a escuridão e misturados um ao outro, sentir a respiração proporcionava uma gostosa ilusão que nenhum deles sabia definir. Era bom, apenas. Leve.

— O que acontece quando você desaparece? — ela perguntou.

— Não sei, meu corpo entra em um estado de amnésia. É como se eu dormisse e não me lembrasse de nada. Com você também é assim?

— Também. Dependendo do dia, reapareço muito cansada, sem energia.

— É, isso também acontece comigo.

— É raro, mas, quando acontece, eu mal consigo ficar de pé.

Dario assentiu, embora ela não tivesse visto. Os olhos de ambos permaneciam fechados e Ivana ouviu o garoto dizer:

— Mas ainda que um carro passe por cima de mim quando eu despertar, estarei sempre bem para ver você. Venho arrastado, mas venho.

Ela abriu os olhos e deu um passo para trás, ele estava quase opaco. Dario também abriu os olhos.

— Amanhã de manhã vou precisar voltar correndo para casa, você não vai me ver aqui se vier. Minha mãe vai receber muitas clientes cedo, mas, no fim da tarde, sou toda sua.

Ele bufou em uma risadinha enquanto as sardas brilhavam. Ivana se derretia ao vê-las.

— Amanhã nos encontramos na mansão. Vou falar com Bernarda hoje, e ela vai ter que explicar o que está acontecendo. Enquanto isso, continuo nas buscas.

A segundos de desaparecer, Ivana soprou um beijo no ar, e Dario simulou uma captura. No minuto seguinte, apenas ele integrava a paisagem do lago.

A tarde do dia seguinte estava fresca, embora o sol de dezembro fosse sempre muito ostensivo. Reunidas na Mascava, Ivana se deliciava com um suco de morango e três pedras de gelo em formatos natalinos: um sino, uma árvore e uma rena que mais parecia um cavalo com galhada. Una, também cheia de pontos brancos de curativo, estava com a pele irritada em algumas partes, experiência que Ivana, para sua sorte, não compartilhava. A menina de cabelo azul saboreava um pão de batata recheado com quatro tipos de queijo diferentes, alternando as mordidas com um suco de uva.

Mesmo sendo sábado, Ivo seguia trabalhando, buscando dar conta do grande número de clientes, ainda que não fosse o único garçom do lugar. Ivana tinha pedido para reabastecer a mesa com guardanapos.

— Alguma novidade? — perguntou Una.

— Vou hoje na mansão. Nenhuma novidade sobre o símbolo losangular ou sobre a planta arquitetônica.

Ivo apareceu na mesa, trazendo mau humor no rosto e deixando o punhado de guardanapos.

— Que cara é essa? — perguntou Una, mas o menino não respondeu, voltando ao trabalho.

— O dia está puxado hoje para ele — comentou Ivana.

— Estou com pena. O pai dele passou mal ontem, e ele precisou sair cedo de novo. Dessa vez foi de verdade, mas imagino que o seu César esteja furioso.

— O que o pai dele tem?

— Ah, teve um mal-estar súbito. Nada grave, mas, como a mãe dele já morreu, o Ivo é quem tem que cuidar do velho, né?

— Una! Isso é jeito de falar? — Mesmo com o puxão de orelha, Ivana não conseguiu conter um risinho.

— Ah, não posso fazer nada se o pai dele tem idade para ser nosso avô.

Ivana pegou o pão de batata e levou até a boca de Una, em um gesto para que ela a fechasse. As duas riram mais um pouco.

— Ando pensando no pai do Dario.

— Por quê? Vai pedir a mão do filho em namoro? — Una debochou, e Ivana revirou os olhos.

— Foi a segunda vez que ele apareceu na janela enquanto eu saía. Tenho certeza de que ele me viu e sabe que frequento a casa.

— E isso não seria bom?

— Bom?

— É, se ele te viu e ainda não falou nada, deve ser porque gostou de você. Senão, você já teria sido desmascarada.

— Sei não... Mas estou com medo de pisar lá agora. Medo de chegar lá e de repente, *puf*, ele surgir com aquela esposa histérica e me botar para fora.

— Não fale mal da sua sogra.

— Ela não é minha sogra! Eu e o Dario nem estamos... É...

— Ah, Ivana, me poupe. — Ela deu um gole no suco.

— Você acha que eles levaram a criança para o orfanato por qual razão? — Ivana retomou o assunto.

— Hum... não sei, mas acho que é hora de você considerar ter uma conversa séria com a tia Solene, não? Mas, Ivana, séria *mesmo*. Sem ficar com medo, ou deixar ela te enrolar de novo.

— Ela não me enrola, Una, só quer evitar o pior.

Ivana deu a resposta, no entanto não estava convencendo nem a si mesma. Pelo olhar de Una, sabia que o momento estava mesmo chegando.

— Eu sei que ela te ama. O que ela passou com você ao longo destes anos não é qualquer mãe que passa. A tia Solene é uma guerreira, mas olha como você está hoje. Ivana, você é mais do que minha amiga, somos como irmãs, e não posso simplesmente te ver sofrendo e ficar aqui de braços cruzados.

Ivana deu um longo suspiro, repassando os últimos acontecimentos.

— Por que eles levaram o bebê para o orfanato, Una? Alguma ideia?

— Nadinha.

— Tudo é tão estranho. De onde essa criança veio? A legenda dizia *aquilo*. Que droga isso quer dizer?

— Iv, tudo te leva a conversar com a sua mãe, não percebe?

Ivana enrolava as pontas rosadas do cabelo, bufando, frustrada por ter que concordar com Una.

Não durou muito o clima descontraído que sempre reinava entre as duas. O momento de paz fora quebrado quando Malina, Valentina e Alonso surgiram, subindo os degraus da confeitaria. O trio encarava as duas meninas como se tivessem ido à Mascava com o propósito de esbarrar com elas. Um garçom foi até os três, apressado.

— Boa tarde, estamos lotados no momento, mas temos uma lista de espera se quiserem aguar...

— Não precisa, somos amigos delas. — Malina apontou. — Pegue mais três cadeiras.

O garçom não questionou e saiu. Ivana olhou para Una com incredulidade. As cadeiras chegaram com incrível rapidez, e Malina se sentou entre as duas, enquanto Valentina ficou do outro lado de Ivana, e Alonso, próximo à Una, que desafiou:

— Quem convidou vocês para sentar?

— Quietinha, tampa de bueiro. Nossa conversa hoje é com a loirinha mais sonsa da província — alfinetou Malina.

— A confeitaria está cheia, Malina. E a Una já disse que não tem lugar para vocês aqui.

Malina ignorou o comentário, enquanto Valentina observava as duas com o característico cenho erguido em deboche. Alonso fazia seu perfeito papel de muro, sem emoções, mas de físico bastante hostil.

— O que vocês vão comer? — perguntou Malina aos amigos.

— Não sei... Não tem cardápio aqui. Ei, viadinho, traga o cardápio! — pediu Valentina, ao fazer sinal para Ivo.

Ao notar os novos e indesejados convidados, Ivo mordeu o lábio de forma quase imperceptível. Em um dia cheio e corrido como aquele, MalValAlo era a última coisa que ele queria ver.

Sempre era.

Ele se aproximou da mesa com a feição receosa escancarada. Valentina não gostou.

— Está mal-humorada, fofinha? Tem três novas pessoas aqui para você servir. Mas você vai ter que esperar um pouco para anotar os pedidos porque a gente ainda não decidiu.

— Vem cá. — Malina chamou Ivo com dois dedos. — Temos *mesmo* que falar com vocês três, de trio para trio.

— Estou ocupado, Malina. Podem adiantar os pedidos?

— Mas é claro, minha linda — debochou a menina. — O que eu quero pedir é algo mais específico, que não tem aqui, na Mascava.

Ivo não entendeu, assim como suas amigas. Valentina se ajeitou na cadeira, inflando o ego, e soltou:

— Vi vocês duas entrando na mansão outro dia. Um pouco depois, vi o Ivo.

— Ninguém nem se aproxima daquele lugar, as pessoas têm horror dos Casanova. E teve aquele dia em que a empregada velha deles te ajudou... — disse Malina.

— E vocês correram apavorados — cutucou Ivana, sentindo o próprio comentário sair mais destemido do que esperava.

Alonso cerrou os punhos.

— Não sabia que vocês conheciam os empregados da mansão — Valentina comentou.

— Não conhecíamos — disse Ivana.

— Então como ficaram amiguinhos tão de repente, passando a ir lá outro dia?

— Isso você vai ficar querendo saber, Malina — respondeu Ivo. — Seu pedido, por favor — completou com deboche.

Alonso levantou da cadeira, o rosto redondo e bruto, com orelhas salientes e cabelo crespo ralo, tinha um semblante ostensivo e irritado. O espanto tomava conta do rosto de Ivana, Una e Ivo.

— Fica calminho, Alonso, a gente ainda não sabe o que é preciso sobre essas visitinhas à mansão. Depois você desconta sua força bruta nessa magrelinha cheia de purpurina.

Ivo respirou fundo, tentando manter o controle.

— Ninguém tem nada para falar, Malina. Vocês podem ir embora — concluiu Una.

— Não vamos a lugar nenhum — ela respondeu.

— Então vamos nós. Pode ver a conta, Ivo? — Ivana pediu.

Malina e Valentina se entreolharam, sem acreditar. Era muita audácia de Ivana resolver se retirar de repente.

— Vocês ficam até a gente saber o que estão escondendo.

— Se levantarem, a gente vai atrás — Valentina ameaçou.

— Não tem nada que a gente queira dividir com vocês — pontuou Ivana.

Um assovio atraiu o olhar do grupo: era seu César chamando a atenção de Ivo para que continuasse trabalhando.

— Eu preciso trabalhar. Quando souberem os pedidos, me chamem.

— Está bem, viadinho, vai trabalhar — despachou Valentina.

Ivo puxou o ar com mais força e deu meia-volta para seguir com o expediente.

— É, vai trabalhar, bichona.

Era a voz grave de Alonso.

Ivo congelou.

Daquele momento em diante, perdera o controle do corpo inteiro. A respiração havia se alterado, furiosa. Tudo que o menino carregava era uma bandeja de metal vazia, e foi ela que Ivo arremessou no rosto de Alonso, ao se virar para o grupo. Sem tempo de se esquivar da investida, o objeto bateu com força no supercílio do brutamontes, fazendo uma cascata de sangue escorrer.

Apavoradas, Malina e Valentina se levantaram enquanto Ivo passava por elas.

— QUEM É BICHONA, SEU DESGRAÇADO?!

O menino se jogou em cima de Alonso, ainda atordoado pelo golpe, e os dois caíram do parapeito, indo parar no chão de pedra da rua. Mesmo Ivo tendo metade do peso de Alonso e sendo mais ossos do que músculos, eles começaram a se atracar. Ivo acertou outro soco na bochecha de Alonso, que revidou com um punho fechado na têmpora do menino. Ivo estava tão cego de fúria que não sentiu os outros golpes pesados de Alonso. Só sabia socar, chutar e cuspir.

Quando as pessoas em volta conseguiram separá-los, os dois eram como bonecos salpicados de vermelho. Por mais atípico que pudesse ser, fora mais difícil segurar Ivo do que Alonso, tamanha era a raiva injetada no menino.

— Eu ainda pego vocês, suas vacas nojentas! — disse, soltando-se das pessoas que o seguravam, apontando para Malina e Valentina, que tinham um misto de prazer e espanto no rosto.

Ivana e Una correram para ampará-lo, mas Ivo estava fora de si. Começou a andar sozinho, até começar a correr, se afastando do local. Sumiu por entre uma das ruelas estreitas e inclinadas.

Malina e Valentina desceram os degraus e se aproximaram de Alonso.

— Você está péssimo, precisa de um banho — zombou Malina.

— Não toque em mim — Valentina avisou ao vê-lo se aproximar.

Encarando-as com desprezo, Alonso saiu. Valentina começou a andar logo depois, mas Malina ficou, voltando-se para Ivana e Una.

— Sei que vocês estão escondendo alguma coisa. Vocês vão dizer por bem ou por mal. Ah, avisem para o viadinho amigo de vocês que ele está muito, mas muito ferrado mesmo.

— Pois avise para quem você quiser que o Ivo não é viadinho coisa nenhuma e que, para mexer com ele, vai ter que passar por nós — rebateu Una, dando um passo à frente, encarando a menina.

— Una está certa, Malina. É melhor vocês aproveitarem as férias bem longe da gente.

— Senão o quê?

— Senão a gente também vai arremessar uma bandeja nessa sua cara de biscate invejosa.

Malina recuou, surpresa.

— Como é?

— É isso mesmo. Agora sai! — reforçou Ivana.

Ainda sem acreditar, e praguejando algo que as amigas não entenderam, Malina foi embora.

— Eu não acredito que acabei de falar isso para ela! — Ivana sentia um misto de êxtase e assombro.

— Já disse que te amo? Eu nunca, *nunca*, vou te deixar se esquecer disso — declarou Una.

As duas riram, incrédulas.

— Vem cá, me dá um abraço! E depois vamos pagar a conta — Ivana falou. — E vamos até a casa do Ivo ver como ele está.

— Se conheço o pai dele, é melhor a gente não ir, ou podemos piorar a situação.

Chateada, mas concordando, Ivana subiu os poucos degraus que levavam à área externa da Mascava, passando para a parte interna, enquanto os clientes recobravam a calma e alguns garçons arrumavam as cadeiras derrubadas, perto de onde Ivo e Alonso tinham começado a briga.

Ivana pensou no amigo. Sentia tanta raiva de Malina, Valentina e Alonso que quase foi atrás deles bater boca. Mas MalValAlo andava desconfiado do que estava acontecendo, e todo cuidado era pouco.

Valentina, a maior língua frouxa entre os adolescentes de sua idade, jamais poderia tomar conhecimento de tudo que Ivana e Dario estavam vivendo e do que estavam descobrindo. As notícias causariam um verdadeiro caos — e êxtase — entre os moradores fofoqueiros.

Ivana decidiu esperar a poeira baixar e procurar Ivo no dia seguinte, logo que amanhecesse. Ao pagar a conta, notou a feição explosiva de seu César, que olhava para ela como se a menina também tivesse culpa.

Ela desviou o olhar.

E temeu pelo amigo.

17

Reflexo

A lua estufada projetava uma potente luz prateada que cobria toda a província, banhava as ruas de pedra e entrava pelas janelas das casas. Do seu quarto, Dario a observava pelo telescópio com profunda admiração. Pensava em como Ivana ficaria extasiada ao vê-la mais de perto, ao *conhecê-la*.

Depois de um bom tempo inclinado, reverenciando a imensidão galáctica, andou até a cama, onde um número considerável de livros abertos estava empilhado. Afastou alguns, retomando a leitura do que estava mais perto da cabeceira. Noitescura descansava em cima da bancada, encarando o garoto com os esnobes olhos amarelos.

Dario passara boa parte da noite vasculhando o que tinha à mão, não queria ceder ao desânimo que começava a surgir. Apostara com firmeza que seu arsenal de conhecimento poderia ajudar na resolução dos problemas, mas não encontrara nada que pudesse guiá-lo.

Com um exemplar de *Física para iniciantes: Descomplicando o básico* entre as pernas, corria os olhos atentos por textos e imagens ilustrativas. Mais cedo, engolira um volume de *Símbolos da história* em busca de algo relacionado ao rabisco losangular, frustrando-se a cada página. Logo, o livro tornara-se inútil.

Deixou a cabeça cair no travesseiro e abriu o papel rabiscado por Ivo; o desenho dos aros ligados por um tubo já tinha sido decorado por completo, assim como a legenda "B.M." que a lugar algum o levara. Palavras avulsas iam e vinham em sua mente, fazendo-o preencher folhas e mais folhas. Ele tentava juntá-las, mas não sabia do que se tratavam. Fazia um trajeto em círculos, tendo como companhia uma terrível impotência.

Barreira, bomba, bala.
Muro, mirante, mar.
Poderia ser qualquer uma.
Ou nenhuma delas.
— O que você acha que significa? — perguntou ao gato, que o mirou, desdenhoso.

Tornou a encarar os livros arrumados na prateleira, do outro lado e no alto. Perdera a conta de quantas vezes passara os olhos pelas lombadas, tentando escolher, na sorte, um que pudesse clarear seu caminho.

Acabou por desistir. Deixou o papel de lado e se levantou, abrindo a porta do armário. Um espelho retangular estava fixado no verso da porta.

Encarando o próprio corpo sem camisa, se deteve alguns minutos na cicatriz do tórax. Aproximou o rosto do próprio reflexo, analisando as íris que carregavam a tonalidade de um céu estrelado. As sardas, um tom mais claro que sua pele, não brilhavam. Sentiu o coração contrair ao pensar na criança infausta. Era tão estranho ela ter surgido em circunstâncias misteriosas. Aquele bebê era como ele, como Ivana, e também sofria. Talvez já tivesse visto seu rosto em algum momento da vida, ou talvez as feições da criança infausta fossem tão desconhecidas em Província de Rosedário quanto ele próprio era.

Dario estremeceu.
Bufou graças ao pensamento negativo.
Fechou a porta do armário.
Não tornou a mexer nos livros naquela noite.

18
O trágico amor de Ivo

Ainda abalada com o que acontecera mais cedo na Mascava, Ivana caminhou distraída até a mansão Casanova, pensando em Ivo. Estava com o rosto melancólico quando Bernarda a recebera. A garota a encarou com desconfiança e chegou muito perto de perguntar à mulher lá mesmo, enquanto atravessavam o jardim, por que ela não dissera o que sabia sobre o orfanato Gotinha de Sol. Mas como Dario ficara de conversar com a governanta, achou mais prudente encontrá-lo para saber das atualizações.

Embora fosse sábado, Luan e Serena estavam na Orvalha, que exigia de ambos até mesmo alguns fins de semana de trabalho, dependendo da época. O fim de tarde vívido pintava o céu, e Ivana se dirigia para além da mansão, passando pela lateral, chegando aos fundos, onde ficavam a imensa piscina com a ilha e o observatório de Dario.

Ao entrar no espaço, notou que a mesa fora outra vez colocada no local, mas havia sido posicionada alguns metros para o lado, a fim de que o segundo telescópio de Dario pudesse voltar ao seu lugar de origem.

Ela deixara o diário de Xenócrates perto de alguns livros, esperando o badalar das cinco horas. Quando deu o horário, as roupas dela caíram ao solo, junto de seu relógio de pulso azul e a bolsa. Dario não demorou a surgir, fantasmagórico, através da passagem.

— É lindo — disse a menina.
— Eu? Obrigado. E olha que nem estou opaco — ele brincou.
Ivana riu, sem jeito.
— Falo do observatório.
— Meu pai construiu poucos anos depois do meu nascimento. Aqui, havia um desnível gigantesco, que ele aterrou, erguendo o observatório.
— O telescópio também é legal — ela disse, observando a estrutura maior e mais complexa que o objeto dentro do quarto de Dario.
— Consigo ter um maior alcance e mais detalhes com esse aqui.
— Quantos livros aqui em cima... Encontrou alguma coisa?
Ele assentiu, se aproximando de alguns.
— Deixei aberto nas páginas importantes, já que não vamos conseguir tocar para folhear. Dá uma olhada nessa comparação aqui.
Ivana esticou a cabeça para espiar entre os vários livros abertos e as folhas presas com pesos de papel. A que Dario indicara era uma folha grande, fina e quase transparente que continha um desenho geométrico bem-feito e bastante marcado. De um lado, um retângulo com uma linha arqueada indicava a marcação de uma porta e, do lado oposto, janelas.
— Reconhece?
— É uma planta arquitetônica *muito* melhorada do desenho que tem no diário.
— Porque é uma planta arquitetônica legítima.
— Como é?
— Essa planta arquitetônica encontrei revirando o escritório do meu pai, escondido. É a mesma que seu pai rabiscou, só que profissional.
— E então... Que lugar é esse?
Dario apontou para uma legenda no canto inferior direito: "Meu laboratório".
— O laboratório do seu pai?
Ele assentiu.
— Então é só a gente ir até lá e...
— Não é tão simples assim, Iv.

— Por quê?

— Porque meu pai não utiliza mais o laboratório há anos. Ele abandonou tudo por completo e passou a se dedicar ao cultivo das rosas de caule rosado. Quando começou o plantio, viu que dava lucro e se engajou nisso. Seu pai e o meu chegaram a começar juntos, mas, não muito tempo depois, seu pai desapareceu.

— Seu pai nunca mais ter utilizado o laboratório não significa que ele não exista. Esqueceu que encontrei o do meu pai?

— Esta mansão é enorme, e o entorno dela também. Poderia estar em qualquer lugar, ou até mesmo ficar fora daqui. Não vai ser uma tarefa fácil. Uma vez eu o ouvi dizer para minha mãe que havia perdido o laboratório e também o interesse pela ciência.

— Eu acho que ele sabe que venho aqui. Já vi seu pai na janela duas vezes, depois que deixei a mansão.

Dario mostrou surpresa.

— Acho que não. Ele teria falado alguma coisa comigo, ou pior, com a minha mãe. Você não entraria mais aqui, e eu correria risco de morte — brincou.

— Ainda assim, é estranho — disse a menina enquanto observava alguns blocos decorativos dentro da água nada rasa que os cercava.

— O que podemos fazer é continuar mantendo o cuidado.

Ivana empertigou, deixando um pouco de lado a comparação das duas plantas arquitetônicas.

— Você acha mesmo que pode confiar na Bernarda? Depois do que aconteceu...

— Confio, Iv. Aliás, confio tanto que conversei com ela sobre isso. Mas prefiro não te falar.

— Não me falar? Mas, Dario, nós já temos poucas pistas...

— Prefiro que ela mesma fale. — Ele sorriu.

Pega de surpresa, ela ouviu Dario chamar a governanta, que em um ou dois minutos apareceu nos fundos da mansão e atravessou a passagem que dava para o observatório. Desconfortável, Ivana mal conseguiu encarar a mulher, que mantinha o sorriso característico.

— Bernarda, pode contar para a Ivana o que me contou?

— Naturalmente.

Ivana tentou decifrar a expressão da idosa. Pela primeira vez desde que conhecera a mulher, notou que sua face transparecia desconforto. Ao olhar os livros e papéis em cima da mesa, Bernarda estremeceu.

— Por que me deixou ir até aquele orfanato, Bernarda? Olha como estou toda machucada...

— Me perdoe, Ivana, mas existem situações que nós mesmos precisamos vivenciar, ver com nossos próprios olhos — disse com uma expressão triste.

— Você poderia simplesmente ter dito.

— Bastaria para você? Saber que aquela criança foi entregue ao orfanato por seu pai e pelo sr. Luan?

— Então ela foi mesmo entregue...

— Foi a última criança a pisar no Gotinha de Sol. Foi também o motivo da ruína da instituição.

— Ruína?

— Quando os pais de vocês entregaram aquele bebê, nenhum dos dois disse onde o encontraram. Nosso orfanato não era grande. Além de não termos muitos casos de abandono, éramos a única instituição desse tipo na época.

— Por que você diz que o bebê foi motivo de ruína?

— A criança tinha uma estranha propriedade, que se manifestava nas lágrimas. Sempre que chorava, seu pranto era escuro, lamacento. E, desde então, notamos um fenômeno na província que denominamos "chuva sombria".

— Então a chuva sombria cai toda vez que a criança chora?

— Sim. Estávamos mesmo certos da relação do bebê com a chuva — afirmou Dario. — Assustador, não?

— É lamentável — Ivana respondeu. — Não me causa medo, mas... tristeza. Como essa criança deve ter sofrido...

— Muito, Ivana — concordou Bernarda, com a voz embargando por um instante. — Fizemos todo o possível para que ela crescesse cercada de amor, mas acho que ela nunca se sentiu parte do orfanato, ou parte de qualquer coisa.

Ivana ouvia com atenção, sentindo um enorme pesar no peito.

— Nos primeiros meses, a chuva sombria caiu com frequência, porque recém-nascidos choram bastante. À medida que a criança foi crescendo, a chuva diminuiu, naturalmente. A criança continuou sendo bem tratada, dessa vez não só por amor, mas também por precaução. Não queríamos que ela chorasse.

— Imagino como deve ter sido difícil.

— Foi terrível. Não pela pobre criança, coitada, ela era uma sofredora sem culpa do peso que carregava.

— Eu vi um retrato... Mas não reconheci uma mulher.

— Eu, Ari, Chiquinha e Beatrice éramos funcionários do Gotinha de Sol. A mulher que você não reconheceu também era. A diretora, que acabou adotando a criança. Ela passou a alternar a estadia do bebê entre o orfanato e a própria casa, e morreu pouco depois.

— E o que aconteceu com a criança? — perguntou Dario.

— Ela continua sendo cuidada.

— Então você sabe quem é?

— Mas é claro, menina.

— E quem é, Bernarda?

— O que vocês buscam? — perguntou Bernarda, de repente.

— Uma forma de Dario e eu ficarmos juntos. Entender essa dissipação que nos separa.

— Não acredito que aquela criança possa ajudar ou fazer diferença nessa busca, ainda que ela... Sinto muito. — Ela virou para Dario e repetiu a frase. — Aquele bebê sofreu demais e sofre até hoje. Sinto o dever de preservar sua identidade. Ainda que não seja de todo uma pessoa fechada, é reclusa. A julgar pela chuva que nunca mais caiu, deve fazer um esforço sobre-humano para não deixar as lágrimas rolarem em um momento de tristeza.

— Eu prometo que não vou falar nad...

— Sinto muito, mas nisso não posso ajudar. Amo Dario como se fosse um filho, e sou cúmplice de vocês nessa história, arriscando até mesmo meu emprego, mas não posso ir além.

Vendo que os esforços seriam inúteis em tentar obter mais informações, Ivana e Dario foram invadidos por uma grande frustração — o que não impediu a menina de manter o raciocínio.

— O último registro da chuva foi há quatro anos — pontuou Ivana.

— Alguma coisa muito grave deve ter feito a criança chorar — comentou Dario.

— Criança esta que nos dias de hoje é uma adolescente — concluiu Ivana. — Pelo menos é o que parece.

— Pode ser qualquer pessoa — disse Dario, se aproximando da governanta. Ele tentou segurar seus braços em um gesto delicado, mas os atravessou. — Bernarda, por favor... Nós precisamos saber se essa criança tem ligação com o que ocorre com a gente.

— Não acredito nisso. Saber do bebê e da chuva pode ajudar. Conhecer a identidade da criança não faz diferença. Mas, se querem mesmo descobrir, o caminho mais curto é perguntar ao seu pai, Dario. Porém acho que, embora o sr. Luan seja um homem muito bom, não vai contar detalhes. Pelo bem de vocês.

Frustrados, Ivana e Dario se entreolharam desolados, tentando comover Bernarda. Não funcionou.

— Preciso voltar aos meus afazeres. Posso ajudar em mais alguma coisa?

— Por que o orfanato fechou? Você disse que o bebê foi a ruína...

— Eu sou a única que acredita que aquela criança era mais uma vítima do destino do que um problema. Ari, Beatrice e Chiquinha não concordam.

— Eles também sabem quem é a criança?

— Sabem, mas a temem pelo poder do seu choro. Eles também não falarão, principalmente porque a diretora morreu por causa do bebê.

— Como é? — perguntou Dario, espantado.

Ivana notou que o tempo havia avançado de forma assustadora ao olhar para Dario, que estava quase opaco.

— No dia em que ela morreu, estava com o bebê nos braços. A criança chorava como nunca. Aconteceu uma única vez. A chuva sombria caiu, como de costume, em toda a província. E de forma apavorante, choveu por dentro de todo o orfanato. Uma chuva torrencial, pode imaginar? Naquele dia, Ari e as crianças tinham saído para um passeio junto de Beatrice e Chiquinha, e se protegeram em um estabelecimento. Eu fiquei no Gotinha de Sol. Senti os pingos imundos na minha pele, mas corri para dentro de um armário. A diretora não teve tempo.

— Vi a mancha embaixo de um berço quando estive lá — acrescentou Ivana.

— Aquela parte levou anos para evaporar, mas a mancha nunca saiu. Quando a chuva parou, horas depois, a diretora teve complicações e não resistiu. Os médicos disseram que algo tóxico entrou em contato com a pele dela e foi absorvido. E mais nada. A medicina capenga e limitada nada poderia fazer! O que as lágrimas daquela criança carregam não é deste mundo. Passei mal durante dias, mas sobrevivi por não ter ficado exposta muito tempo.

Vendo seu corpo ganhar ares invisíveis, Ivana se apressou em comentar:

— Mesmo assim, você ainda preserva a identidade dela. Sua gentileza é incrível, Bernarda.

— Todos nós carregamos dores, menina, e quem somos nós para julgar os outros?

Ivana emitiu um sorriso triste.

— Além disso, quanto menos mexermos com ela, melhor para nós — finalizou a governanta.

Mas apenas Dario a ouviu.

Ivana não estava mais presente.

A menina tivera um ótimo encontro com Dario depois que despertara. Voltara para casa com tranquilidade, entrando sem que Solene percebesse. A mãe ainda dormia quando Ivana chegou.

A manhã de domingo seguia preguiçosa e, como de costume, não prometia qualquer grande atividade memorável. Solene tinha dado um raro dia de folga para si, indo encontrar com as amigas na Mascava.

Ivana continuava pintando *O beijo* e, embora ainda estivesse inspirada para continuar sua obra e fazer uma surpresa para Dario, também não tirava da cabeça os últimos acontecimentos. Sentia uma ponta de aflição. Existia uma intuição de que ela estava chegando perto da verdade, o que a deixava feliz e ao mesmo tempo nervosa. Tinha a sensação de que lidar com a realidade teria um preço alto.

Senhor Pipinho cantarolava, chegando a brincar em um pote de água suja de tinta, mas logo sendo enxotado por Ivana. A menina respirou aliviada por ver que não era um dos potes com restos da tinta a óleo, que era raro usar, já que suas preferidas eram as aquareláveis. A criaturinha se perdeu entre os itens da longa mesa do ateliê, mas vez ou outra a menina o acompanhava com os olhos para ver se sua inocência não o colocara em risco.

Percebeu, com pavor, a moldura que ficava na parede, onde outrora a chave do laboratório do pai ficava pendurada. Ainda estava vazia. Como pudera se esquecer de devolver? Feliz por Solene ainda não ter percebido, deixou de lado os instrumentos e materiais de pintura. Resolveria o problema naquele momento.

— Não faça nenhuma besteira, já volto — pediu ao pássaro, que piou de volta.

Ivana correu escada abaixo, chegando ao quintal. Parou quando viu Ivo no portão, não muito longe. O semblante do menino era pura tempestade. Ela se aproximou com rapidez e de perto viu que o amigo estava com um lado do rosto inchado.

— O que houve?
— Posso entrar?
— Claro — ela respondeu, abrindo o portão.

Ivana e Ivo foram até a mesa perto da escada, que levava ao ateliê, na área coberta. O menino desabou na cadeira com o olhar distante.

— O que aconteceu?
— Meu pai me colocou de castigo.
— Por causa da briga com o Alonso?

— Você sabe que não é só por isso. Foi o motivo que ele me deu, mas você sabe que ele tem vergonha de quem eu sou. Tem vergonha porque as pessoas falam de mim. Eu fugi, mas ele ainda não descobriu, estava dormindo quando saí.

Ivana não conseguiu dizer uma palavra sequer. Abraçou o amigo, que mantinha a expressão distante, como se todo o sofrimento já não pudesse destroçá-lo mais.

— Passei na Mascava ainda agora para falar com o seu César.
— E como ele reagiu?
— Fui demitido.
— O quê?
— Foi uma soma de coisas. Já não ando bem há um tempo. Andava avoado, trocava os pedidos, pedia para sair cedo. Piorou com aquela torta de amora que derrubei. O cliente reclamou muito, e como ele é assíduo, tem mais força do que eu, que posso ser substituído por qualquer um. A gota d'água foi a briga com o Alonso.

— Aquilo foi ridículo! Eles que começaram!
— Mas isso ninguém sabe. O que as pessoas viram foi o garçom afeminado jogando uma bandeja na cara de um cliente. Seu César ainda me pagou tudo direitinho, mas poderia ter me dispensado por justa causa. Estou com o pagamento aqui. — Ele mostrou um bolo mirrado de dinheiro, sem dar muita importância. — Quando meu pai souber, nem sei o que vai acontecer comigo. Talvez ele bata no outro lado do meu rosto, porque este ele já atingiu — disse ao mostrar o inchaço arroxeado do dia anterior. — Ficou uma fera quando cheguei ensanguentado em casa.

Ivana teve vontade de chorar, amava Ivo tanto quanto amava Una. Também era seu amigo de infância, o único menino que sabia de sua condição, o único que a apoiara durante todos aqueles anos. Sofria nas mãos do pai idoso e de mente engessada, mas continuava firme, estudando e trabalhando, um dia de cada vez.

Ivana não tinha apenas amor pelo garoto, tinha também uma gigantesca admiração. Um respeito profundo pelas lutas que Ivo enfrentava, sem que se fizesse de vítima. Ivo recebia olhares tortos dos moradores por ser gay, o que muitas vezes o fazia ficar contido, deixando de se expressar e de ser quem era.

— Uma parte da renda para pagar as contas lá de casa vinha do meu trabalho. O que vou fazer agora? Quem vai querer dar emprego para um garoto que avança em clientes?

— Vamos dar um jeito. Esta província é pequena, mas nem todos são imbecis. Muita gente também conhece a índole podre de MalValAlo.

Ivo baixou a cabeça, deixando o ar pesado sair.

— Este lugar é ruim, Ivana. É bonito por fora, mas por dentro... me enoja. Malina, Valentina e Alonso nada mais são do que uma pequena parcela que reflete o todo.

Ouvindo o menino falar, Ivana se deu conta, a cada palavra, de que Ivo estava certo. Província de Rosedário era de um visual exemplar, repleta de natureza, aconchego e cores, mas aqueles que ela abrigava tinham pensamentos imundos. Em sua maioria, mais preocupados em alimentar o ego do que emprestar uma clássica xícara de açúcar para um vizinho necessitado. Ela pensou em Dario, que falara o mesmo acerca dos olhares tortos que sua família recebia por serem negros.

— Vou pegar uma água bem gelada para você.
— Não precisa. Não estou com sede.
— Não é pela sede, é só para você se acalmar.
— Estar aqui já me acalma.
— Mesmo assim, me dá um minuto — ela disse, ao se levantar.

Ivo a acompanhou com o olhar enquanto ela entrava por uma das portas da casa.

Durante a espera, Ivo repassou os minutos que antecederam sua visita à amiga. Depois da notícia da demissão, ele teve medo de voltar para casa e encarar o pai, que, apesar da idade avançada, tinha braços fortes e mentalidade retrógrada. Sempre que tomava conhecimento de algo acerca do filho, o menino apanhava. Em geral, bastava ouvir algum comentário sobre Ivo para que a palma da mão furiosa descesse sobre ele.

Arrasado, Ivo decidiu que precisava encontrar Ivana. Foi preciso um pouco de esforço para que ele ignorasse os olhares curiosos e repulsivos que recebeu das pessoas enquanto cruzava a Praça do Poço. Era uma batalha, desde pequeno, desviar das difamações e das grosserias dos outros. Cresceu sem poder extravasar o seu jeito de ser, censurado pela sexualidade que nunca pôde florescer com plenitude.

Chegou ao centro da província sentindo-se vazio e sozinho, o sentimento pesado o envolvia em uma nuvem escura de tristeza. Caminhou até cruzar a rua, parando na frente da mansão Casanova. De súbito, sentiu o peito explodir de amargura. Deu alguns passos até o portão, quase tocando o metal ferroso. Encarou, entre as barras longas, o jardim bem cuidado, tão sombrio quanto magnífico. Pensou em si, em Ivana. E em Dario. A sensação de que estava fazendo algo errado invadindo-o cada vez mais. Vislumbrou as janelas da mansão, os ornamentos e tantos outros detalhes que de repente passariam despercebidos por alguém na rua. Existia um desejo quase louco de estar do outro lado da grade, entre as plantas, dentro da mansão, dentro de um cômodo específico. Tocou a barra de ferro com a testa e fechou os olhos. Gastou alguns segundos naquela imersão de pensamentos múltiplos e tortuosos. Estava se sentindo uma pessoa ruim. Um traidor.

— Covarde, ela é sua amiga — falou baixinho para si, pouco antes de perceber Ivana retornando com um copo e uma jarra cheia.

Ela o encarou, com pena.

— Tenho sentido você triste, um pouco irritado também. Una percebeu a mesma coisa...

— Eu estou apaixonado, Ivana — ele disparou sem meias-palavras, antes mesmo de ela repousar os objetos na mesa.

Ivana recebeu a notícia com espanto. Não pelo fato de que Ivo estivesse interessado em alguém — ele sempre estava —, mas porque ele falava sério, como ela nunca vira antes. Havia uma sobriedade em sua voz mais madura, seus olhos estavam tristes e sofredores.

— Entendo. É o menino misterioso, não é? — perguntou, dando um leve empurrão no copo que enchera com água na direção de Ivo.

Ele assentiu, sentindo-se oco por dentro, ignorando o copo.

— Eu estou tão triste... É uma dor que já me enrijeceu. Como posso ter me apaixonado por um menino que eu só esbarrei duas vezes? E que nem sei como é o rosto?

— Você está perguntando logo para mim? Não foi isso que aconteceu comigo e com o Dario?

— Mas vocês se viram... Um sabe quem o outro é.

— Um pequeno detalhe.

— Um *enorme* detalhe, Iv.

— Se isso está te consumindo, por que não vai em busca dele? Olha como eu e o Dario estamos tentando descobrir o que se passa com a gente. Todo mundo tem o direito de ir atrás do que deseja. Todo mundo tem o direito de ser feliz, e ninguém pode se opor, Ivo!

O menino contraiu o rosto. A tristeza estava tão arraigada que seus traços chegaram a fazer com que ele parecesse mais velho do que era.

— Quanto mais o tempo passa, mais penso nele e mais dói. Se pelo menos eu pudesse saber quem ele é... — Então Ivo teve um impulso insano de segurar as mãos da amiga e dizer o que estava dentro de si: desabafar que, quanto mais o tempo avançava, menos sentia vontade de resistir, mesmo que estivesse claro para ele que não era permitido, que poderia perder a amizade dela. Ele amava alguém que não podia ser seu. Alguém que *nunca* poderia. Quando estava prestes a despejar sua angústia, o pavor tomou sua mente e ele se conteve.

— Você não tem pistas, além da tal capa?

— Nã-não. Ele estava um pouco curvado, então pode ser que seja um pouco mais alto. Estava escuro, eu estava assustado, não processei a informação. O que mais ficou guardado em mim foi a voz, que parecia estar sendo engrossada de propósito.

— Como se ele estivesse disfarçando, isso você já disse.

Ivana teve um lampejo.

— Ivo... pensa bem... Depois de tudo que conversamos e do que descobri, é bem provável que esse menino misterioso seja a criança infausta. Você mesmo disse que a chuva caiu naquela noite, e também foi a última vez, há quatro anos.

— Não, Iv...

— É possível, não é? Vou te contar o que aconteceu ontem, quando encontrei o Dario. A Bernarda me disse...

— Gosto dela, me tratou muito bem enquanto me guiava até o observatório.

— Ela é legal, mas não disse tudo que poderia. Escuta só...

Ivana detalhou as descobertas, não apenas sobre o orfanato e a criança infausta, mas também a comparação das plantas arquitetônicas, como sendo o laboratório antigo de Luan. Ivo ouvia tudo com profunda atenção, e chegou a esquecer o ferimento no rosto por um momento. Ficou chocado ao ouvir que a diretora morrera por causa da criança.

— Fiz essa mesma cara — revelou a menina, já que Ivo continuava congelado.

Ivana teve outro estalo, não era um bom pensamento, mas precisava compartilhar com o amigo:

— Ivo... e se esse menino misterioso...

O menino olhou para ela, ainda entorpecido pelos próprios pensamentos.

— E se esse menino for o Alonso?

Ivo saiu do transe, mas sem demonstrar surpresa.

— Alonso? O menino misterioso?

— É, não faz sentido?

— Nenhum, para falar a verdade, Iv. Pode ser qualquer pessoa nesta droga de província.

— Sei que não temos como provar, mas...

Ivana parou por um tempo, frustrando-se por não conseguir uma resposta. Ainda arriscou falar, mas sem convicção:

— Ele é muito recluso. Tanto que poderia ser a criança infausta também.

— Repito, Iv, poderia ser qualquer um. Por que justamente ele? Deixa aquele estúpido para lá — Ivo disse, ignorando o palpite da amiga.

— Acho que ele pode, *sim*, ser o seu menino misterioso. Vou dar um desconto sobre ele ser a criança infausta porque nem sabemos se é menino ou menina, *apesar* de eu achar muito estranho a forma como Alonso se porta. Às vezes ele me olha como se me analisasse. E não ignoro o fato de que fiquei cismada desde que o vi com aquelas duas no lago.

— Você só está se enganando. Alonso é um cara na dele como tantos outros e vai nadar no lago como tantos outros.

— Eu vou descobrir, mesmo se a Bernarda e os outros não quiserem dizer. E você vai me ajudar nessa.

Ivo deu de ombros.

— Não fica assim, você tem a mim e a Una também. A gente vai descobrir quem é esse menino misterioso. Eu e Dario vamos conseguir superar esse obstáculo, e você vai viver seu amor com paz e tranquilidade. Vamos ter dois finais felizes.

— Iv, minha amiga... — ele disse, encarando-a com melancolia. — Não acredito nesse final feliz, me desculpe.

— O que é isso, Ivo? Você não é assim. Cadê aquele menino sarcástico que faz piada com tudo e que vive cutucando a Una?

— Estou cansado. Cansado de tanto preconceito, de ser maltratado, de nunca conseguir algo satisfatório. Nunca tive uma vida decente e agora eu quero uma de qualquer jeito. É um crime pedir isso?

— Claro que não, Ivo! Isso é um direito. De todos nós!

— Sinto que comecei a ter esse sentimento depois daquela noite... Ivana, eu quero, eu *preciso* saber quem é aquele garoto, só assim vou conseguir continuar a minha vida. Quero olhar para ele e ter certeza de que não vou ser correspondido.

— Ou que vai — disse Ivana, abrindo um grande e doce sorriso. — Não seja pessimista.

Ivo suspirou, baixando os olhos. Acompanhava com falso interesse uma formiga que caminhava pela mesa.

— Tenho certeza de que era o menino misterioso dessa última vez que o vi. Claro que a capa não era a mesma, afinal, já se passaram alguns anos, mas... Não sei... O jeito de andar... Fora que ninguém anda por aí com capa e capuz.

Ivana concordou e falou:

— Por onde começamos, então?

— Não sei, não está sendo fácil para mim. Não sei o que fazer, quase desisti de vir aqui.

Ivana demonstrou surpresa. Eram amigos de infância, logo, não existiam receios ou formalidades entre os dois.

— Sabe que vou estar sempre aqui, né?

Ivo respirou fundo, tentando não se emocionar. Ivana era muito especial para ele. Sem que pudesse reagir, a menina se viu envolvida por um abraço pesado, triste e silencioso.

— Obrigado.

Ele se afastou, andando devagar pelo quintal.

— Preciso encarar meu pai e contar sobre a demissão.

— Ivo!

Ele se virou.

— Tome cuidado, por favor.

O menino assentiu. E continuou, soltando o ar com frustração. Naquele momento, não havia pessoa em Província de Rosedário capaz de se sentir pior do que ele.

Ivana o viu sumir, desejando que o amigo ficasse bem. Estava decidida a ajudá-lo no que pudesse. Escutando um pio, se deu conta de que tinha largado Senhor Pipinho sozinho dentro do ateliê, à mercê das ferramentas de Solene e de seu material de pintura. Subiu os degraus correndo, torcendo para que tudo estivesse em ordem.

Acabara esquecendo o motivo pelo qual descera.

A moldura do quadro continuou vazia.

19
O outro lado de Alonso

Uma semana depois, a poucos dias do Natal, Ivana e Dario continuavam às cegas. Embora os dois tivessem intensificado as buscas e pesquisas a partir do que haviam descoberto, não tiveram muito êxito.

No quarto, enquanto Senhor Pipinho pulava em suas costas, Ivana folheava o diário de Xenócrates, quebrando a cabeça, relendo uma ou outra anotação do pai em busca de respostas. Tinha uma preferida, rasgada em uma parte, mas que a emocionava da mesma forma: "Pequenino botão de rosa, frágil, como minha Ivana".

Ivana se demorava por minutos, ver a letra do pai era o mais próximo que podia estar dele. Passava a mão com calma pelas folhas velhas, sentindo o coração transbordar. Ter diante dela um objeto que um dia fora tocado por ele a fazia bem. O diário tornou-se um elo, um ícone familiar afetivo, respeitado da forma mais pura que uma filha poderia fazer por seu pai.

Continuando a saborear cada página, releu outras anotações que passeavam pela sua mente:

Fico triste pela cicatriz, Ivana é tão nova. Mas, dos males, o menor. Ela poderia não ter sobrevivido.

Tivemos que isolar o local. Tenho medo de nunca acharmos uma solução. Instabilidade? Quanto tempo?

E a que mais a assustava, sem dúvida, estava escrita na penúltima página, sozinha, no topo:

Vou até lá hoje. É quase certo que eu não vá conseguir voltar.

As páginas seguintes — as poucas que restavam — estavam em branco.

Incomodada com a falta de direção, Ivana pensou no laboratório debaixo da roseira, o que outra vez a lembrou de que ainda não tinha devolvido a chave para a moldura. Levantou da cama, derrubando Senhor Pipinho, que fez um som agudo de ave assustada. Andando de um lado para outro, sentia a impaciência percorrer a corrente sanguínea por estar impossibilitada de ir até lá. Solene estava em casa, o que atrapalhava qualquer avanço.

Parou por um instante.

Por que esconder da mãe o que estava acontecendo? Não seria melhor abrir o jogo de uma vez, contar sobre Dario, sobre o que descobrira? Talvez Solene entendesse. Afinal, ela já se apaixonara um dia, já havia sido adolescente.

Com passos resolutos, foi até a porta. Chegou a abri-la. Estagnou ao ser tomada pela indecisão. O outro lado da consequência seria terrível: Solene não apenas a proibiria, como também seguiria cada um de seus passos, e seria o fim.

Com medo, recuou. Fechou a porta e tornou a se sentar na cama.

— O que você faria? — perguntou ao pássaro, que sacudiu apenas uma asinha, não conseguindo fazer o mesmo movimento com a outra.

Guardou o diário na gaveta, debaixo de algumas peças de roupa, e saiu do quarto. Ela pegou Senhor Pipinho com o indicador enquanto alisava a mancha em formato de coroa na cabeça do animal. Levantou para devolver o bichinho à sua casa principal, a gaiola invertida que ficava na árvore lá fora.

A casa estava vazia. Solene trabalhava no ateliê, atarefada por conta da última semana antes do Natal. Ivana ouvia o burburinho das clientes no andar de cima, rindo e fazendo comentários de como os vestidos estavam lindos e bem-acabados, seguido da risada vaidosa da mãe, que adorava ser reconhecida.

Ivana foi até a gaiola do lado de fora, deixou Senhor Pipinho e trocou a água do pote. Ao fechar a portinhola, encarou a roseira. As rosas de caules rosados a miravam de volta, sedutoras, convidativas. *Venha, Ivana, adentre a roseira, desça ao laboratório.* A garota caminhou até elas, mas não se aproximou do pequeno túnel. Não podia deixar que Solene a visse. Segurou um dos caules com poucos espinhos, e aproximou o nariz de uma das rosas. Inalou todo o perfume, maravilhada.

Em seguida, torceu o caule, insistindo no gesto até que enfim o arrebentasse. A seiva negra escorreu das duas extremidades, a que ainda pertencia à roseira e a que estava na mão de Ivana. Uma gota pingou no chão. Ivana a olhou de perto, tinha o mesmo aspecto da chuva sombria e lembrava a mancha que encontrara no chão do orfanato.

Naquele momento, entendeu que a criança infausta tinha ligação direta com as roseiras. Que aquilo que saía do caule também vinha dos céus: a chuva sombria não era água pura, mas seiva.

Devagar, levou o polegar até a planta que sangrava. Tremia, mas sua intuição a convidou a ir em frente. Talvez porque já tivesse vivido a experiência nos campos de cultivo quando se cortara nos espinhos. A gota negra tocou seus poros. Ela aguardou a consequência.

Nada aconteceu.

Ivana lembrou de Una, que não tivera a mesma sorte. Ao entrar em contato com a seiva maldita, sua pele ficara irritada, chegando a surgir pequenas bolhas nela. Como o contato havia sido superficial, nada aconteceu. Mas havia a possibilidade de a menina não estar viva se tivesse cortado mais caules. O pensamento mórbido gelou Ivana até a espinha, e ela tratou de afastar a imagem.

— O que está fazendo, Ivana?

Assustada, a menina se virou e deu de cara com Solene, no alto da escada.

— Eu... só estava vendo as rosas, mãe.

Solene espiava o caule quebrado e a outra parte da planta na mão de Ivana.

— Solte essa planta, *agora*!

O susto fez Ivana largar o pequeno pedaço rosado com a flor.

— Você não tocou na seiva, tocou?

— Não, mãe...

— Você, assim como todo mundo nesta província, sabe que a seiva destas rosas pode ser perigosa.

Ivana sempre soube que não era bom brincar com a seiva das plantas, ainda mais daquelas rosas, mas o termo *perigosa* era bem diferente de *letal*.

— Só estava curiosa.

— Vá gastar sua curiosidade com outras coisas.

— Está bem, mãe.

Solene aguardou a menina sair de perto da roseira, sem piscar.

— Por que você não vai passear um pouco?

Era o que Ivana ia pedir naquele exato momento. Tudo porque outro pensamento se instalou em sua cabeça, e ela precisava sair para concretizá-lo.

— Vou, sim, mãe, estou precisando mesmo.

Ivana pensava em ir até a casa de Alonso.

Em um ato quase insano, olhar direto nos olhos dele e fazer as perguntas que precisava fazer. Depois da conversa com Ivo e com Bernarda, e com tudo que andava descobrindo junto de Dario, precisava confrontá-lo. Tinha fortes suspeitas. Ela sabia que o garoto tinha o hábito de nadar no lago, e que apenas uma vez ou outra ia acompanhado de Malina e Valentina. Ele preferia ir sozinho.

Naquele momento, Ivana agradeceu às más línguas de Província de Rosedário por serem tão descontroladas. O que ela ouvia sobre Alonso era o bastante para ir até lá e tocar sua campainha. Tremia dos pés à cabeça por tamanha ousadia, mas não tinha tempo a perder. Ainda assim, repassou a ideia muitas vezes e cogitou desistir. Porém, se desistisse, ela e Dario continuariam sem respostas.

Não que Alonso tivesse alguma, mas precisava acabar com as suspeitas.

Quando saiu de casa e gritou um sonoro "Mãe, estou saindo", percebeu que Solene estava mergulhada nas conversas com as clientes, porque não respondera de volta. Passou pelo portão e, tomando a rua de pedra, seguiu na direção da casa do garoto.

Ela sabia também que Alonso não era só músculos e rudeza. Em todos aqueles anos estudando na mesma sala, o brutamontes era do tipo que, de forma chocante, tirava as maiores notas. Filho de pais humildes, não trabalhava, mas passava boa parte da tarde em casa. Descobrira, por meio da língua ferina de Valentina, que o garoto preparava o jantar para os pais, que eram funcionários da Orvalha e responsáveis pelo processo braçal, desde o plantio à poda das rosas.

Ivana até achava que Alonso tivesse tudo para garantir um futuro brilhante, mas, por alguma razão, preferia fazer tudo ao contrário. Insistia em ser uma sombra de Malina, porque — também diziam as más línguas —, era apaixonado por ela havia anos, e apenas por isso tolerava seus maus-tratos.

Ivana passou pelos trilhos do único bonde que existia na província e que percorria quase todo canto daquele local. Entrou em uma rua com casas de pedra, umas com toldos listrados, outras com sacadas. Cães e gatos vadios, assim como galinhas acompanhadas de inúmeros pintinhos desesperados, iam e vinham sem pressa.

Adentrou uma rua estreita, que se tornou uma ladeira pouco íngreme. Ao fim, era possível ver a casa de Alonso, simples e cercada de postes, dois ou três becos depois. À medida que foi se aproximando, sentiu o coração sufocar as batidas.

Havia outro detalhe sobre Alonso que reforçava a suspeita de Ivana: de acordo com as fofocas de Valentina, o menino tinha grande interesse pelas rosas. Talvez porque os pais sustentassem a casa trabalhando na área, ou por algum outro motivo que ela desconhecia, mas era um fato que Alonso entendia da planta. Do processo inteiro de reprodução, da preservação, da época certa para plantio... de tudo. Com ou sem caule rosado, não importava, rosas eram rosas, de um jeito ou de outro.

Ivo estava certo sobre o menino misterioso e a criança infausta: poderiam ser qualquer um da província, mas ela tinha que tentar. E se estivesse errada, seria a primeira a reconhecer e partir para outra teoria.

Quando chegou à frente da casa do menino, Ivana tremia de uma forma quase ridícula. Gastou cinco minutos pensando se encostaria o dedo na campainha. Embora Alonso a intimidasse, a fachada da casa causava o efeito contrário. Humilde, tinha janelas de madeira gasta e vasinhos de flores — rosas comuns — nas sacadas. Plantas vívidas, robustas, fortes. Uma bicicleta com pneu furado repousava perto de um arbusto.

Ela só não desistiu porque pensou em Dario. A imagem das sardas brilhando tanto quanto o sorriso injetou coragem nela, e, quando deu por si, o som enfraquecido da campainha já tinha soado.

Ivana continuava tremendo, e tremendo, e tremendo.

Alonso era bruto, grosseiro. Tinha dado uma surra em Ivo. Mas não teria coragem de fazer o mesmo com uma garota.

Teria?

Ela ouviu passos do lado de dentro e pensou que derreteria de medo.

Nenhum animal à vista.

Quando a porta abriu, Ivana estava apavorada.

Uma música pesada invadiu seus tímpanos, vinda de dentro da casa. Segurando um haltere em uma das mãos, Ivana achou que Alonso o arremessaria nela. Ele estava parado, suado, sem camiseta e exibindo os músculos exagerados. O rosto surpreso pela visita apresentava um curativo no supercílio, fruto do arremesso de bandeja de Ivo. Ivana ficou em silêncio e não sabia até que ponto sua feição denunciava pavor.

— O que você quer? — A voz grossa reverberou pela ruela deserta.

Ela pensou em dizer "bonitas rosas", ou "música legal", e sair, como se fosse uma louca que anda por aí batendo na porta dos outros e elogiando o que acha interessante. Um silêncio constrangedor se instalou, mas Alonso não perguntou outra vez. Continuava encarando-a enquanto a batida de fundo mudava. Uma faixa havia terminado e outra começava.

— É... eu... preciso conversar com você.

A expressão de Alonso se ampliou com o espanto.

Ela esperou uma reação do garoto, *qualquer reação*, mas ele não disse uma única palavra. Virou-se de costas, mantendo a porta aberta. Congelada, Ivana não soube o que fazer.

— Vai ficar parada aí ou vai entrar? — ele perguntou, acordando-a do assombro. Ela deu passos precavidos, enquanto percebia a música reduzindo de volume, e fechou a porta atrás de si.

Diante da sala pequena, Ivana a achou mais convidativa e agradável do que esperava. Com pouca mobília, os maiores destaques eram o sofá de três lugares, uma compacta estante e uma mesa redonda ao lado. Alonso sumiu por um instante e, quando voltou, estava sem o haltere, mas com uma toalhinha enxugando o suor no rosto de traços brutos.

— Vai ficar de pé?

— Es-estou bem de pé. Obrigada.

Alonso a encarava com os olhinhos castanhos. Tinha o rosto de um cão briguento, daqueles que rosnavam por qualquer motivo. Sem dizer nada, foi responsável por outro eterno momento de silêncio desconfortável. Entendendo que o menino não falaria, Ivana tomou coragem. Já tinha feito o mais difícil.

— Eu... sei que você gosta de rosas e que seus pais trabalham na Orvalha, então eu... queria umas dicas, porque... quero... cultivar rosas também.

De tudo que Ivana poderia ter pensado, ou dito, aquilo foi o que ela julgou mais estúpido. Não poderia ter pensado em uma desculpa decente? *Convincente?* Sentiu o rosto em chamas, enquanto Alonso não movia um único músculo ao encará-la.

Começando a sentir uma leve irritação pelo monólogo que o garoto estava impondo a ela, resolveu ser objetiva. Antes parecer louca do que idiota.

— Eu vim aqui, Alonso, porque... porque... porque quero saber mais sobre rosas. Não para o cultivo, quero saber o segredo delas.

Ela estudou cada gesto do brutamontes no momento seguinte. Cada respiração que indicaria se o garoto a achava uma doida que bate à porta dos outros para perguntar asneiras, ou alguém sensata que tinha questionamentos reais sobre o que acontecia na província.

— Não sei do que você está falando.

— Alonso... Eu preciso saber. Você sabe como foi difícil vir? E se estou aqui, é porque tenho motivos suficientes para acreditar que você sabe de alguma coisa.

Alonso sumiu outra vez pelo corredor pequeno e voltou com uma garrafa de água gelada. Deu um gole e ofereceu para Ivana, que recusou.

— A seiva é tóxica. Se for muito absorvida pelos poros ou via oral, causa a morte.

— Todo mundo na província sabe disso. Muitas plantas no mundo são assim, nem por isso as pessoas deixam de cultivar.

— As rosas de caule rosado são adubadas com sangue em pó.

Aquele foi o momento em que Ivana se sentou no sofá.

— São rosas como as outras — continuou o menino. A voz grave algumas vezes não correspondia ao corpo adolescente. — Não é muito divulgado, mas também não é nada assustador.

— Nada assustador?

— As pessoas adubam com esterco e ninguém se choca, mas com sangue fazem essa expressão aí?

Ivana tentou disfarçar a feição no rosto.

— A adubação de rosas ocorre apenas duas ou três vezes ao ano, e com essas não é diferente. O sangue vem de animais abatidos, que vão para as mesas dos moradores da província.

Ivana sentiu o estômago embrulhar. Lembrou-se outra vez do que acontecera nos campos.

— Por que as rosas gostam de sangue?

Ele fez um gesto de negativa.

— São plantas como outra qualquer — reforçou o garoto.

— Mesmo assim, você as estuda bastante.

— Não pelos motivos que você imagina. Meus pais trabalham na Orvalha o dia inteiro, e é tudo que sabem fazer. Depois que ficarem velhos, e não puderem mais fazer o serviço, eu vou estar apto a tomar o lugar deles e continuar mantendo a casa.

Ivana ficou intrigada, era um comentário que não condizia com Alonso. O garoto era o terror da sala, falava mais com os punhos do que com a boca. Ela rejeitou o pensamento, mas chegou a sentir uma ponta de admiração por ele.

— Não quero menosprezar seus pais, mas... você é o aluno mais inteligente da turma. Suas notas são as melhores todo ano. Por que não escolhe algo diferente para a sua vida? Você vai continuar cuidando dos seus pais de qualquer jeito.

O menino a encarou com profundo interesse, chegou a franzir a testa, perguntando a si mesmo se Ivana estava em seu juízo perfeito.

— Tem algo errado acontecendo aqui — ele declarou, por fim.

E como se Ivana precisasse apenas daquela frase para ganhar coragem, tomou impulso:

— Eu sei! Acho que as rosas têm relação com a chuva sombria e... Alonso, é por isso que estou aqui, *de verdade*. A chuva sombria é causada por alguém, e acredito que essa pessoa seja você.

Alonso deu um passo para trás, bufando de incredulidade.

— Como é?

— Eu preciso que você me conte o que acontece. Como acontece. Por favor.

Alonso tornou a ficar quieto, perdendo-se nos próprios pensamentos, e Ivana pôde notar uma aflição passar pelo rosto dele. O semblante do menino deixara de ser rígido por uma fração de segundo.

— Não posso te ajudar com isso.

— Alonso, é import...

— Mas se quer saber mais dos mistérios desta província, dê um mergulho no lago. A cabeça de estátua fica perto da margem, mas você deve ir bem mais adiante. *Bem adiante mesmo.*

— Eu sabia que você e aquele lago tinham alguma coisa! — Ivana disse em um rompante, corando de vergonha em seguida. Baixou o tom de voz. — O que tem lá?

— Não sei se tem a ver com as suas rosas, mas como também não tive respostas até agora... — ele comentou, alheio à momentânea mudança de tom de Ivana.

Ivana se lembrou de ter visto Alonso, Malina e Valentina no lago no dia em que conhecera Dario. Lembrou-se de ter ficado preocupada com a demora dos três em vir à superfície.

— Tenha bastante fôlego e vá durante o dia, para poder enxergar melhor.

Como se eu pudesse ir à noite, ela pensou. Acabou por perguntar:

— Enxergar o quê?

— Melhor você mesma ver. Talvez saiba explicar como uma coisa daquelas e daquele tamanho foi parar dentro de um lago em uma província isolada do mundo.

— Malina e Valentina sabem, né? Vi vocês três no lago outro dia e sei que sempre nadam por lá.

Ele negou.

— Descobri quando estava com elas, mas em um momento que nadei para mais longe, sozinho. Aquilo no fundo do lago não faz sentido. Pelo menos, pelo tempo, deveria estar mais desgastado.

— Você disse *aquilo*?

Ivana lembrou do diário do pai. Do primeiro item sobre a criança infausta: "surgiu junto com *aquilo*". Atônita, encarou Alonso.

— A estátua também não — ele continuou.

— O que tem a estátua?

— Ninguém sabe como ela chegou aqui. Um dia não estava lá, e no outro estava. São coisas que não se encaixam na província, não têm a ver com o nosso estilo de vida. Outro dia vi um gato, mas não parecia exatamente um gato. Era azulado e de olhos amarelos, focinho mais pontudo. Foi de noite, então posso ter me enganado sobre o pelo, mas não sobre os olhos e o corpo.

Outro estalo em Ivana.

Noitescura, o gato de Dario.

— Por que está me contando tudo isso?

— Você é maluca ou o quê? Não veio aqui fazer um monte de perguntas?

— Você poderia ter se recusado.

Outra vez, Alonso não disse nada. E com aquele silêncio, Ivana percebeu que o menino não era tão bronco como demonstrava. Existia uma possibilidade de ele ser uma boa pessoa no fim das contas, bem lá no fundo, em algum lugar. Mas não queria — ou sabia — demonstrar.

Conversaram por mais alguns minutos corridos, até que Ivana se levantou do sofá.

— Talvez você seja legal. Tirando a parte em que você xingou e bateu no meu amigo.

— Aquele viado me acertou uma bandeja na cara.

— Mais respeito, Alonso. Ele é um ótimo menino, e você mereceu aquela bandejada — ela rebateu, sem acreditar nas próprias palavras.

Alonso fez uma careta, piorando ainda mais seus traços.

— Não gosto dele.

— E ninguém gosta de você — ela desafiou, agradecendo a conversa e indo até a saída.

Ignorando-a, Alonso abriu a porta. Ivana saiu, virando para o garoto:

— Obrigada. Não pense que não percebi você desconversando sobre o que falei da chuva sombria. Ainda acho que você faz parte disso. Quando quiser falar sobre o assunto, você sabe onde eu moro.

Alonso a encarou com desprezo.

Sem dizer uma palavra, fechou a porta.

Ivana seguiu para casa, tão desnorteada quanto curiosa, sem saber que do outro lado Alonso afrouxara a expressão. Nunca passaria por sua cabeça que Ivana pudesse aparecer diante de sua porta. Muito menos que a menina o visitasse para entregar uma bomba de questionamentos. Não percebeu, mas sua respiração estava ofegante, embora de uma forma sutil. Ivana sabia mais do que ele imaginava. Talvez mais do que ele mesmo descobrira em todos aqueles anos de idas e vindas discretas pela província.

Foi até a pequena cozinha, despejando água gelada em um copo que descansava invertido no escorredor da pia. Deu goles firmes, enchendo uma segunda vez. Perguntou a si mesmo se ter falado sobre o lago tinha sido sensato. Ivana tinha boa fama, mas ele não simpatizava muito com Una. Menos ainda com Ivo, que despertava nele uma raiva que beirava a animosidade. Se Ivana contasse aos amigos, e contaria, seu hábito de explorar a província estaria comprometido? Ele próprio estaria exposto? Até onde o fato de Ivana saber sobre as rosas era interessante para ele?

Alonso teve a impressão de que ela escondia algo maior, o que era terrível. Na verdade, sempre tivera a sensação de que Ivana emanava algo diferente, uma suposição que ele sempre manteve em sigilo. Quando alguém de personalidade gentil revelava traços misteriosos, até mesmo obscuros, não era certo que um arrepio corresse pela espinha?

Talvez Ivana não fosse tão boa, nem tão agradável.

— Paranoia não, Alonso — disse a si mesmo, virando a jarra outra vez no copo e só então se dando conta de que bebera toda a água do recipiente.

Vislumbrou na mente o lago e o que havia dentro dele. Sentiu o coração ser bombeado com mais força. Deixaria que ela mesma visse. E se Ivana estava tão envolvida com os mistérios de Província de Rosedário quanto ele, com certeza se chocaria com o que dormia nas águas tranquilas do lago dos Mil Olhos.

Restava a ele esperar.

20

Nariz

Cinco da manhã em ponto, e lá estava ela, ressurgindo em seu corpo fantasmagórico. O ar fresco, mas ainda um pouco frio, preenchia o cenário matutino. O lago dos Mil Olhos ainda acordava, mas Dario estava aceso. De pé, encarava a imensidão das águas pacíficas, quando ouviu a voz de Ivana.

— Poderia ficar aqui para sempre com você. Só nós três.

Ele riu, encabulado:

— Nós três?

— Eu, você e o lago.

Aproximando-se, os corpos se fundiram. A fusão havia se tornado uma espécie de ritual. Quando queriam muito sentir um ao outro, faziam aquilo. Se a respiração era tudo que tinham, então aproveitariam até que encontrassem uma solução, ainda que nenhum deles tivesse algo concreto sobre a dissipação. Com tanto amor envolvendo-os, os sentimentos e as sensações estavam sempre à flor da pele. Havia o desejo constante e irresistível de se entregarem.

No fim de tarde anterior, preferiram não falar sobre suposições e pessoas que não fossem apenas eles dois. Ivana queria saber mais de Dario. Dario queria saber mais de Ivana. Mesmo sem poderem se sentar, ficar de pé todo o tempo não era esforço algum. E, enquanto ela sumia e ele aparecia, mergulharam mais a fundo na relação.

Ivana descobriu peculiaridades sobre Dario: que o menino tinha aulas com Bernarda sobre matérias diversas e que a governanta alternava os horários com Beatrice. Luan e Serena também eram seus professores. Não havendo escola no turno da noite, o menino passara a vida toda enriquecendo o seu conhecimento daquela forma.

Ela soube também que Noitescura, o gato de aparência marcante e apontado por Alonso como *estranho*, estava na família desde que Dario se lembrava, e o garoto nunca achara nada de errado no animal, uma vez que crescera acostumado com sua presença.

Da mesma forma, Dario ficara encantado com as curiosidades de Ivana, o que ela mesma julgava serem apenas baboseiras. A forma como ajudara Senhor Pipinho — Dario rira do nome —, as telas em aquarela... Ele ficara bastante empolgado quando ouvira que ela estava preparando uma surpresa, mas que entregaria apenas no Natal.

O interesse de Dario sobre tudo que a cercava deu à Ivana outra dimensão de sua própria vida. Se o garoto achava interessante tudo que ouvia, por que ela mesma não dava valor às suas experiências e memórias? Passara tanto tempo reclusa que perdera o sabor da vida?

Não havia outra verdade sobre o dia anterior: os dois tiveram um momento relaxante, feliz e memorável. A conversa com Alonso fora um dos motivos, já que ele se revelara um espantoso colaborador.

— Una e Ivo não vêm? — perguntou Dario.

— Comentei com eles, mas não forcei. Ainda são cinco e pouco da manhã, é difícil sair da cama. Ivo principalmente, que não anda bem.

— O que ele tem?

Ivana contou sem detalhes sobre o menino misterioso e como Ivo, de forma platônica, se apaixonara, levando o sentimento a uma quase exaustão.

— Não é saudável, ele nem sabe como esse menino é.

— Pois é — Ivana concordou. — Mas no coração a gente não manda.

— Além disso, ainda que ele descubra quem é essa pessoa, o menino teria que ser... *você sabe...* gay.

— Eu sei. Ele sabe também, e acho que isso o deixa ainda pior. Meu amigo realmente não está bem, parece devastado.

— A gente aqui reclamando, mas cada um tem sua dor para carregar, né?

Ivana concordou.

— Mas sei que todos nós vamos conseguir. Ivo vai sair dessa, no tempo dele, e a gente vai encontrar as nossas respostas. Não abro mais mão da gente, Dario.

— Eu também não, Iv.

Ivana escutou um farfalhar entre as plantas, atípico para o horário, e viu Una surgir. Iluminou-se em um sorriso ao ver a amiga, que coçava os olhos e agitava os braços cruzados para se esquentar. Carregava uma mochilinha que combinava com seu tamanho.

— É muito amor por você, viu...?

— Eu sei — disse Ivana, com um sorriso imenso que fez Una derreter.

— Mas não abusa, Iv. De manhã, meu humor não funciona, menos ainda às cinco da manhã.

Mesmo rabugenta, Una não tinha a habilidade de ser ou parecer ríspida com Ivana.

— Que bom que você veio. Preciso de alguém sólido para manusear o diário do meu pai.

Una espiou em volta, dando um sorriso forçado para Dario, que deu uma risadinha discreta com o gesto.

— Cadê a bicha? — Una perguntou.

— Não deve vir.

— É obrigação dele como amigo.

— Está tudo bem, Una. Quando ele puder, eu sei que vai estar presente.

Dando de ombros, Una pediu o diário, e Ivana o indicou. A menina pegou o objeto, se virando para os dois.

— O que fazemos, então? — Deu um bocejo escancarado.

— Antes de a gente revirar pela vigésima vez esse diário, deixa eu te falar por alto o que aconteceu ontem.

A expressão de Una ora exibia choque, ora descrença a cada detalhe que Ivana contava sobre a visita à casa de Alonso.

— E dá para confiar naquele estúpido? É o *Alonso*, Iv! — alertou, ainda sem acreditar que Ivana tivesse mesmo feito aquilo.

— Ele pode ter inventado tudo — disse Dario. — Mas a troco de quê?

— Não teria motivo. Ele ficou surpreso e se esquivou quando citei a chuva sombria e a criança infausta. Eu tinha informações concretas, ele não ganharia nada me enganando.

— Será que é mesmo ele?

Ivana fez uma careta de dúvida.

— Não vamos descobrir se a gente ficar aqui vendo esse movimento belíssimo das águas paradas e entediantes do lago — ironizou Una.

— Una está certa. Além disso, meu tempo é curto — lembrou Dario.

O trio se reuniu, com Una ao meio, virando cada folha do diário de Xenócrates depois de uma olhada cautelosa. Os mesmos desenhos, rabiscos inconclusivos e anotações. Nada que saltasse à vista.

— Pode ter mais alguma coisa estranha por aí, como o smartphone ou a esfera.

— Se tem, o diário não relata — falou Dario, e Una assentiu em reforço.

— Um de vocês já entrou no lago para checar o que o Alonso falou?

— Não. A primeira oportunidade vai ser agora de manhã. Segundo ele, de dia é melhor.

— E o que estamos esperando?

— Eu adormecer — disse Dario. — Voltando a ser material, Ivana consegue ir adiante. Eu quis tentar ontem, mas de noite não dá, e eu não tenho uma lanterna que funcione embaixo d'água.

Mesmo com Dario e Una trocando hipóteses, Ivana estava tensa, não conseguia se fixar nas falas de ambos. Nunca fora tão longe no lago, menos ainda para o fundo. Alonso não dissera a profundidade, mas, a julgar que vira o garoto nadando só com as roupas do corpo, não acreditava que a coisa lá embaixo estivesse muito escondida.

— O que você acha que é? — Una a tirou dos pensamentos aflitos.

— Não sei e tenho medo de descobrir. E se for algo estranho, como a esfera ou o smartphone?

— Estou curioso — disse Dario.

— Eu estou *doida* de curiosidade — Una reiterou. A história de Alonso e a possibilidade de encontrar algo no lago a despertara por completo.

À medida que o dia avançava cobrando seu turno, Dario dava um até logo para seu corpo. Depois de se despedir de Una, sorriu para Ivana, apertando os olhinhos.

Sumiu.

Ivana estava sólida outra vez.

Guardou o diário no esconderijo da goiabeira e respirou fundo. O coração de cada uma delas batia num ritmo frenético no peito.

— Entendi por que você me telefonou pedindo para vir com biquíni e trazer uma boia. Podia ter me dado mais detalhes.

— Não posso, o telefone fica perto do quarto da minha mãe, e ela poderia ouvir. Ligar para você e o Ivo nesse caso é só para falar o básico e urgente.

— Certo, certo. Vamos?

— Vamos.

— O que o Alonso disse mesmo?

— A cabeça de estátua fica logo no início do lago, na parte rasa. É para a gente nadar até perdermos sustentação e aí nadamos mais um pouco. Ele disse que fica mais ao centro do lago e que dá para ver os limites da província no horizonte.

— Isso deve dar uns dez minutos de natação. Será que a gente aguenta?

— Podemos boiar para descansar. Além disso, temos as boias para nos ajudarem — Ivana reforçou.

— *A* boia — corrigiu Una. — Só consegui trazer uma, redonda, mas vai servir de apoio para nós duas sem problema.

Una começou a retirar a roupa, que escondia um biquíni amarelo com estampa de unicórnios e muitas dobras de pele.

— Se vou me arriscar, pelo menos vou com estilo.

Ivana tirou as roupas, e um biquíni cobria a segunda pele, ainda que não precisasse.

— Você fica imaterial usando só isso e nem se constrange mais, e agora usa um biquíni por cima?

— Se eu tenho a opção de usar, pode apostar que eu vou. Além disso, eu nunca deixei de me constranger por ficar só com a segunda pele. É como se eu estivesse nua, mas com as minhas partes íntimas cobertas. Aprendi a lidar com a vergonha nesses anos todos, mas isso não quer dizer que ela não exista. Além disso, quase ninguém me vê assim.

Una deu de ombros, pegando a boia vazia na mochila e mirando o lago, enquanto Ivana guardava as peças de roupa e os acessórios de ambas no esconderijo e se aproximava da margem. Do ponto onde estavam — ao lado da goiabeira —, precisariam chegar perto da cabeça de estátua, que ficava afastada alguns metros, no local onde ela vira Dario pela primeira vez.

Depois de encherem a boia rosa néon alternando o fôlego entre si, as duas caminharam até o lugar e adentraram com certa frescura as águas ainda gélidas do lago. De frente para a cabeça de estátua, encararam sua dimensão: imensa.

— Eu inteira sou do tamanho do nariz dessa coisa! Não consigo me acostumar — Una se admirou.

Ivana olhava com inquietude para o rosto do homem de cabelos encaracolados e terceiro olho na testa. Ainda que fosse apenas uma estátua, possuía um semblante bom e ao mesmo tempo intimidador.

— Pensei em escalar, o que acha? — perguntou Una.

— Esca... O quê? Está doida?

De primeira, Ivana rejeitou a ideia, mas pensou melhor. Avaliou, trêmula, se era *mesmo* necessário.

— Isso vai ajudar em alguma coisa?

— Acho que não, mas só por desencargo de consciência.

— Não é alto a ponto de a gente precisar de equipamento, mas ainda assim...

— Cairíamos na água, *se* cairmos.

Enquanto discutiam se deveriam escalar a estátua, Ivana e Una a rodearam, encarando cada detalhe da enorme pedra esculpida, mas não encontraram nada que pudesse ajudá-las.

— De onde você acha que veio?

Una ergueu os ombros sem saber o que responder.

— De onde eu não sei, mas que parece um extraterrestre com esse olho na testa, ah, isso parece!

Ivana avaliou se Una falava sério ou se era mais um deboche da amiga. Assustou-se ao perceber que ela não estava brincando.

— Vamos logo, antes que eu desista.

Sem se opor, Una seguiu Ivana, e as duas avançaram, lentas, através da água, devido ao medo e à temperatura gelada. O nível da água foi subindo, até que a dupla se viu imersa do pescoço para baixo. Ainda assim, a transparência do lago permitia que elas enxergassem a mistura de pedrinhas e areia do fundo enquanto mexiam os dedos dos pés.

— Daqui a gente começa a nadar. Está pronta? — Ivana perguntou mais para si do que para a amiga, e mesmo assim Una confirmou.

Arremessaram a boia mais à frente, tomaram impulso e nadaram até ela. Braçadas ininterruptas, mas vacilantes. Fizeram aquilo algumas vezes. Avançando, o lago tornava-se maior e mostrava sua real proporção. A margem, em qualquer dos lados, exibia árvores e arbustos cada vez menores, Ivana e Una eram dois pontos no vasto espelho d'água. O sentimento era de tranquilidade, tanto quanto de solidão. Não se via ninguém no entorno, era como se apenas as duas existissem no mundo.

Descansaram os braços se apoiando na boia, sem dizerem uma palavra. Estavam ofegantes demais. Puxavam e soltavam o ar, ignorando a sensação de arrependimento que insistia em cutucar as duas. Depois de minutos recobrando o fôlego, permitiram-se observar o céu claro, até voltarem à posição normal.

— Consigo ver os limites da província daqui — Ivana comentou.

— É assustador. Só tem mato, montanhas distantes e nenhum sinal de civilização.

Ivana sentia o nervosismo palpitando.

A água clara já não permitia mais verem o fundo com pedrinhas, mas liberava a incômoda imagem de um borrão escuro que a apavorou.

— Una...

— O que foi?

— Olhe para baixo.

O espanto na expressão da amiga foi o mesmo. Una chegou a demonstrar certo horror. Era péssima a sensação de isolamento, ainda mais em face do desconhecido. Sem pensar muito, a menina mergulhou, mas Ivana congelara.

Segundos depois, Una voltou à superfície, em silêncio e assustada.

— O que foi, Una? O que você viu?

— Veja com seus próprios olhos.

Encarando o borrão preto e tremendo como nunca, Ivana hesitou, mas encheu os pulmões de ar e fechou a boca.

Submergiu.

E sem que precisasse de muito esforço, o que fora descobrir estava lá, repousando na parte mais funda do lago, entre luzes e sombras.

Destroços.

Se apenas aqueles detritos eram imensos, o objeto por inteiro deveria ser colossal.

O nariz de um ônibus espacial jazia envolto em musgos, triste e abandonado. Um cenário esquecido pelo tempo, no qual peixes pequenos nadavam sem se dar conta do que os restos significavam. Era possível ver, quase cobertas de plantas, as janelas da cabine de comando e algo em uma delas fez Ivana tremer, embora não pudesse distinguir tal objeto com clareza. Com terror, supôs que fosse um capacete de astronauta, dado o formato e a superfície outrora espelhada, que tentava sem sucesso fugir pelo vão quebrado. Rachado e engolido pelos efeitos naturais do lago, estava vazio, e nem aquela constatação fora suficiente para que as batidas enlouquecidas do coração de Ivana reduzissem.

Mais nada. O restante da aeronave não existia. Ou pelo menos, não estava lá.

Ivana voltou à superfície, incrédula. Una continuava com a mesma expressão.

— O que isso faz aqui? — perguntou à amiga.

— Restos de um ônibus espacial, Iv. — A voz e o olhar estavam distantes. — O que isso faz no fundo de um lago no meio do nada?

— Não sei, mas Alonso não mentiu. Agora, como e por que isso está aí embaixo e *ninguém* nunca falou sobre isso nesta província, eu não sei.

— O que está acontecendo aqui? — Una indagou.

Ivana fez um gesto negativo com a cabeça, sem ter capacidade de responder de imediato.

— Tenho uma sensação horrível de que isso não tem mais só a ver comigo e com o Dario.

— Vamos voltar — pediu Una, sem enfrentar qualquer resistência de Ivana.

As duas voltaram a nadar apressadas em direção à margem. Estavam com tanto medo que não quiseram olhar os destroços pela segunda vez. Pararam uns instantes para recobrar o fôlego com a ajuda da boia, mas não demoraram. O pavor era grande, como se os destroços pudessem sugar suas pernas para o fundo.

— Precisamos fazer alguma coisa, Una. *Devemos!* — Ivana disse entre resfolegadas urgentes.

Sem dizer uma palavra, Una concordou.

As duas tornaram a nadar. A margem parecia mais distante e demorada de atingir; era a ansiedade e o peso das descobertas que faziam o trajeto de retorno ser infinito. Ivana teve uma breve e apavorante sensação de caminho sem volta.

Pensou em Dario. Queria tanto que ele estivesse presente, que pudesse ouvir suas preocupações. Desejava abraçá-lo, somente. Dizer que estava sem norte. Tinha a sensação de que, se pudesse tocá-lo, todos os problemas se esvairiam. Ele se tornara sua força, e ela, a dele.

Tão forte quanto era o medo do que ela não conhecia, era a vontade de seguir adiante. Pelo amor que carregava dentro de si, inédito e afável, por acreditar que merecia algo melhor da vida, cortou a tranquilidade do lago com braçadas e mais braçadas.

Mas entraria, muito em breve, em águas turbulentas.

21
Broto

Boa parte do dia, depois da descoberta sob o lago, Ivana gastara em casa, refletindo sobre o que vira, sem conseguir chegar a qualquer conclusão. Resolveu, quando já passava das quatro da tarde, telefonar para Una e pedir que a amiga a encontrasse em um ponto específico da província. Una tentara perguntar o que elas fariam, mas Ivana preferiu não dizer. O telefone continuaria a ser um item de pouco uso se quisesse manter a discrição, mais ainda quando Solene estava em casa.

Assim que o momento do encontro chegou, não havia tempo a ser desperdiçado nas tradicionais conversinhas. Tudo que precisava ser dito seria expresso enquanto ambas andavam, já que Ivana corria contra o relógio.

— O que você acha que significa aquela coisa? — Una perguntou preocupada, o que fez um arrepio percorrer a espinha de Ivana.

— Não sei, mas me assusta uma coisa dessas estar no meio do lago e ninguém nunca ter mencionado. Talvez seja recente...

— Que conversa é essa, Ivana?

— Bem que Alonso falou... — Ivana continuou, sem prestar atenção na amiga.

Passaram por uma das ruelas da província, a imagem do lago e o que repousava abaixo dele não saía da mente das duas.

— Você ainda não disse para onde estamos indo!

Ivana dava passos desorientados e não ouviu o comentário da amiga, que repetia as mesmas palavras. Queria ir a dois lugares ao mesmo tempo e precisava decidir qual era o mais importante: o primeiro era a mansão Casanova, para pressionar Bernarda a revelar quem era a criança infausta. O segundo, a casa de Alonso, que sabia muito mais do que ela imaginava. Ivana começava a cogitar dividir tudo que estava acontecendo com o garoto, ainda que fosse bastante arriscado.

Una andou apressada, se colocando na frente da amiga. Foi quando Ivana parou, de súbito.

— O que foi, Una?

— Como assim, *o que foi*? Você está andando como uma louca, e eu não sei para onde.

Ivana tomou fôlego.

— Estou quase decidida a ir até o Alonso, ele vai nos ajudar. Mas para isso, eu...

— Não gosto dessa expressão, Ivana.

— ... vou ter que revelar a minha condição para ele.

Una bufou em uma risadinha descrente.

— Enlouqueceu? De todas as pessoas nesta província para quem você pode contar sobre a dissipação, Alonso é um dos três últimos!

— Ele me ajudou.

— Ele te deu uma informação porque você deu outra para ele. Interesses, Iv! Interesses! Isso foi apenas uma troca, não seja ingênua!

— Posso estar sendo, Una, mas e daí?

— *E daí?* Iv, pelo simples fato de pintarmos o cabelo já ganhamos olhares atravessados. Se eles descobrirem sua condição, você vai ter a província inteira no seu pé, te olhando torto, e ainda vai deixar a tia Solene maluca. Minha amiga, amo você, mas não sei se isso é o melhor.

— Não aguento mais viver assim, Una. Antes de conhecer Dario, já era difícil para mim. Ter hora para tudo, não poder viver como uma menina normal, não saber como é a lua. Dario não apenas despertou um sentimento bom dentro de mim como também me mostrou que é hora de dar um basta. Estou apavorada, me sinto sozinha, e até um pouco culpada por estar mergulhando nessa história, como se eu não tivesse o direito.

— Você tem, tem o direito sobre a própria vida. Não se sinta culpada por buscar sua felicidade. A gente cresce sendo podada e, quando resolve se rebelar, sente que está fazendo algo errado, mas não estamos. Você não está.

— Sinto cada vez mais falta de estar com Dario, de falar com ele. Para mim, ficar desse jeito não dá mais. Tudo é escondido, às escuras. Eu não mereço isso, Una!

Uma lágrima desceu pelo rosto quente de Ivana. Depois outra e mais outra. Logo todo seu rosto estava banhado em lágrimas. Una a abraçou.

— Você me apoia mesmo se não for a melhor solução?

— Mas é claro, Iv.

— Então é o suficiente para mim — ela respondeu relutante, mas continuou a andar. Una seguiu seu trajeto atrás dela enquanto passavam por um estabelecimento com decoração exagerada de uma guirlanda de gravetos, que saltava à vista, em uma das paredes.

Quando chegaram à rua da casa de Alonso, ainda era difícil para Una acreditar que estavam mesmo indo para lá. Segurou um comentário ácido ao ver que Ivana estava aflita ao extremo.

Ao pararem na frente do lugar onde o menino morava, Ivana segurou a mão de Una com força e, juntas, foram até a porta, tocando a campainha com uma nuvem de nervosismo pairando sobre a cabeça de ambas. Pouco antes de a porta abrir, Ivana teve a impressão de ter ouvido alguém falando do lado de dentro. Quando ouviu o clique e Alonso apareceu no vão da porta, Ivana disparou:

— Preciso falar com você sobre o ônibus!

Por um instante, acreditou ter visto a expressão de Alonso mudar, como se as sobrancelhas do garoto se erguessem discretas, revelando uma sutil e quase imperceptível reação de surpresa. Ivana descobriu em seguida o porquê.

— Essa voz é de quem eu estou pensando? — perguntou alguém do lado de dentro, e Ivana tremeu com a familiaridade do deboche.

A silhueta de Malina surgiu atrás de Alonso, fazendo com que o menino abrisse toda a porta, saindo de seu caminho.

— Ivana! Que coincidência, estávamos aqui falando de você.

— É mesmo, Malina? E sobre o que falavam?

— Por que não entra? A gente tinha acabado de começar a conversar mesmo, e tenho certeza de que o Alonso não vai se incomodar, não é, Alonso?

O garoto manteve o rosto impassível, o que para Malina era confirmação o bastante. Ela liberou o caminho e aguardou que Ivana e Una entrassem.

— Eu volto outra hora — respondeu Ivana, dando as costas.

— Nada disso. — Malina se adiantou, pegando com força Ivana pelo braço e conduzindo-a para dentro da casa. Ivana tentou se soltar, mas não conseguiu; Malina tinha uma força atípica para uma menina franzina.

— Solta ela! — Una esbravejou, mas Valentina logo surgiu, repetindo o gesto.

— Você entra também.

Una a encarou com raiva no olhar, o que alimentou ainda mais a arrogância de Malina. Com um movimento brusco, Ivana se soltou, e Malina reagiu com um risinho incrédulo.

— Já disse que volto outra hora.

— Vai voltar outra hora para falar desse tal ônibus?

Ivana gelou. Se Malina a ouvira quando Alonso abriu a porta, o problema estava gerado. Pensou, por segundos, se seria de fato melhor ir embora e deixar Malina curiosa — e o que aquilo poderia gerar de consequência — ou entrar e tentar disfarçar a situação. Ivana tornou a virar para a garota:

— Está bem — disse, enquanto dava passos para adentrar a casa.

Una se espantou e chegou a emitir uma bufada de surpresa, mas acabou por seguir Ivana. Conseguiu olhar para a amiga de soslaio e Ivana mexeu a cabeça com um gesto que indicava não haver opção melhor naquele momento. A situação ficou pior quando as duas viram que Valentina já tinha sentado no sofá, com o rosto tomado de sarcasmo por também ter ouvido a conversa. Alonso permaneceu em silêncio. Olhou em volta e, notando que a rua estava deserta, fechou a porta.

— Olá — disse Valentina, enquanto abria a bolsa em busca de algo. — Isto vai ficar interessante.

Não demorou até que a menina fofoqueira encontrasse o que buscava na bolsa. Seu fiel companheiro, que a acompanhava em todos os lugares, estava em suas mãos. Um caderno pequeno que utilizava para anotações importantes.

— Não vão se sentar? — perguntou Malina. — Tem lugar para todos, apesar de ser uma sala bem apertada, devo confessar. — Olhou para Alonso com reprovação.

— Estamos bem de pé, Malina, obrigada — devolveu Ivana, e olhou para Una, que retribuiu a expressão com um olhar de "que droga".

Malina deu de ombros.

— Estávamos falando de você — repetiu.

— Isso você já disse — interveio Una, que recebeu um olhar de desprezo de Malina.

— Não falei com você, baixinha.

Una engoliu em seco, sentindo a raiva brotar.

— A gente estava pensando em como você anda misteriosa ultimamente. Sempre foi tão apática e dispensável. Está acontecendo alguma coisa, Ivaninha? — perguntou.

— Nada, Malina, continuo apática e dispensável como sempre — Ivana rebateu com ar de deboche que fez Malina dar uma risadinha de desdém.

— Tem certeza?

— Sim. — Ivana tentava parecer tranquila. Por dentro, sentia o pavor querendo escapar.

— Me diga, então, o que veio fazer aqui? — O ar de sarcasmo continuava, e, embora aquilo estivesse incomodando Ivana, a menina estava mais preocupada com os movimentos das mãos ágeis de

Valentina, que começava a escrever no caderno, alternando os olhos entre a folha pautada e o diálogo. — Estou surpresa, não sabia que vocês eram amiguinhos. — Malina lançou um olhar inquisidor para Alonso, que mantinha o semblante fechado.

— Nem eu — disse Valentina enquanto soprava a própria franja castanho-escuro.

— E o que isso te interessa, Malina? — Una aumentou o tom de súbito, percebendo com o gesto que estava mais tensa do que imaginava.

— Fala baixo — repreendeu Alonso, com uma voz grave que fez Una sentir mais raiva.

— Eu não vou falar mais baixo coisa nenh...

E teve o rosto acertado por um tapa.

De Valentina, que tinha se levantado de súbito.

— Una! — Ivana chamou, olhando para a autora do gesto, que ria com escárnio, antes de correr para a amiga.

— Não faça mais isso — disse Alonso para Valentina.

— Você não pode me impedir.

— Calem a boca vocês dois, temos um assunto a tratar aqui — atentou Malina, enquanto Ivana prestava ajuda à Una.

— Por que você fez isso? — Ivana perguntou.

Valentina não respondeu, apenas a encarou de volta. Malina continuou:

— Então, Ivana... de que ônibus você estava falando? Imagino que seja algo muito importante para você vir até aqui, na casa de um garoto que você nem sequer cumprimenta no dia a dia.

Valentina estava atenta, e preenchia as folhas de seu caderno com avidez.

— Acho que você entendeu errado — disse Una, sabendo que seria uma tentativa estúpida desconversar. Ivana falara em alto e bom som.

— Entendi perfeitamente bem, baixinha. Fica na sua! — rebateu Malina.

Ela deu alguns passos até Ivana, que estremeceu e permaneceu em silêncio. Precisava pensar rápido, mas nada vinha em sua mente.

Não esperava que as duas piores garotas da província fossem estar na casa do mais evitado garoto da província, apesar da probabilidade nada rara.

— E aí, sonsa? Não gosto muito de esperar por uma resposta, sabe...

— Eu, ao contrário, não tenho pressa — Valentina comentou, sem tirar os olhos do caderno.

Malina continuou:

— Já estava para te colocar contra a parede desde aquele outro dia no lago. Você ainda não me disse por que tinha um lenço bordado dos Casanova, além do motivo de ter ido lá na mansão.

— E agora tem essa de *ônibus* — observou Valentina. — Pode ir falando.

— Quieta, Valentina, quem conduz aqui sou eu — Malina retrucou.

Vendo que não conseguiria enganar as duas e que toda a situação conspirava contra ela e Una, Ivana tinha três opções: contar a verdade, sair correndo ou encarar a menina. Considerava a segunda opção de bom grado.

Ivana olhou para Alonso, decepcionada, esperando que o menino pudesse ajudá-la, mas nada aconteceu. Àquela altura, ele já sabia do conhecimento dela acerca dos destroços do ônibus espacial, e, ainda assim, permanecia inerte diante da postura de Malina.

— O que você estava fazendo dentro da mansão, Ivana? — Malina insistiu.

— E desde quando os meus passos te interessam? — Ivana acabou escolhendo a última opção, sem que se desse conta.

— Ah, sempre se fazendo de boazinha. "Ninguém me nota", "Sou legal com todos", "Todo mundo me adora na província". Qual é, Ivana! Deixa de ser recatada e trouxa, esse tipo de personalidade não me engana. Quietinhas como você sempre escondem alguma coisa. São as piores! E eu estava certa, tanto que a prova está aqui.

Malina fez um sinal para Valentina, que pegou uma bolsa na mesinha ao lado. Ao ter o objeto em mãos, Malina o abriu, tirando o lenço bordado com o brasão.

— A província odeia aqueles... aqueles...

— A província não odeia os Casanova, Malina. Vocês todos só não conhecem eles, e por isso criam um monte de boatos.

— Agora você virou amiguinha da família?

— Não.

— Virou, sim. — E sacudiu o lenço no ar, em confirmação.

— Você não tinha o direito de roubar isso de mim.

— Roubar? *Roubar?* Sempre uma vítima, né, Ivana?

— O lenço é dela — Una disse.

— Você fica quieta, minha conversa ainda não chegou no país do cabelo ressecado.

— Quer levar outro tapa nessa cabeça azul? — ameaçou Valentina.

— Ninguém vai mais bater em ninguém aqui — interveio Alonso. — Não quero confusão na minha casa, vão resolver suas diferenças lá fora.

Malina franziu o cenho, surpresa pela postura do garoto brutamontes.

— Está expulsando a gente da sua casa, Alonso? Eu e Valentina, suas únicas amigas?

O menino não esboçou reação. Espantada, Valentina pressionou o caderno contra o peito, em um instinto protetor involuntário. Ivana o observava com intensa preocupação.

— Ninguém mais neste lugar aceitaria sua companhia, Alonso. É assim que você trata a gente?

O menino foi até a porta outra vez, escancarando-a.

— Melhor vocês saírem. As quatro.

Ivana não sabia se aquele era um gesto amistoso do menino para que ela pudesse fugir ou se Alonso apenas queria evitar uma situação constrangedora dentro da própria casa. De qualquer forma, precisava aproveitar a chance e escapar de lá.

Alonso continuou impassível, esperando que as quatro saíssem, mas Malina não se mexeu. Valentina tampouco. Ivana e Una fizeram menção de sair, mas as meninas se colocaram no caminho.

— Fecha a porta, Alonso — ordenou Malina.

O menino não cedeu.

— O que deu em você? — perguntou Valentina, perplexa.

Alonso continuava em silêncio e com a expressão fechada.

— Logo agora que eu estava começando a te achar interessante, você se volta contra mim? — questionou Malina e, por um breve segundo, a feição do garoto mudou. Malina havia percebido e Ivana também.

— Ela está te usando, Alonso — disse Ivana.

— Parece que a sonsinha de antes não existe mais, não é mesmo, Ivana?

Ivana a ignorou.

— Alonso, ela sempre tratou você mal.

— Nós sempre fomos amigos — disse Malina.

— Sempre amigos, nada mais que amigos — falou o garoto, com o azedume costumeiro na voz.

Vendo que Ivana estava vencendo a luta por Alonso, Malina se irritou, mas não deixaria barato.

— Você sempre esteve comigo, Alonso, e sabe da minha história. Eu não quero ter que repetir na frente dessas duas, eu... Não quero me expor. — A voz se tornara um fingimento doce e vitimizado.

— Saiam — ordenou Alonso.

Mordendo o lábio, Malina segurou a vontade de xingá-lo e deu meia-volta, ignorando a ordem do garoto e sumindo pelo corredor que levava aos cômodos da casa.

— Aonde você vai? — perguntou Valentina.

— Já volto, não as deixe saírem, mesmo que esse idiota tenha mandado.

Aproveitando a deixa, Una deu um empurrão em Valentina, que caiu desengonçada no sofá. O caderno voou para longe e a garota sentiu o horror estampar o rosto.

— Anda, Ivana!

Ivana foi atrás da amiga, ainda aturdida com o gesto de Una, ao mesmo tempo que viu Valentina se levantar, desesperada para alcançar o caderno e chamando por Malina. Alonso poderia ser confundido com a porta que segurava, tal era sua imobilidade e apatia. Alheio ao que acontecia, deixou Ivana e Una saírem, seguidas por Valentina e, menos de meio minuto depois, por Malina. A garota lançou nele um olhar de reprovação, antes de a porta se fechar.

— Isso não vai ficar assim, Ivana! Mais cedo do que você imagina, seu nome vai correr nas bocas desta província! Você também vai pagar, sua baixinha desgraçada! — berrou Valentina, sacudindo o caderno com fúria para que as duas vissem. Pela distância do som, Ivana percebeu que as meninas não as perseguiam mais. Resolveu parar e olhar para trás, vendo a garota voltar para perto de Malina.

Arregalou os olhos.

— Você teve a sua chance de me contar. Minha paciência acabou! — gritou Malina.

Vendo-a erguer no ar mais uma vez o lenço dado por Dario, entendeu o motivo de ela ter sumido pelo corredor: a mão livre do tecido ornamentado carregava um isqueiro.

Ivana viu com tristeza profunda o primeiro objeto que ganhara de Dario ser tocado pelas chamas. Os fios, consumidos com rapidez pelo fogo, tornaram o presente apenas uma lembrança que se esvaía em fumaça pelo ar.

Foi tomada por uma raiva que jamais experimentara. Nunca antes havia sentido tanta ira pela condição que vivia. Era ela a responsável por tudo, até mesmo por aquele lenço queimado. Se não fosse tão reclusa, nada daquilo teria acontecido.

Desejou não ter mais que se submeter à dissipação.

Desejou não mais se curvar a tudo que a falta de solidez corporal significava.

Pela primeira vez, desejou com fervor ter *controle* de seu corpo, de sua vida. Que fosse dona de suas ações, condicionadas à sua vontade e não à sua imaterialidade.

Espumando de fúria, deu passos fundos até onde Malina estava.

— Espere aqui, Una.

Sem entender, a amiga viu Ivana se afastar, voltando a se aproximar de Malina e Valentina, que, com reações espantadas de desdém, esperaram Ivana chegar.

— Esse lenço era importante para mim, Malina. Você poderia ter ficado com ele o quanto quisesse, mas mesmo assim ele ainda seria meu. Mas *destruir*... você não tinha esse direito.

— Agora ele vai pertencer ao lixão da província — zombou a menina, deixando cair no chão o trapo que sobrara, pequenino e queimado nas pontas.

Ivana avançou com um urro que assustou não apenas a própria Malina, mas Valentina e também Una, que correu de volta para a confusão. Nenhuma delas viu Alonso presenciar a cena por trás das cortinas entrecortadas da janela.

Puxando-se pelo cabelo, as duas caíram no chão entre gritos, chutes e mais puxões. Malina levava vantagem por conta do cabelo comprido de Ivana, que era fácil de pegar e enrolar em torno do punho. Ivana teve dificuldade em segurar no cabelo da rival, que era curto e um pouco acima dos ombros.

Valentina não se intrometeu, assistia com prazer às duas no chão, sujando-se, esbofeteando-se como se o mundo fosse deixar de existir. Ligeira, abriu o caderno e começou a escrever, tinha um grande prazer em fazer observações que estivessem acontecendo em tempo real. Ivana sentiu uma fisgada no antebraço, mas não deu atenção, era provável que Malina a tivesse arranhado fundo. Ela ignorou a dor e continuou até que Una, com muita dificuldade, apartou as duas. Não sem antes receber um chute na canela e um arranhão no braço, golpes dados por Malina.

Na confusão, a bolsa de Ivana abriu e o diário de Xenócrates voou para fora. Valentina se apressou para pegá-lo. Ivana avançou sobre o objeto, mas não agarrou a tempo. Horrorizada ao ver o diário nas mãos da menina, não percebeu que Una estava atenta àquele momento. A amiga se lançou sobre a garota, que, em reflexo, deu passos urgentes para trás, o que não a impediu de deixar seu caderninho cair. Ivana aproveitou a brecha e o pegou. Valentina estancou de pânico.

— Eu vou acabar com vocês, suas estúpidas! — berrou Malina, descabelada e com alguns arranhões pelo corpo, mas parou ao ver que as outras três estavam quase congeladas. Ivana tinha o caderno de Valentina no alto, Valentina exibia o mesmo gesto com o diário de Xenócrates.

— Seu caderno em troca do diário — disse uma Ivana esbaforida, tentando com desespero maquiar o nervosismo.

Valentina ficou um tempo parada. Malina a observava com espanto, recobrando o fôlego aos poucos.

— E então, Valentina? — forçou Ivana.

— Me dê essa coisa, Valentina — Malina ordenou, mas a menina mal se mexeu.

Foi naquele momento que Ivana percebeu o quanto o caderno era valioso para Valentina. Tão caro a ponto de a menina ignorar Malina, que era quem dava as ordens. Ivana aproveitou-se da situação e já ia lançar outro comentário pressionando-a quando olhou para o antebraço, no exato local onde repousava a cicatriz de anos e anos. Com horror notou algo que não estava lá antes.

Um broto havia se rompido da pele.

Tão rosado quanto os caules de roseira espalhados pela província, era simples e com duas folhas muito tímidas, um pouco enroladas.

Tudo que passou por sua mente foi que Malina e Valentina não poderiam de forma alguma visualizar aquele broto. Estaria se expondo a níveis inimagináveis. Por instinto, ela tomou a única atitude que enxergou naquele momento: correu. Para o espanto de Malina e Una. Para o desespero de Valentina.

— Ivana! — gritou Una, indo atrás da amiga.

— Volte aqui, sua desgraçada! — Valentina urrou, começando a correr atrás das duas, e até Malina estranhou ao vê-la reagir daquela forma. Conseguiu puxar a amiga pelo braço, fazendo-a estancar em um movimento brusco.

— Me solta, Malina!

— Trate de se acalmar, Valentina.

— E por que eu faria isso?

— Porque se ela tem algo seu, você também tem algo dela. Quero dizer, *nós* temos.

Só então Valentina resolveu respirar com pequenas pausas. Sentia a raiva circulando em cada parte do corpo, lutando para controlar os tremores de fúria. Olhou para o diário, depois para Malina. Depois, ainda, para Ivana e Una, que já estavam a uma distância impossível de alcançar.

— Mexeu com a pessoa errada, sua infeliz — disse, por fim.

Havia uma frieza tão grande em sua voz que até Malina sentiu os pelos do corpo eriçarem. Ela nunca vira tanto ódio em Valentina.

22

Frustração

Ivana e Una só pararam de correr quando as costelas começaram a doer. Olharam para trás e notaram que Malina e Valentina tinham sumido, e estranharam.

— Cadê elas? — perguntou Ivana, buscando ar.

— Acho que desistiram, Iv.

— Elas estão com o diário do meu pai.

— E nós temos esse caderno aí. — Una apontou com desdém.

— É só um caderno — disse Ivana. — Embora... eu ache que a Valentina tenha ficado completamente desestruturada quando peguei.

— Também notei. Estranho, né?

— Muito, mas não tenho tempo para isso agora.

— O que é isso? — perguntou Una, apontando para o broto.

Ivana fez um gesto de negativa com a cabeça. Tocou uma das folhas do broto rosado, e a planta continuou intacta.

— Brotou direto da região da cicatriz — comentou a menina.

— O que será isso?

— Não sei, mas vai sair de mim *agora*. — Ivana puxou com força o raminho, mas sentiu o corpo inteiro ser atingido por uma onda de choque. Ela cambaleou e foi amparada por Una.

— Ivana, o que foi?

Ainda aturdida, a menina olhou para o broto cor-de-rosa no antebraço.

— Isso tem algum tipo de raiz.

— O quê?

— É. Quando eu puxei, senti as ramificações dentro de mim se mexerem. Una, o que está acontecendo comigo?

A amiga lançou um olhar confuso, sem ter o que dizer.

— Acho que rompeu na hora da briga. Será que a Malina ou a Valentina viram?

— Acho que não. Se eu só vi agora, elas nem devem ter percebido.

— Preciso esconder isso.

Una puxou o pulso da amiga.

— Iv... a hora!

Esquecendo-se do horário por causa do broto, Ivana olhou com pavor para o relógio azul no pulso. Faltava um minuto para as cinco.

Entrou em pânico.

Estava distante do lago e de casa, poderia ser percebida pelas pessoas na rua. Começou a correr, apavorada, com Una em seu encalço.

— Não vai dar tempo, Una! As pessoas não podem me ver translúcida! Achei que a conversa na casa do Alonso fosse ser rápida, não contava com isso! O que eu faço?

Una seguiu em silêncio, até que as duas ouviram o apito do relógio.

Cinco da tarde.

Ivana parou de supetão, fazendo Una quase trombar com ela.

Não estava imaterial.

Levou um tempo até processar o que tinha acabado de acontecer. A incredulidade logo foi substituída por um sentimento bom de surpresa, um contentamento que não soube explicar. Una chegou a dar um beliscão de leve na amiga para comprovar se era real.

— Una, isso significa que... que eu...

A amiga balançou a cabeça em gesto de concordância.

— Vou poder encostar no Dario. Senti-lo, saber como ele é de verdade! Nem acredito que... — As lágrimas voltaram a escapar de emoção.

— Você precisa ir até o lago, Iv.

— O Dario também tem uma cicatriz. Será que essa planta brotou nele também?

— Você só vai saber se for até lá.

— É, eu vou.

— Isso, Iv. Vai, mas toma cuidado.

— Você não vem comigo?

— Esse momento é de vocês. — Ela sorriu.

O coração de Ivana deu um salto. As palavras de Una tinham produzido um eco em sua alma. Ainda eufórica, enfim teria a chance de ficar junto daquele que amava com tanto vigor. A chance de tocar sua pele, de sentir os lábios fartos do garoto encostarem nos seus.

Ivana sorria.

Apertou o caderno de Valentina contra o peito, esquecendo por um instante o episódio na casa de Alonso, despediu-se de Una e correu, sentindo as veias serem abastecidas de ânimo e esperança. Não olhou ao redor, tinha na mente apenas a imagem do lago e da goiabeira. E, claro, de Dario esperando por ela.

À medida que se aproximava do lago dos Mil Olhos, o coração pregava peças em Ivana. Cada som que ouvia da natureza a enganava, fazendo-a pensar que poderia ser Dario. A menina transbordava de alegria e se encheu de novas perspectivas diante da novidade, ainda que tivesse sido tão repentina.

Mal conteve a felicidade ao notar que Dario já estava no lago, esperando por ela. Quando a viu, o rosto do menino se acendeu — não de forma literal daquela vez —, feliz.

— Dario, tenho novidades! — Ivana despejou, a euforia mal cabendo em si.

— O que é? — ele perguntou em resposta, curioso.

Mas tudo que havia de bom no interior de Ivana esfriou. No momento em que olhou para Dario e percebeu que seu corpo continuava igual — translúcido e sem qualquer broto —, ela murchou.

— O que foi?

— Você não tem um broto — constatou, baixinho.

— Que broto?

Sem abrir a boca, Ivana ergueu o braço, mostrando a planta rósea que nascera ali. Intrigado, Dario observou o pequeno broto tímido e inofensivo, apesar do local onde estava germinado.

— O que é isso? — ele indagou, tornando a olhar para ela.

— Um broto rosado, mas não sei nada além disso. Surgiu ainda agora no meu braço, onde tenho a cicatriz.

— Doeu?

— Não senti quando rompeu porque estava no meio de uma confusão com Malina e Valentina. Mas de alguma forma está com raízes pelo meu corpo. Tentei arrancar e um choque horrível me atingiu por dentro. Achei que a mesma coisa tivesse acontecido com você.

— Não, estou... como sempre... — E só naquele momento ele se deu conta de que Ivana ainda estava opaca, apesar do horário. — Você... ainda está sólida! — disse, dando novo vigor à voz.

— Meu tempo de solidez aumentou, ao que parece. Não sei se é permanente. Aconteceu assim que esse broto surgiu.

Dario baixou a cabeça para olhar o próprio tórax. Analisou a cicatriz, que continuava intacta. Virou de costas e perguntou para Ivana:

— Alguma mudança na parte de trás da cicatriz?

— Nenhuma — ela respondeu, decepcionada.

— Se você está sólida e eu não, sendo que você tem esse broto e eu não, imagino que ele tenha mesmo a ver com esse tempo de solidez extra.

— Deve ser — Ivana respondeu, sem muita emoção. Por um instante sua mente divagou, frustrada.

— Você tem noção do que isso significa, então? — ele perguntou, a voz mais alegre. — Se o seu tempo de solidez aumentou, supondo que ele não seja permanente, quando eu me tornar sólido, você também vai estar!

O rosto de Ivana se iluminou. Tinha focado tanto no broto não germinado em Dario que se esquecera daquele detalhe, algo muito maior, que faria toda a diferença.

— É mesmo! Eu... eu me esqueci disso. Não acredito que finalmente a gente vai poder se tocar, saber como o outro é, eu...

Ela não conseguiu terminar, apenas bufou com uma incredulidade doce, quase infantil, e o encarou, o rosto ganhando um leve rubor.

— Finalmente vou poder saber como é te sentir! — Dario soltou uma risada alta, feliz, que contagiou Ivana. Ele se aproximou, sua mão translúcida atravessando as pontas rosadas e onduladas dos cabelos dela.

— Mal posso esperar! — ela respondeu com avidez.

E pouco depois — nem mesmo chegara a um minuto — tudo foi abaixo. A felicidade dos dois, a sensação de recompensa que transbordava, todo e qualquer vestígio de alegria desapareceu: Ivana perdeu a solidez, voltando a seu estado costumeiro de imaterialidade.

— Não, não, por favor, não. Fique! — ela gritou para si mesma, olhando as mãos e os braços, que permitiam ver o chão através de si.

Dario deixou a cabeça cair de leve, fechando os olhos como se não quisesse encarar a frustração.

— Por quê? — Ivana perguntou, ao olhar para o broto. — O que você é? Se você brotou para me ajudar, então me deixe ser sólida para sempre!

— Ivana, calma...

— Por que, Dario? Estamos condenados a ficar assim eternamente? — O tom de voz aumentou, um misto de desapontamento e raiva.

— Quem sabe se quando eu ficar sólido isso também aconteça comigo...

— É, quem sabe — ela comentou.

— Faltam alguns minutos ainda, até lá, me diga... O que aconteceu com você para estar desse jeito? — Ele apontou para a roupa suja no chão e deu uma risadinha ao indicar o cabelo um pouco desgrenhado. — O que tem no fundo do lago, afinal?

— Bom — ela respondeu, olhando o caderno de Valentina que caíra no chão junto das vestes depois de sua transição —, o que tem no fundo do lago são destroços de um ônibus espacial.

— O quê? Mas como... Tem certeza?

— Absoluta. Não entendo muito disso, mas não é o tipo de transporte difícil de identificar.

— Nossa, eu... preciso ver isso com meus próprios olhos — Dario disse com leve euforia, e Ivana percebeu a expressão do menino se expandir. O que repousava em absoluto silêncio nas águas do lago pertencia ao tema favorito do garoto.

— Achei assustador, e olha que foi à luz do dia.

— É *muito* assustador, sim, mas também é... fantástico!

— Por causa disso eu fui falar com o Alonso, para tentar entender melhor. Ele deve saber mais. *Tem que saber.*

— E por que está toda suja? Ele fez alguma coisa com você?

— Não, não — Ivana se apressou em afirmar. — Alonso pode ser muita coisa, mas não acredito que seja um menino desse tipo.

— Então...

— O problema é que Malina e Valentina estavam lá, e começaram a me sondar. Elas me ouviram falar do ônibus e foi aí que tudo piorou. Una estava comigo e tentamos desconversar, ela acabou levando um tapa de Valentina. Só sei que não muito tempo depois estávamos brigando na rua, Valentina pegou o diário do meu pai...

— O QUÊ?

— É — Ivana continuou. — Entrei em pânico. Consegui pegar um caderno dela e propus uma troca. Ela ficou enlouquecida, deu para ver claramente.

— E o que tem nele?

— Não sei, não quis olhar.

— Não sei como você consegue.

— O quê?

— Ser tão boa.

— Eu só... não fiquei curiosa. Não gostaria que ela olhasse o diário do meu pai, por isso não vou olhar o caderno dela.

— Mas ela não pensa dessa mesma forma, e acho que você sabe.

— Claro. Mas isso é uma questão dela. Não vou fazer algo errado só porque outra pessoa faria comigo.

Dario sorriu. Não sabia se sua admiração por Ivana podia aumentar mais. Naquele momento sentiu-se preenchido de serenidade.

— Acho que vou te desapontar.

— Por quê? — ela perguntou, com uma ponta de preocupação.

— Porque eu vou abrir esse caderno assim que ficar sólido. — Ele fez uma careta que roubou um sorriso de Ivana.

— Tudo bem, eu devo ser estranha por não querer ver esse tipo de coisa.

— Você é uma pessoa boa. É diferente. Bem diferente daquelas duas, aliás. — Ele se aproximou, e ambos eram silhuetas que usavam apenas a segunda pele como traje, lábios frustrados que nunca se encontravam.

— O que você acha desse ônibus?

— Não faço a mínima ideia — ele respondeu. — Mas falando em ideias, acho que sei como resolver seu problema com a roupa suja: da mesma forma que da outra vez. Vou levar comigo, a Bernarda lava e eu te devolvo quando te reencontrar.

Ivana sorriu. Não sabia como seria retornar e encarar sua mãe, mas não deu muita importância àquilo naquele momento, tinha preocupações maiores. Havia também uma impaciência por conta da lentidão nas buscas. Sentia que os esforços que fazia não correspondiam ao que encontrava; ao contrário, apenas esbarrava em mais perguntas.

— Já que estamos de férias, vou amanhã até a casa dela devolver isso. E vou pedir o diário do meu pai de volta.

— Ivana, você acha que ela vai fazer isso? — Ele a encarou e, por um instante, a menina sentiu que o olhar dele era de pena.

— Claro que não, mas que saída eu tenho? Quanto mais tempo isso ficar nas mãos daquelas duas, mais podemos ser expostos. Não sabemos interpretar todo o conteúdo daquele diário.

— Está bem — ele concordou, entendendo que a situação pedia urgência. — Amanhã você faz isso. Eu faria hoje mesmo, se ela soubesse da minha existência. — E riu.

— Tudo bem, vou resolver isso. Só espero que não dê mais problema.

Ele assentiu.

Alguns minutos de conversa depois, Dario completou o processo de transição e ficou sólido. Ivana, no entanto, não desapareceu.

— Quanto tempo depois das cinco você ainda ficou sólida?

— Mais ou menos meia hora.

— Então já que você começou a sumir a partir desse momento, seu desaparecimento passa a ser por volta das seis e meia da tarde, e não mais às seis.

— É provável, vamos tirar a prova em alguns minutos. De qualquer forma, ainda preciso disfarçar esse broto, já que não consigo arrancá-lo.

— Vamos dar um jeito. Para tudo, está bem? — Dario sorriu, as sardas brilhando sem entusiasmo.

— É, vamos — Ivana concordou, vencida pelo cansaço e pelo desânimo.

A menina tinha uma triste certeza acerca do que Dario falara, que se confirmava conforme o tempo avançava e seu corpo ficava mais perto do invisível. O máximo que ela havia ganhado eram poucos minutos além do convencional, que em nada os ajudava.

Quando estava a ponto de desaparecer, lançou um olhar fraco para o garoto, enquanto ele colocava o relógio de pulso, confirmando sua teoria com um gesto. O tempo extra de Ivana servira apenas para enganá-la. Para plantar o otimismo e em seguida arrancá-lo com brutalidade, como se ela não fosse digna.

Ivana se sentiu boba, ingênua, teve raiva de si.

Desapareceu em meio a sentimentos de tormenta, como se nunca mais fosse ser feliz.

# 23

O espelho da mãe

Na manhã seguinte, Ivana reapareceu no mesmo horário. O desânimo havia melhorado. Dario estava lá e, perto dele, em um galho, o vestido de Ivana do dia anterior balançava de leve pela brisa que soprava preguiçosa. Limpa e passada, a roupa estava pendurada em um cabide, protegida com um grande plástico fino. Havia uma toalha dobrada em uma pedra e o caderno de Valentina tinha sido colocado em cima de uma outra. Aguardava apenas que Ivana se tornasse material para tomá-lo.

Ela olhou para Dario e entendeu, pela negativa que o menino fizera com a cabeça, que nenhum broto havia rompido dele enquanto permanecera sólido.

— Não sei por quê, mas não aconteceu comigo, Iv. Nada de broto, nem uma mísera folhinha.

Ivana olhou para o braço imaterial, onde o broto estava. Sentiu vontade de puxá-lo de novo, ainda que seu corpo inteiro pudesse sofrer as consequências da dor, mas seu estado a impedia. Bufou, irritada.

— Não sei mais o que pensar.

— Não pense nisso agora. Vamos focar no que temos. E *isto* é o que temos. — Ele apontou para o caderno de Valentina.

— Você leu mesmo?

— Claro! E o conteúdo é bem superficial. Exceto que...
— Superficial? Exceto que o quê?
— É um caderno de anotações com fofocas sobre Província de Rosedário. Coisas que a Valentina deve ver ou deve achar sobre a vida dos outros e que ela anota.

Ivana fez uma careta de desgosto.

— Que coisa horrível.
— Nem tanto, se você considerar que muita coisa ali é especulação, cada um enxerga as coisas do jeito que quer. Ela pode aumentar ou diminuir o fato de acordo com a simples vontade.
— Mas você disse que tem exceções.
— Alguns relatos muito pessoais sobre a vida de alguns moradores. Ao que entendi, ela segue alguns deles. Tem um relato de traição, por exemplo.
— Isso é terrível! Que garota louca!
— Tem algumas considerações dela sobre a minha família e sobre você.
— Isso não me assusta.
— Iv, pelo que li, ela não sabe de nada sobre você ou sobre mim, mas tem fortes desconfianças. Especialmente depois que você foi até a casa do Alonso. Nas últimas anotações, aquelas que ela fez assim que você chegou, seu nome está gravemente circulado com uma observação que diz: "Ivana esconde algo, isso é certo. Alonso também? Posso confiar nele?".
— Com o diário do meu pai ela vai se aproximar da verdade. Estou com medo, Dario.
— Não temos tempo. Ontem depois que deixei sua roupa com Bernarda, fui até a casa de Valentina.
— Não sabia que você conhecia ela.
— Conheço todos aqui. De vista, pelo menos. Você sabe, lugar pequeno... — Ivana assentiu. Dario continuou: — Fiquei no entorno e, quando achei que pudesse bisbilhotar, me aproximei da janela do quarto dela. A cortina estava quase fechada e não consegui ver muito, infelizmente. Não tenho como dizer nada sobre o diário. Tive espe-

rança de que ela pudesse folhear algumas páginas no quarto, isolada. Não sei mais o que fazer. Só quero ajudar, *nos* ajudar.

Dario suspirou de impotência, o que injetou em Ivana um fôlego que ela não imaginava ainda existir. Tomada de um sentimento de injustiça, caminhou até o caderno. Aguardou que seu corpo se tornasse material e, pouco antes de Dario desaparecer, ela o encarou, o olhar decidido:

— Vou recuperar o diário. E quando você ressurgir à noite, ele já estará comigo.

— Não faça nenhuma besteira. Não dê a elas o que querem. Estamos juntos e vamos encontrar soluções juntos, está bem?

Ela assentiu.

— Ah, tem mais uma coisa. Trouxe um bracelete de tecido para você cobrir o broto. Acho que vai disfarçar por enquanto. — Ele sorriu, e instantes depois desapareceu.

Ivana se aproximou do caderno, apoiando um dos joelhos na pedra. Respirou fundo, o coração começando a se agitar, e levantou para se vestir. Antes, lavou-se no lago, tirando a sujeira do dia anterior, a água gélida da manhã espetando, impiedosa, a pele. Secou-se com a toalha trazida por Dario. A roupa tinha um inebriante aroma que Ivana não soube identificar, e depois que a vestiu encaixou por último o bracelete de pano no antebraço, cobrindo o broto ao pressioná-lo contra a pele.

Sem perder tempo, abandonou a toalha, tomou o caderno e deu passos largos, afastando-se do lago. Ainda era muito cedo para Província de Rosedário, que acordava aos poucos, mas talvez já fosse tarde para Ivana. Para ela e para Dario.

Intensificou o caminhar, sem saber o que encontraria. Alcançou as ruas floridas e rústicas da província, entrou e saiu de ruelas ainda frias, que esperavam os raios de sol mais fortes para aquecê-las. Parou quando visualizou a casa de Valentina, tão semelhante às outras em sua arquitetura charmosa e bruta: com uma fachada de pedras irregulares e tons terrosos que um dia foram vibrantes, era adornada por vasos de cerâmica crua, de onde plantas diversas

— a maioria flores — se espalhavam em infinitas direções. Algumas eram tão altas que cobriam parte de uma das janelas verde-água, descascada, revelando o tom da madeira original. Um fino portal aramado em torno da porta também de madeira estava repleto de trepadeiras, o que dava àquele local um ar quase encantado, e Ivana pensou que era muito irônico alguém como Valentina morar em uma casa tão bela.

Fechou os olhos por um instante, apertando o caderno contra o peito. Desejou que tudo pudesse ser resolvido da melhor forma, por mais que soubesse estar pedindo demais. Andou até o local, parando à porta. O coração chacoalhou quando Ivana ouviu alguém atrás de si.

— O que veio fazer *aqui*? — A voz de Valentina soou irritada para um horário tão cedo.

— Vim devolver seu caderno. — Ivana virou, e notou que a menina segurava uma sacola de papel com pães. O cheiro da massa fresca envolvia as duas.

Os olhos de Valentina se arregalaram ao perceberem o caderno. Notando a expressão da menina, Ivana recuou um passo, quase encostando na porta. Segurou o objeto com mais força.

— Então me dê — Valentina pediu, tentando não aumentar o tom de voz. Não queria que os pais ouvissem.

— Eu já disse, Valentina. Seu caderno pelo meu diário.

Valentina mordeu o lábio inferior, tentando não transparecer.

— Me dá isso ago...

A porta se abriu, para o espanto das duas. Do outro lado, um homem de expressão gentil as encarou.

— Olá, meninas. Ouvi um cochicho e vim ver. Como está, Ivana?

— Bom dia, seu Demétrio, estou bem, e o senhor?

— Ótimo! O que faz tão cedo fora de casa? Aproveitando o ar fresco?

— Na verdade, papai, ela veio me devolver um caderno meu — Valentina aproveitou a ocasião. Com uma das mãos segurava o saco de pães, usando a outra com a palma estendida para receber o objeto.

Ivana congelou. Não podia entregar o caderno sem algum tipo de resistência, mas diante da situação, não soube o que fazer. Quando acreditou que Valentina venceria a disputa, outra voz a salvou.

— O que está acontecendo aí fora? — Uma mulher surgiu ao lado de Demétrio, ajeitando o cabelo quase igual ao de Valentina.

— Comprei os pães, mamãe — a menina falou.

Quando a mãe de Valentina notou a presença de Ivana, um sorriso falso de alegria se abriu.

— Oi, Ivana! O que faz na rua tão cedo?

— Oi, Marília, bom dia — Ivana respondeu, aliviada por ter escapado daquela situação. — Eu estava...

Valentina interrompeu a garota, repetindo o que dissera ao pai, para o terror de Ivana. E então uma nova pergunta de Demétrio a salvou, mas Ivana duvidou de que fosse ter uma quarta oportunidade.

— Já tomou café? — ele quis saber, ao que Ivana negou.

— Por que não nos acompanha? Só não poderemos demorar, porque eu e Demétrio vamos sair para o trabalho — Marília reforçou, com fingimento.

— Não quero incomodar, realmente preci...

— Incômodo nenhum — cortou Valentina, forçando um passo para a frente, que fez Ivana recuar e adentrar a casa.

Demétrio fechou a porta depois que a filha entrou. Tensa, Ivana notou que a sala onde estava exibia uma mesa pequena, bem abastecida de itens típicos de café da manhã. Com um risinho debochado, Valentina colocou os pães em uma cesta vazia, próxima a um bule fumegante.

— Pode se sentar, Ivana. A cadeira não morde — disse a garota.

— Eu... realmente agradeço o convite, mas preciso ir.

— Por quê? Não pode comer muitas besteiras? Temos frutas, mas pelo que vejo, seus dentes estão saudáveis. Não vai precisar de mim ou de outro dentista tão cedo — falou Demétrio com um sorriso.

O pai de Valentina era o oposto da filha. Gentil, educado, querido pelos moradores, tinha um pequeno consultório dentário onde atendia a maioria dos habitantes da província. Sua generosidade era tamanha que pessoas menos favorecidas eram atendidas de graça vez ou outra.

— Também preciso comprar algo para minha mãe — respondeu Ivana.

— E como ela está? — perguntou Marília, mostrando um claro desinteresse na resposta.

— Está bem. Estamos bem.

— Imagino que sim. Com tantas clientes para atender, devem estar muito bem mesmo. — O tom ácido era familiar. Valentina tivera de quem herdar o cinismo.

— Ela trabalha bastante — Ivana disse.

— E quem não trabalha bastante neste lugar? — Marília deu uma risadinha, enquanto se sentava à mesa, seguida por Demétrio e Valentina. Fez um gesto para que Ivana também se sentasse. — Lá no controle de qualidade não temos sossego. Aquelas rosas dão muito trabalho. O que têm de lindas têm de sensíveis.

— Como assim? — perguntou Ivana. Ela sabia que Marília trabalhava no controle de qualidade da Orvalha, sendo uma das responsáveis por identificar as rosas de descarte, não aptas para o comércio.

— Nada anormal, apesar de serem diferentes na cor dos caules. O trabalho de cultivo é intenso e minucioso, algumas ficam deformadas e outras nem resistem.

— Mas temos uma quantidade bem grande aqui na província. Muitas nascem até em canteiros pelas ruas.

— Sim, mas as que cultivamos são mais *puras*, o que interfere na estética.

De fato, as rosas de caule rosado espalhadas pela província eram belas, mas, se comparadas às que eram produzidas na Orvalha, tinham um aspecto e frescor diferentes, não ruins, porém de menor impacto visual e sensorial. Foi inegável para Ivana pensar que a pureza das rosas estava associada ao sangue em pó. Um arrepio a atingiu, e piorou ao perceber que mãe e filha a encaravam com olhos vorazes.

— O trabalho da senhora é muito delicado. As rosas são lindas.

— Obrigada, gosto de oferecer o melhor para esta província — respondeu com ar falso, que apenas Demétrio não captava.

Ivana se serviu, sem nenhuma vontade, de uma fatia de queijo branco em um biscoito, acompanhados por uma pequena xícara de chá. Valentina e os pais também montaram seus pratos, e Marília recomeçou a falar, mais eufórica:

— Souberam do que aconteceu com a Edna?

Ivana se encolheu de leve na cadeira. Marília começaria um assunto sobre a mãe de Malina. Valentina escancarou um macabro sorriso de satisfação.

— Não! O quê, mamãe? — forçou a menina, alimentando a maledicência.

— As vendas na loja caíram. Ao que parece as pessoas têm preferido pedir mais roupas sob encomenda do que comprar com ela.

Ivana percebeu a intenção da mulher. Segundo Marília acabara de sugerir, Solene estava tirando a clientela de Edna.

— É mesmo? — Ivana respondeu dissimulada. — Estranho, roupas por encomenda são feitas para eventos específicos, algo menos casual, e a mãe da Malina vende peças comuns ao dia a dia. São situações diferentes.

— Não menospreze o trabalho alheio só porque as roupas são cotidianas e as da sua mãe não são — disse Marília com rispidez.

Ivana se constrangeu.

— Mas eu não fiz isso — ela declarou, surpresa. — Só disse que...

— Nós entendemos o que disse. — Marília sorriu com superficialidade.

A mãe de Valentina era a versão adulta da menina. Tão fofoqueira quanto, adorava saber sobre a vida alheia, falava sempre em tom pejorativo de um para o outro. Ivana se perguntou como um homem tão bom como Demétrio poderia ter se casado com uma mulher como ela.

— O que achou do chá, Ivana? — Demétrio perguntou, sentindo o clima pesar.

— Muito bom, seu Demétrio — ela respondeu com sinceridade. A bebida tinha uma coloração rósea suave, adoçada na medida.

— Que bom, que bom — ele riu. — Eu mesmo fiz.

Ivana sorriu em reciprocidade, para irritação de Valentina.

A refeição, embora rápida devido ao horário de início do expediente de Marília e Demétrio, foi angustiante. Pareceu levar horas, ainda mais porque Valentina não descolara os olhos do caderno.

Quando Marília se levantou, Demétrio fez o mesmo. Ambos ignoraram a presença das meninas, providenciando o que faltava para que pudessem sair. Demétrio foi o primeiro a se aprontar, deu um beijo em Marília e em Valentina e se despediu de Ivana com um aceno afável. Marília chegou à porta logo depois, lançando um olhar sarcástico para a filha:

— Comportem-se, meninas. Valentina, não se esqueça de que a casa está sob sua responsabilidade.

— Sim, mamãe.

— E Ivana... Agora que Demétrio já foi, posso ser mais clara. Não se esqueça de devolver o caderno que você tomou da minha filha...

— Eu não tomei nada.

— Tal mãe, tal filha. Hoje toma os cadernos; amanhã, os clientes.

Marília bufou em reprovação e saiu, fechando a porta. A raiva embolou na garganta de Ivana.

— Bom, agora que o teatro acabou, estou esperando você me devolver o caderno e dar o fora da minha casa — Valentina disse, se aproximando de Ivana, que reforçou o abraço em torno do objeto.

— Você acha que eu quero estar aqui? Devolva meu diário!

— O caderno, Ivana! Vamos sair no tapa de novo?

— Se for preciso... Mas não acho que a sua mãe vá gostar de ver a casa destruída.

Valentina hesitou e Ivana percebeu, notando a segurança dentro de si crescer.

— Se te serve de consolo, eu não li nem mesmo uma linha.

— Mentirosa!

— Não sou como você, Valentina. Não preciso da desgraça dos outros para ser feliz.

— Como você se atreve... — Ela deu um passo, a fúria começando a brotar.

— Para trás, Valentina! — Ivana se colocou ao lado de um vaso grande em cima de um aparador. — Ou derrubo esse vaso. Vai te dar bastante dor de cabeça se isso acontecer, não? Sua mãe parece ser bem severa com a ordem da casa.

Ivana não sabia bem o que estava fazendo, mas precisava proteger o caderno. Estava disposta, àquela altura, a ir além para se preservar, mesmo que aquilo significasse ter que derrubar uma louça de propósito.

— Sua maldita. Sempre soube que você não é a santinha que todos pensam. Malina tem razão. Você é sonsa! A mais sonsa de todas as pessoas!

— Só quero meu diário, Valentina. Por favor! Realmente não li nada que está aqui!

— Cale a boca, sua fingida! Quer saber? Eu sei que tem algo muito errado acontecendo. Alguma coisa em que você está metida, e você não sabe o quanto estou adorando isso. Um dia vou fazer um jornal e distribuir por esta província toda. Vou acordar bem cedo e assistir a todos arregalarem os olhos enquanto descobrem a falsidade que cerca os vizinhos. Ah, vou!

Valentina assoprou a franja lisa para o alto. Havia um prazer genuíno em ver as pessoas sofrendo, Ivana em particular.

— O que esconde, sonsinha? Vou fuçar até descobrir alguma coisa importante, pode ter certeza. Minha intuição diz que sim. Li o diário. Ele não é seu, mas do seu pai, certo? Mesmo que eu não tenha entendido nada daquelas páginas, já é o suficiente para me fazer avançar nessa história. Farei questão de revelar a outra face da doce e meiga Ivana.

Ivana tremeu. Valentina estava em êxtase por enfim ter a chance de ver Ivana cair.

— Se você não entendeu, então por que não me devolve?

— Precisamos estudá-lo melhor.

— *Nós?*

— Sim. Eu, Malina e Alonso.

Havia desespero em cada parte de Ivana. As pernas começaram a oscilar. Cada nova palavra que Valentina lançava roubava suas forças.

— Me devolva!

— Não dá, Ivaninha. Ele está com Malina agora.

Ivana se petrificou de horror.

— Mas já que você está aqui, só vai sair depois de deixar o caderno comigo.

— Preciso falar com Malina, então. Não posso nem vou mais esperar. Me desculpe por isso. Sinto muito mesmo! — falou Ivana, de súbito.

— Sente muito pelo...?

E Valentina não acreditou quando Ivana tomou o vaso em uma das mãos e o arremessou contra ela, que se jogou para o lado, assustada. A louça encontrou a madeira da porta e estourou com um barulho quase ensurdecedor. Ivana correu na direção da porta, abrindo-a. Valentina, atônita, deu um grito histérico, mas quando chegou à entrada, Ivana já disparava afobada pela rua de paralelepípedos.

Valentina poderia, *queria como uma louca*, ir atrás dela, mas precisava juntar os cacos, limpar a casa, pensar no que falaria para a mãe. De certo Marília não deixaria aquilo passar. No entanto, Valentina também não. Ivana já tinha desaparecido em uma das ruelas quando, tremendo, a garota bateu a porta.

Soltou um grito de fúria tão estridente e longo que chegou a assustar alguns vizinhos.

— VOCÊ VAI ME PAGAR! VAI ME PAGAR!

24
A fraqueza de Malina

Ofegante, Ivana só parou de correr quando encontrou um beco estreito, onde encostou em uma parede de pedra, recobrando o fôlego. Espiou com relutância o caminho que fizera, a fim de ver onde Valentina estava e ficou surpresa ao notar que a menina não a seguira. Enquanto fugia da raiva da garota, a ouviu gritar, mas sua atenção estava focada em não ser pega. Precisava resgatar o diário e qualquer outro detalhe era menos preocupante.

O coração desacelerou devagar. Sabendo para onde iria em seguida, era uma questão de segundos até a adrenalina ser bombeada para todo o seu corpo outra vez. Contrária à vontade, Ivana deu passos firmes em direção ao próximo destino, sem afrouxar a mão em torno do caderninho.

A casa de Valentina não ficava muito longe do local onde Ivana esperava encontrar Malina, um lugar peculiar em Província de Rosedário, onde em um mesmo espaço existia a loja da família, a casa e a fábrica. A julgar pelo horário, a loja não estaria aberta e era bastante provável que pelo menos Malina estivesse dormindo. Passava das sete da manhã, e poucos eram os estabelecimentos que iniciavam a jornada de trabalho àquela hora.

Para o espanto de Ivana, quando ela entrou na rua da casa de Malina, uma das portas de metal corrugado da loja já tinha sido erguida até a metade, enquanto uma mulher se esforçava para abrir a segunda, com o apoio de um fino bastão de metal.

Era Edna, a mãe de Malina.

Pouco depois outra figura surgiu, vinda do interior da loja. Por um instante Ivana pensou ser Malina, mas logo percebeu, pela altura e pela forma de andar, que era Jéssica, a irmã mais velha de Malina. Eram tão parecidas na aparência que um olhar desatento poderia confundir as duas. Ivana não sabia se ficava grata pelo fato de a loja estar aberta ou se ficava preocupada pelo fato de que, se o estabelecimento estava abrindo suas portas tão cedo, havia a possibilidade de Malina estar acordada. Não era segredo que a menina adorava trabalhar com moda, ainda que não seguisse a mesma linha de Edna.

Ivana observou Edna e Jéssica terminarem de erguer as portas de metal, permitindo que a luz matutina banhasse a loja. Alguns manequins estavam amontoados em um canto e logo foram pegos pelas duas, que os arrumaram do lado de fora. Corpos masculinos e femininos, sem rosto, trajavam peças simples e bem produzidas, considerando um uso tão rotineiro e casual.

Ivana esperou um pouco mais, até que Edna terminasse de dobrar algumas blusas que estavam jogadas em uma das seções, resquício da má educação dos clientes do dia anterior. Jéssica sumiu por um tempo e, quando reapareceu, com uniforme de vendedora, Ivana decidiu que era o momento de ir até a loja. Começou a caminhar devagar, olhando para o segundo andar da construção, no qual a família morava. Pensou que de repente Malina pudesse estar na sacada, olhando para ela, com a expressão perversa tão comum, mas o lugar estava vazio.

— Se acalme, Ivana — disse para si mesma, tentando não sucumbir à terrível possibilidade de não recuperar o diário de Xenócrates.

Quando chegou à frente da loja, logo foi avistada por Edna, que se aproximou dela com um olhar contente.

— Olá, Ivana, como vai? — A doçura na voz tranquilizou Ivana por um instante. Edna não tinha a mesma personalidade da filha.

— Vou bem, e a senhora?

— Estou bem, obrigada. Como vai sua mãe?

— Vai bem, trabalhando bastante. — Ela sorriu um pouco envergonhada.

— Entendo, estamos todas nos esforçando. Principalmente nesta época do ano. O Natal é a comemoração que mais vende.

— Estou vendo — Ivana respondeu com um sorriso mais frouxo. — A senhora até abriu a loja mais cedo.

— Neste período é comum as lojas fazerem isso, mas especialmente de uns anos para cá, o nosso movimento caiu bastante e tenho começado a abrir mais cedo.

Foi inevitável para Ivana se lembrar do que Marília tinha dito, poucos momentos antes, durante o café da manhã. Que a culpa pela queda nas vendas de Edna era de Solene. A menina sentiu uma pontada no peito, um constrangimento que não deveria sentir. A mãe de Valentina era uma pessoa azeda, vivia se comparando aos outros, os degradando. Solene trabalhava de modo honesto, assim como Edna. Ivana não poderia permitir que um discurso como aquele a fizesse se sentir mal.

— Vai melhorar — Ivana respondeu de pronto.

— Vai sim, acredito nisso. — Ela sorriu. — Estamos pagando os funcionários direitinho, colocando comida na mesa e bancando os estudos da Malina. Não podemos reclamar.

— A propósito, ela está? — Ivana aproveitou a brecha.

Edna ergueu as sobrancelhas em uma cômica surpresa.

— Está sim. Não sabia que vocês eram próximas.

Ivana não chegou a responder. Dos fundos da loja a figura de Jéssica apareceu, um sorriso largo que desmontou Ivana por inteiro.

— Ivana! Não te vejo tem algum tempo, como está? — ela disse, sem dar chance de a menina responder. Envolveu-a em um abraço tão caloroso que Ivana se permitiu afundar nele por alguns segundos, até se dar conta de que precisava retribuir.

— Estou bem, e você? — perguntou ao fim do gesto.

— Trabalhando bastante, apesar do movimento fraco. Ando tentando pensar em soluções para revertermos essa dificuldade.

— Isso é muito bom. Você é uma menina dedicada, tenho certeza de que vai encontrar algo.

Jéssica sorriu. Era a filha mais velha, com uma aparência que não denunciava ter mais de vinte anos. De uma energia contagiante e tão agradável que afetava a própria Malina, transformando-a em uma pessoa um pouco melhor quando ficava perto da irmã, tamanha era sua admiração por ela.

— Vou deixar vocês conversarem um pouco — disse Edna animada ao se retirar, notando uma cliente que surgira, parada em frente a um dos manequins femininos.

— E então, quais são as novidades? O que faz na rua tão cedo? Vocês já estão de férias!

Ivana pensou em todos os adolescentes de sua idade, que naquele momento deveriam estar dormindo e roncando, sem qualquer tipo de preocupação. Ela não poderia se dar a tamanho luxo, e aproveitou a oportunidade da conversa com Jéssica para tentar um plano improvisado, algo que a própria Ivana considerou um golpe baixo. Mas precisava recuperar o diário. Sua vida particular estava em jogo.

— Vim falar com a Malina. Ela está? — Ivana repetiu.

— Está, ela sempre acorda cedo mesmo quando não precisa e se isola lá atrás.

— Ah, que bom. Preciso muito falar com ela.

— Eu te levo até lá — disse, enquanto caminhava na direção dos fundos da loja, com Ivana acompanhando. — Não sabia que vocês eram amigas. Quero dizer, a Malina... — Jéssica interrompeu, percebendo que falara um pouco além.

— Tudo bem, Jéssica. Todo mundo sabe que não somos amigas. Eu vim, para ser sincera, contra a minha vontade, mas preciso pegar de volta algo que ela tomou.

— Algo que ela tomou?

— É uma longa história, mas aconteceu uma confusão em que ela e Valentina acabaram ficando com algo muito pessoal meu: o diário do meu pai. Fui até a casa da Valentina, mas ela disse que o diário ficou com Malina. Então eu vim porque quero ele de volta.

Jéssica expressou um espanto, parando de caminhar, como se a irmã não fosse capaz de fazer algo daquele tipo. As duas atravessaram uma porta que revelava a pequena fábrica nos fundos. Nenhum funcionário havia chegado e o único som presente vinha de uma porta mais afastada, que o vento insistia em balançar. Era a primeira vez que Ivana conhecia o espaço e ficou tão surpresa quanto feliz ao descobrir a estrutura profissional que Edna possuía. Era algo diferente de sua mãe, mais automatizado, ainda que a fábrica possuísse um aspecto caseiro e não passasse de um galpão modesto.

Jéssica suspirou com pesar.

— Tenho que admitir que a Malina mudou muito desde... — Jéssica parou, suspirando e notando que estava falando demais outra vez.

— Tudo bem, Jéssica. Não fale o que não te deixa confortável.

Jéssica sorriu e Ivana se lembrou do que Malina tinha dito para Alonso enquanto estavam lá: "Você sempre esteve comigo, Alonso, e sabe da minha história... *Não quero me expor*". Naquele momento Ivana tinha achado a fala teatral, forçada, e não dera crédito, mas ao ouvir Jéssica contar, considerou a possibilidade de que Malina tivesse comentado algo real. Ficou intrigada e foi cutucada pela curiosidade. O que Malina teria a esconder, a ponto de não querer se expor? Algo que, até onde Ivana percebeu, apenas Jéssica e Alonso sabiam.

As duas chegaram a uma das últimas portas do pequeno galpão, à direita, que estava fechada. Jéssica deu duas batidas antes de abri-la e adentrou, seguida por Ivana. Estavam em um ateliê muito simples, Malina experimentava uma jardineira da sua cor preferida — roxo —, diante de um espelho largo, quando notou a presença das duas. De imediato sua expressão mudou. Deu passos firmes na direção da irmã e de Ivana, esbarrando em uma mesinha redonda. Derrubou alguns croquis, que voaram em direções variadas.

— O que significa isso? — questionou com impaciência.

Jéssica olhou para a irmã com um leve gesto de reprovação, que fez Malina diminuir o tom e o peso dos passos.

— Ivana veio falar com você.

— E o que eu teria para falar com você, sonsinha? — replicou Malina, esforçando-se para se controlar na frente da irmã.

— Isso é jeito de tratar alguém, Malina? — Jéssica a repreendeu, deixando a irmã constrangida.

— Você sabe, Malina. Quero meu diário de volta.

— Não está comigo. Está com Valentina.

— Ela disse que está com você.

Malina respirou fundo, já havia se aproximado das duas.

— O diário está com você, Malina? — Jéssica perguntou.

A pergunta não foi intimidadora, seu tom de voz era natural, mas fez Malina hesitar na resposta que daria. Jéssica era seu modelo de ser humano, e seu respeito pela irmã era maior até mesmo do que seu respeito pela mãe. Malina sentia vergonha por Edna ser uma mulher conformada em vender peças baratas e cotidianas, enquanto Jéssica buscava formas de modernizar e refinar o negócio. A própria Malina mergulhava horas de seu dia nas referências de moda, a fim de refrescar a proposta do estabelecimento. A diferença, Malina supunha, era que Jéssica buscava soluções com tranquilidade, ao passo que ela estava sempre irritada e frustrada e revoltada.

— Está — disse, por fim, resignada perante Jéssica. Ivana se surpreendeu com a postura.

— Devolva, Malina, ele não é seu.

Malina respirou fundo, encarando Ivana com rispidez.

— Posso confiar que você vai fazer isso? — Jéssica insistiu.

Malina mordeu o lábio. Era humilhante estar naquela situação, mais ainda por ser diante de alguém que ela idolatrava.

— Pode.

— Não esperaria outra coisa de você. — Jéssica sorriu, o que desestruturou Malina ainda mais. — Acho que vocês têm o que conversar, e eu tenho muito trabalho a fazer.

Jéssica virou, passando pela porta, fechando-a em seguida. Malina encarou Ivana com tanta fúria que Ivana achou que fosse ser jogada contra alguns manequins que repousavam no canto.

— Como você é baixa. Usar uma tática dessa para conseguir seu precioso diário de volta.

— Não sei se *baixa* é o termo certo, Malina, mas vou fazer o que puder para recuperar o diário do meu pai. Ele não te pertence!

— E o que tem de tão especial nele? Porque eu e a Valentina olhamos e não entendemos nada. "B.M."? Tantas e tantas anotações esquisitas. Mas sabe qual é a parte que eu mais gostei?

Ivana teve medo do que viria a seguir. Tinha certeza de que Malina mencionaria a segunda pele.

— O fato de que seu pai e aquele Casanova eram amigos. Sabia que tinha alguma coisa errada com você e com aquela família ridícula, mas ainda faltam peças desse quebra-cabeça.

Ivana sentiu um alívio estranho. Malina e Valentina viram o diário, mas a princípio não o tinham lido a fundo. Sem querer prolongar o assunto, Ivana a cortou.

— O diário, Malina.

Ao contrário do que Ivana esperava, a menina não relutou. Foi até uma das gavetas que ficava em parte coberta por restos de tecido e a abriu, retirando o diário. Os olhos de Ivana brilharam e seu coração retumbou. Quando Malina estava prestes a devolvê-lo, segurou o objeto por um segundo como se fosse se arrepender, mas terminou por soltá-lo. Ivana achou que fosse ser difícil recuperá-lo, no entanto suas duas arqui-inimigas já tinham descoberto informações suficientes para se manterem fuçando ainda mais sua vida. Ter ou não o objeto não faria tanta diferença para as duas.

— Tome aqui. — Ivana ergueu o caderno de Valentina, devolvendo-o a Malina.

— Isso não é meu.

— E nem meu. Só ficou comigo porque vocês ficaram com o diário. O que tem aí não me interessa. Não fiz questão de ler. Não sou como vocês.

— Acha mesmo que vou acreditar que você não leu?

— Acha mesmo que eu me importo com o que você pensa, Malina?

Malina bufou pela afronta. Queria avançar em Ivana, mas estava em casa e havia Jéssica nas proximidades, jamais provocaria uma confusão diante da irmã.

— Enfim, tenho um motivo concreto para te entregar em uma bandeja para a província — Malina alfinetou, os olhos injetados de raiva.

— Motivo concreto?

— Primeiro foi o lenço bordado. Agora esse diário... Além de não entender as anotações, você ficou bastante nervosa quando o perdeu.

— É claro, é o diário do meu pai, e não sei se você lembra, ele desapareceu quando eu era pequena. É uma recordação valiosa.

— Será que é só isso mesmo, Ivana?

— Você acha pouco?

— Acho. Muito, muito pouco. Para ser sincera, acho que tem muita sujeira debaixo desse tapete.

Ivana estava ficando mais e mais nervosa. A situação saía do controle.

— Já posso ver Província de Rosedário inteira tendo sua família e a dos Casanova como centro das atenções. Vou encher a boca para dizer "eu avisei". Sua mãe vai afundar, dando mais espaço para a minha, e você não vai mais ser a queridinha desta droga de lugar. Vocês duas vão ser as maiores desgraças daqui.

Ivana riu com descrença.

— Você está ficando louca, Malina.

— Todos aqui têm segredos. *Todos*. Você não é exceção — falou inflando-se, majestosa.

— Concordo. Até mesmo você, não?

— Como é? — Malina franziu a sobrancelha.

— Me lembro bem do que você falou para o Alonso. Sobre ele saber da sua história e você não querer se expor. Por um minuto achei que fosse uma ceninha, mas foi real, não foi? Você realmente tem algo escondido que ele sabe.

Malina ficou lívida. O ar desapareceu e ela se desorientou. Ivana nunca a vira com tamanha expressão de choque.

— Sua... sua...

Triunfante, Ivana se virou, abrindo a porta. Ouviu Malina sussurrar.

— Eu vou acabar com você. De hoje em diante, cuide bem de cada passo que der. Porque eu vou *acabar com você*.

Havia uma entonação mórbida que sugou a sensação de vitória que Ivana sentia. Malina era alguém que não media consequências para seus desejos.

Uma menina que, para o mal, era bastante boa.

25

O nome não combina com ela

Ivana estava de volta ao ateliê e preenchia a tela de *O beijo* com doses generosas de tons aquareláveis; boa parte da pintura estava concluída. Dario era o combustível perfeito para sua arte. Pincéis, cores e texturas funcionavam em perfeita harmonia desde que a vida a surpreendera ao apresentar o garoto. Solene estava alguns metros à frente, atendendo uma das clientes afoitas da tarde.

Enquanto salpicava tinta laranja com um pincel chanfrado, Ivana olhava para o antebraço, coberto pelo bracelete de tecido que disfarçava o pequeno volume do broto rosado. O acessório causava incômodo, visto que a planta ficava pressionada contra a pele.

Depois da intensa manhã que tivera, agora se sentia mais calma e decidira passar o restante do turno ponderando se ia ou não até a mansão Casanova. Tentava entender a postura de Bernarda em não revelar a identidade da criança infausta. Ivana era acometida por uma sensação de impotência, como se algo estivesse diante dela, uma vitrine, impossível de tocar o que havia do outro lado.

Tão imersa estava em seus pensamentos que não percebeu quando Solene se despediu da mulher com quem conversava, vindo em sua direção.

— Ivana, minha filha, está tudo bem com você?

Ela voltou à realidade com um leve susto.

— Sim — respondeu, sem ter certeza se o tom havia vacilado.

— Tenho sentido você tão distante. Ou sou eu que estou trabalhando demais?

Quanto menos Solene desconfiasse, melhor. Assim, Ivana decidiu se aproveitar, mesmo que um pouco, da culpa que a mãe sentia.

— Você tem se dedicado ainda mais este mês, mas isso é natural. Não se preocupe comigo. Estou bem, mãe.

E se Solene continuasse encontrando justificativa em si mesma para as ausências de Ivana, então estava mais do que bem. Ainda que Ivana de fato tivesse se distanciado — não de propósito, mas porque a situação exigia —, a mãe nada tinha a ver com aquilo.

— Não tenho te dado atenção, não é? Prometo compensar isso assim que as festas de fim de ano passarem.

— Não se preocupe com isso, mãe — respondeu com um risinho amarelo, enquanto dava uma pincelada automática na tela.

— Ivana, minha filha... — Solene caminhou ao longo da extensa mesa que cruzava o ateliê, se aproximando da estante onde repousava uma série de parafernálias de costura. Havia uma inquietação na mãe que Ivana conhecia bem. Os passos estavam mais pesados do que de costume: Solene não era boa para disfarçar quando estava intrigada com algo.

Ivana sentiu as batidas dentro do peito acelerarem. Solene estacou próximo de uma moldura anexada na parede, um objeto bastante familiar para Ivana nos últimos dias. A mente da menina entrou em uma repetição frenética: *Que a minha mãe passe direto por ela, que passe direto, que passe dir...*

Mas Solene virou para a filha e apontou a moldura. Ivana tentou sustentar a expressão serena, porém ela derreteu no momento em que a mulher ressaltou o objeto vazado na parede.

— Sabe o que aconteceu com a chave que ficava pendurada aqui?

— Chave?

Solene assentiu e disse:

— A chave que ficava aqui, pendurada dentro da moldura.

— Nunca reparei.

Solene baixou a mão e, devagar, inspirou. Soltou o ar com pequenas pausas e continuou a andar pelo ateliê.

— Onde você dormiu esta noite?

Ivana sentiu um arrepio varrer o corpo.

— Onde eu dormi? Como assim, mãe? Dormi aqui, como sempre.

— Não vou perguntar de novo, Ivana.

Ferrou. O pensamento transbordou com tanto desespero que ela quase vomitou tudo que andava fazendo desde que conhecera Dario, sem qualquer resistência. Segurou no último segundo e continuou a se fazer de desentendida.

— Não dormiu em casa ontem e hoje de manhã também não estava aqui. Você acha que eu sou boba? Tem noção de como fiquei? Você vai me dizer o que aconteceu *agora*. Nem pense em inventar desculpas. — O olhar injetado de Solene fez Ivana se encolher um pouco.

A campainha tocou e Ivana respirou com alívio. Solene a encarava com um ar de desconfiança que ela detestava. A mulher foi até uma das janelas do ateliê, que dava para a frente do quintal, e viu que outra cliente havia chegado, acenando com euforia.

— Tenho outra cliente para atender, mas não fique longe da minha vista. Essa conversa *apenas* começou. Nada de sair hoje — disse com tom impaciente, bastante incomodada pela interrupção.

Sabendo que o melhor a fazer seria apenas assentir, Ivana gesticulou com a cabeça enquanto Solene cruzava a porta, descendo a escada. Sem querer encarar a mãe quando ela tornasse a subir, Ivana deixou de lado a tela e saiu do ateliê, tomando os degraus que a levavam para baixo. Viu a mãe de costas, caminhando até o portão, e se espreitou para dentro da casa, indo até o quarto. Lá, se jogou na cama, espalhando as ondas alouradas do cabelo pelo lençol.

Se ela havia chegado ao limite com a mãe, não conseguiria mais ver Dario. Àquela altura, Solene já sabia que a filha descobrira o laboratório e que andara aprontando algo. Não dormir em casa? Solene *jamais* imaginaria ou permitiria tal atitude.

Ivana cruzara a fronteira da ousadia, e o preço a pagar era encarar a própria mãe, algo que ela nunca fizera e que nem sequer cogitava fazer. Existia, porém, um instinto de preservação que a fez se colocar de pé e caminhar até uma das gavetas da cômoda alta. O mesmo sentimento que a fez buscar, no fundo da gaveta, a chave escondida entre peças de roupas mais antigas, fez também com que ela pegasse o diário do pai. Ivana deu uma vasculhada no quarto, a fim de encontrar o esconderijo perfeito. Levantou o colchão da cama, colocando o diário com a chave entre as ripas do estrado de madeira.

Voltou a se jogar na cama e seus pensamentos foram bombardeados pela imagem dos destroços no fundo do lago. Foi invadida pela desolação que havia nas profundezas daquele lugar. Logo depois, Bernarda surgiu à mente, trazendo em repetição o momento em que falara do orfanato Gotinha de Sol, negando-se a revelar a identidade da criança infausta. O pensamento de quem poderia ser dava voltas em sua cabeça. Tantas pessoas na província tinham a mesma idade que ela, poderia ser qualquer uma.

Tinha muitas peças na mão, mas nenhuma delas se encaixava. Faltava algo, muito grande ou muito pequeno, que unisse todas aquelas pistas, todas aquelas descobertas. O último deles, o broto rosado em seu braço, era a gota d'água. Não poderia — e nem queria — manter aquilo escondido para sempre embaixo de um pedaço de pano.

Mordeu o lábio e bateu a mão no colchão, certa do que deveria fazer. Levantou-se, decidida a ir até a mansão Casanova. Conversaria com Bernarda. Pediria, imploraria se fosse o caso, mas não podia mais continuar sem saber aquela parte do quebra-cabeças que se propusera a resolver com Dario. O problema maior era sair de casa naquele momento. Solene a proibira, o que conferia um enorme peso de culpa sobre seus ombros. Já tivera sua cota de audácia contra a mãe. Era questão de tempo até que a cliente fosse embora e Solene retomasse a conversa. Escapar naquele momento seria como jogar álcool em um monte de chamas. Mas, por dentro, aquela sensação de estar fazendo o melhor para si não a deixava. E por causa disso tinha vontade de sair e desafiar a rigidez da mãe outra vez.

Chegou a calçar um par de sapatilhas folgadas, porém tornou a se sentar na cama, nervosa.

— Não piore as coisas, Ivana. Não piore as coisas — sussurrou.

Mas perguntou a si mesma se algo podia de fato piorar. As situações eclodiam, e resolução alguma surgia. Não, as coisas não podiam decrescer mais.

Se pôs de pé outra vez, pronta para encarar Bernarda. Na mansão, ou fora dela, ela iria onde fosse necessário para descobrir da governanta o que era importante.

Ivana mal se deu conta de ter cruzado os cômodos de sua casa, o quintal, ou mesmo a rua; a adrenalina nas veias a tinha cegado. Só quando estava diante do imponente portão de ferro da mansão é que permitiu que o coração retumbasse de nervosismo.

Deu uma espiada para dentro e não viu qualquer vivalma a andar pelo jardim. Supôs, pelo horário do meio da tarde, que os pais de Dario ainda estivessem na Orvalha, trabalhando como outro adulto qualquer. Relutante, tocou a campainha. Alguns olhares curiosos pela rua eram direcionados a ela, como se a menina fosse uma louca, e Ivana os ignorou, a fim de evitar maiores oscilações de humor.

O tempo pareceu congelar enquanto esperava qualquer um dos quatro funcionários aparecer, mas Bernarda, Ari, Beatrice e Chiquinha não deram nenhum sinal de presença. Tensa e impaciente, Ivana colou o rosto na grade do portão, tentando enxergar melhor jardim adentro, no entanto ele estava deserto como de costume. Hesitou por um instante, então tocou a campainha de novo.

Ninguém.

Sendo a rua onde ficava a mansão a principal da província, vez ou outra carros passavam, dispensando olhares curiosos sobre a menina na frente do portão. Um veículo surgiu ao longe, diferente dos demais. Pomposo, bem cuidado e fácil de notar. Quando o percebeu, Ivana arregalou os olhos. Começou a dar passos para longe da entrada dos Casanova, já que o carro que se aproximava era deles.

Tentava manter a respiração ritmada enquanto andava pela calçada. Notou, com terror, o carro reduzir e avançar na mesma velocidade que ela. Ivana não virou o rosto para encarar quem quer que estivesse lá dentro. Pouco depois, o vidro baixou.

— Menina, venha aqui — pediu a mulher ao volante.
Era Serena.

Ivana continuou andando, fingindo que não era com ela. Serena pressionou a buzina, fazendo soar o barulho pela rua e atraindo a atenção dos pedestres enquanto fazia o coração de Ivana dar um salto.

— Não se faça de boba.

Ivana interrompeu o passo. Virou-se para a mãe de Dario e notou que Luan não estava no banco do passageiro. Nervosa e com medo, encarou Serena, que estava com uma expressão oposta ao nome. A mulher fez um sinal com a cabeça para que Ivana se aproximasse e, relutante, a menina foi até ela.

— O que a senhora quer?

— Entre, vamos dar uma volta.

— Não, obrig...

— Não foi uma pergunta.

Ivana engoliu em seco. A mãe de Dario se inclinou, abrindo a porta. Com a maior das hesitações, Ivana entrou. O carro continuou o caminho, e a menina nem sequer olhava para Serena.

— O que a senhora deseja?

— Não se faça de desentendida. Demorei a juntar as peças, mas agora entendo.

— Quem não entende sou eu.

— Sonsa.

Ivana mordeu o lábio, medo e raiva se confrontando dentro dela.

— Você estava com um lenço bordado da minha família. Fugiu aquele dia em que quase te atropelei sem me dizer onde tinha conseguido. Agora sei que foi o meu filho quem deu.

Ivana não disse nada, e o silêncio foi um consentimento maior do que qualquer palavra.

— Então foi isso mesmo.

— Sim, foi ele quem me deu, mas é só.

— É só? Meu filho está diferente há dias. Mal presta atenção nas aulas, não consegue se manter focado e passa os dias entocado, fuçando livros e mais livros que não fazem parte da sua grade de estudos.

— A senhora disse que ele passa *os dias*? Até onde sei, o seu filho só existe à noite.

Uma freada brusca lançou o corpo de Ivana para a frente: ela havia tocado em um ponto crítico. O rosto de Serena ganhou traços de fúria, minuciosos e, por isso mesmo, ainda mais assustadores.

— O que você disse?

— Serena, eu... sei o que acontece com Dario.

— Não. Nem comece a falar, você não sabe de nada.

— Sei que ele gosta de mim.

A mulher bufou, incrédula. Era como se cada nova palavra de Ivana espetasse sua pele.

— Vocês são jovens, não entendem nada da vida. Nessa idade, nós, os pais, é que sabemos o melhor para vocês.

— Eu também gosto muito dele.

— Fique longe do meu filho.

— Eu estou tentando dizer que...

— Ivana Montebelo, fique longe do meu filho. Sua família já desgraçou a minha o bastante.

— Do que a senhora está falando?

O carro voltara a andar, pegando uma rua mais vazia, que conduzia as duas para fora da confusão de Natal. Nada de pedestres afoitos, carros buzinando e bicicletas cortando o ar para cima e para baixo.

— Sua família e a minha não se misturam.

— Por quê, se meu pai e o seu marido eram amigos?

O rosto de Serena se contraiu ainda mais.

— Sua mãe deve te contar muitas histórias, não?

— Na verdade, ela não conta — Ivana respondeu atravessado. — Tudo que sei é que devo evitar vocês, tanto quanto vocês nos evitam.

— Devo admitir, então, que a sua mãe não é tão estúpida quanto parece.

— O que aconteceu para existir esse ódio todo entre vocês? Se meu pai era amigo de vocês...

— Seu pai foi o maior dos imbecis. Foi ele quem... levou meu marido para aquele caminho. Foi por causa dele que meu filho passou por tudo aquilo e sente os reflexos até hoje.

— Eu não entendo.

— Foi por causa do seu pai que o meu filho não consegue viver o turno do dia...

Ivana sentiu o coração apertar.

— ... assim como você não vive o da noite.

A menina sentiu o chão debaixo dela se abrir, desorientada.

— Como você... sabe disso?

Serena esticou um dos braços enquanto manejava o volante com o outro. Puxou para o lado uma parte do vestido de Ivana, na altura da axila, e tocou de leve a segunda pele. A menina encolheu o corpo.

— A segunda pele foi projetada por seu pai, algum tempo depois.

— Depois de quê?

— Está claro que eu não quero que você veja mais o meu filho?

— Por que não deixa o Dario decidir? Seu ódio por nós é tão grande que não te deixa pensar na felicidade dele?

— Meu filho... Meu filho não sabe o que é felicidade graças ao seu pai. Então, Ivana, me obedeça.

— Respeito sua opinião, Serena, mas você não pode falar assim do meu pai. Ele era bom.

— Seu pai arruinou a nossa vida!

— Se você tem um bom motivo para afirmar isso, pode me dizer. Do contrário, não vou acreditar em uma mulher emocionalmente alterada.

Serena esbugalhou os olhos, surpresa, tanto que Ivana achou que eles fossem explodir no painel do veículo.

— Atrevida! Quero você longe da minha casa, Ivana. Não sei como é possível que você e Dario consigam se ver, já que os horários em que existem são diferentes, mas isso acaba agora.

— Quando queremos que dê certo, sempre arrumamos um jeito.

— Já tive a sua idade, garota. Aos dezesseis anos, tudo é lindo e colorido, mas a vida real é crua e cinza. Já bastam os olhares tortos que recebemos da província por sermos negros e bem-sucedidos. Não quero meu filho enfrentando mais um preconceito por ser... *diferente*.

— Mas é quem ele é.

— Você não sabe quem ele é, e sua companhia só incita o que há de pior no meu menino. Fique longe da minha mansão. Não quero seus pés imundos e sua estirpe dentro da *minha* casa.

Embora o momento fosse tenso, Ivana sentiu alívio por perceber que Serena não desconfiava de suas visitas à mansão.

— Não contou a ninguém sobre Dario, contou?

Pensando em Una e Ivo, Ivana respondeu, torcendo que Serena não percebesse a mentira:

— Não.

Quando Ivana se deu conta, notou um cenário bastante familiar. O carro parou em uma esquina, e ela temeu pelo que viria a seguir.

Era a rua dela.

— Por que parou aqui?

— Província de Rosedário é pequena, menina. Todo mundo sabe tudo sobre todo mundo.

Entendendo que a conversa acabara, Ivana abriu a porta e saiu.

— Espero que este seja o nosso último contato. Se continuar vendo meu filho, você vai entender por que somos a família mais rica e poderosa desta província.

Ivana não respondeu. Estava apavorada.

Fechou a porta do carro. Caminhou de volta para casa.

26

A noite de Ivana

Quando Ivana abriu o portão e entrou em casa, teve a sensação de que o restante da tarde seria pesado. Solene ainda atendia a mesma cliente de horas atrás, o que deu à menina mais tempo antes de encarar a mãe e todo o sentimento de culpa que estava prestes a voltar.

No relógio, já passava alguns minutos das quatro, e Ivana só pensava em encontrar Dario. A menina chechou o antebraço, tirando o bracelete de pano que cobria o broto rosado. A planta estava amassada, e uma das folhas tinha caído, dando sinais de que morreria em alguns dias. Sem luz e esmagada pelo tecido, não era difícil adivinhar seu destino. Ela tentou puxar devagar, mas outro choque percorreu o corpo. Mordeu o lábio, irritando-se.

— Droga.

Se o fato de o broto ter aparecido tinha relação com ela ter ganhado meia hora a mais de materialidade, sumindo às seis e vinte e nove, ela não sabia. Desconfiava que sim, mas afirmar era outra história.

Enquanto caminhava de volta pelo quintal, ouviu um assovio vindo do portão e virou-se: era Ivo. Feliz por ver um rosto amigo no meio de tanta encrenca, ela refez os passos até a entrada. De perto, notou que o amigo sofria na aparência os efeitos da demissão e da paixão platônica: olheiras fracas no rosto magro ficaram mais evidentes.

— Não me olhe assim, sei que estou péssimo.

— Qualquer um estaria.

— Estou com fome, tem algum biscoito e água aí? Meu pai anda me castigando além da conta. Estou sem comer e beber desde que acordei.

— O quê? Mas isso é muito grave, Ivo! Entra, que eu vou te preparar um lanche *agora*!

— Está tudo bem, só preciso de alguma coisa para enganar o estômago.

— Você precisa de cuidados. O que seu pai pensa que está fazendo? Isso está além de qualquer limite!

— Iv, está tudo bem.

— Óbvio que não está. Entra agora! — Ela abriu o portão, puxando-o pelo braço. O menino não resistiu. Estava um pouco atordoado.

Os dois cruzaram o quintal e entraram na casa.

— Vai para o meu quarto e deita na minha cama, já subo com comida. Vai te fazer bem.

— Iv, está tudo b...

— *Vai logo.*

Ivo cedeu, sorrindo envergonhado, e subiu. O caminho do quarto era conhecido até de olhos fechados. Ivana se apressou em preparar um sanduíche de queijo, encheu uma caneca com suco de laranja e adicionou algumas pedras de gelo em formato de estrela. Subiu às pressas para socorrer o menino abandonado.

— Toma. Se quiser, faço outro. E trago mais suco também.

O amigo agradeceu, recostando na cabeceira. Mordeu o pão com avidez e deu uma golada no suco logo em seguida, quase desesperado. Ivana mirou o garoto, cheia de compaixão.

— Cena rara... ver você se alimentando.

Ivo não disse uma palavra, concentrando-se na comida. Só depois de ter engolido quase todo o sanduíche é que conseguiu falar.

— O que é isso aí no seu braço?

— Ah, isso surgiu por agora. Acho que tem uma raiz mais funda do que parece. — Ela mostrou a planta rosa, que Ivo analisou com curiosidade. Depois, contou o que havia acontecido com a troca do caderno pelo diário e o desfecho daquele episódio. Ivo ficara perplexo com o que ouvira, mas o que causou maior choque foi saber que Malina também andava escondendo algo e o quanto aquilo a desestruturou.

— Ivana... — A voz de Solene no andar de baixo cortou o ar, seca, e o coração da menina desistiu de funcionar por um segundo.

— O que houve? — perguntou Ivo, percebendo o tom da mulher.

Ivana inspirou e soltou o ar, pesarosa:

— Acho que está chegando a hora de encarar a minha mãe e tudo o que ela omitiu nesses anos. — Sem compreender, Ivo não insistiu. — Termina de comer, eu já volto. E descansa, se quiser. Vou falar para ela que você está aqui.

Ivana saiu do quarto, com a esperança de que a visita do amigo pudesse adiar a conversa com a mãe. Quando chegou ao primeiro andar, Solene estava na sala, sentada no sofá, encarando-a. O rosto de meia-idade refletia os últimos dias exaustivos de trabalho, e nem mesmo o cabelo, idêntico ao de Ivana, tinha sido poupado, exibindo algumas madeixas desgrenhadas.

— Mãe, o Ivo...

— Ivana, minha filha, me diga que você não pegou aquela chave.

Uma onda de pavor tomou a menina, que ficou em silêncio.

— Ivana, a chave. Me diga que você não a pegou.

— Não posso dizer isso, mãe.

No mesmo momento Solene fez uma negativa com a cabeça.

— Estou tão decepcionada com você, Ivana, *tão decepcionada*.

— Por que, mãe? Eu não fiz nada de errado.

— Você sempre foi uma menina obediente. Por que mexeu nisso?

— Talvez se você não tivesse omitido tudo sobre a minha vida, eu não teria tirado a chave daquela moldura.

— Devolva para mim, Ivana.

— Se a sua preocupação é manter o laboratório do meu pai escondido, é tarde demais.

Os lábios de Solene se contraíram.

— Fui até lá — continuou a menina.

Solene expirou com tanta força que Ivana achou que a mãe estivesse tendo um mal súbito e que fosse desmaiar no meio da sala.

— Você... O que está dizendo?

— Você omitiu tantas coisas... Passei toda a minha vida tendo hora para voltar para casa, alimentando um medo sobre o que as pessoas achariam da minha condição caso a descobrissem. Uma vida toda de reclusão, de desconfiança. Estou cansada disso, mãe. Cansada!

— Ivana, minha filha, o que aconteceu com você? Por que está falando assim comigo? Eu sou sua *mãe*!

— Que mãe faz isso com a própria filha?

— Esta província só tem gente egoísta, que vive acompanhando a vida do vizinho. Imagine como você seria o centro das atenções... Uma aberração.

— *Você* me viu como aberração, mãe, e me escondeu de todos.

— Eu protegi você, Ivana! As pessoas lá fora são cruéis! Não toleram quem é diferente, quem não segue os padrões impostos por elas! Você é uma adolescente, acha que sabe tudo da vida agora, mas nem imagina quão perverso o mundo real é.

— Você deveria ter me deixado escolher!

— Você ainda não tem condições de fazer escolhas.

— Eu tenho dezesseis anos!

— E ainda é uma menina!

— Não sou mais uma criança, mãe. *Preciso* ter liberdade para trilhar meu caminho. Se as pessoas descobrirem sobre mim, eu não me importo mais, um dia elas se acostumam. Mas não posso me esconder só porque isso pode incomodar uma ou duas.

— Uma ou duas? Ninguém no mundo passa pela mesma situação que você.

— Você está errada, eu conheci um menino em igual condição.

Solene ficou em silêncio e estudou a filha.

— Mas acho que você sabe da existência dele, não é? Dario Casanova.

— Você... você se aproximou daquele garoto?

— Então você sabia mesmo da existência dele e nunca me disse...

— Aquele garoto não é companhia para você!

— Por que escondeu de mim? Ele sofre da mesma coisa, tudo poderia ter sido diferente!

— Aquela família não tem nada de bom! Se seu pai e o pai dele não fossem tão abusados, nada disso teria acontecido!

Ivana parou por um instante.

— O que você fez no laboratório? — perguntou a mãe.

— Não fiquei muito tempo. Só olhei, não toquei em nada — mentiu. — O que você acabou de dizer, mãe? Eu e Dario somos assim por culpa do papai e do Luan?

Solene não conseguiu conter as lágrimas. Levantou-se do sofá, sumindo em um dos cômodos no entorno. Voltou segurando um lenço de pano, que usou para enxugar o rosto. Respirou fundo e se sentou no sofá outra vez.

— Seu pai era ótimo, um homem brilhante em todos os sentidos. Carinhoso, amava você acima de tudo. Mas tinha um defeito horrível: idolatrava a ciência a ponto de viver dedicado a ela. Nos últimos anos antes de desaparecer quase não era visto fora daquele laboratório. Especialmente depois do que aconteceu com vocês.

— O que aconteceu comigo, mãe?

— Ele nunca me disse toda a história, talvez porque nem mesmo ele soubesse. Mas se culpava, e com o tempo acabei pondo a culpa nele também. Você não nasceu com essa condição, Ivana, nem aquele menino. Ambos a *adquiriram*.

Houve um momento de choque em Ivana.

— Não nascemos assim? — ela perguntou.

Solene enxugou novas lágrimas, confirmando.

— Não gosto nem de pensar — ela disse. — Vocês eram pequenos, não tinham mais do que um ano e mal andavam.

— O que aconteceu, mãe? — Ivana insistiu, a esperança reacendendo.

— Depois do que aconteceu, seu pai não descansou até conseguir projetar a segunda pele, que trouxe um pouco mais de dignidade para você. Ele compartilhou o invento com Luan, que também vestiu o filho. Não muito tempo depois, seu pai sumiu.

— Mas *o que* aconteceu, mãe? Me diga, por favor!

Solene abanou o ar e fez uma careta, em um gesto de que não era importante.

— Mãe...

— Não faz diferença. Já está feito. E quanto menos você souber, menos vai se expor.

— Se você não me disser, eu vou até descobrir.

— Você não vai atrás de nada. De *mais nada*. Já chega dessa história. Nada que tenha a ver com aquela família pode ser benéfico para a nossa.

— É por isso que vocês se odeiam tanto? Pelo que aconteceu comigo e com o Dario?

— Luan era tão louco quanto seu pai, os dois eram inseparáveis. Viviam testando experimentos, fórmulas que ninguém entendia. Eu sabia que um dia eles iriam longe demais, mas nunca imaginei que isso pudesse afetar nossos filhos e, no fim, toda a nossa vida.

— Você não gosta deles, eles não gostam da gente. Um acusa o outro. Se meu pai e Luan foram os responsáveis, por que cada um não aceita sua parte do erro e pronto?

— Não é tão simples assim, minha filha. Você sabia que, quando a Orvalha surgiu, seu pai e Luan eram sócios? Que juntos eles descobriram a mutação dos caules rosados?

Surpresa, Ivana não respondeu, mas Solene notou a expressão da filha.

— Pois é, informações que se perderam com o tempo. Especialmente aqui, onde cada dia traz uma nova fofoca para entreter e abafar a anterior — disse a mãe.

— Não sabia disso.

— Só os mais velhos sabem, e muitos já nem lembram. Seu pai não durou muito na sociedade com Luan porque passou a se dedicar à pesquisa e experimentação da segunda pele. Como acabou sumindo pouco depois, a Orvalha passou a ser exclusivamente deles, e a própria Serena, que nunca se metera em nada, passou a assumir uma parte da empresa. Até hoje, nunca recebemos um centavo pela parte que era do seu pai. Ingratos!

Ivana precisou se sentar e escolheu o lugar vago ao lado da mãe, que respirava entre pequenas pausas.

— Você mudou nesses últimos dias, Ivana. Foi por causa desse garoto, não é? Ele é má influência, como os pais dele...

— Não, mãe, eu sei fazer as minhas escolhas. Dario está me ajudando a entender o que você e os pais dele vêm omitindo há anos.

— Os Casanova não são gente boa, logo o filho deles também não deve ser.

— Mas, mãe, eu gosto tanto do Dario! E ele de mim!

— Não diga uma coisa dessas! Jamais repita isso! — Ela segurou o rosto de Ivana com as duas mãos, invadindo todo o seu campo de visão.

— Mãe, não consigo mais controlar.

— Você está de castigo, sem previsão de sair.

— O quê?

— Você tem me desrespeitado. Dormiu pelo menos a última noite fora de casa e quebrou a minha confiança, que sempre foi total.

— Mãe, isso é...

— No máximo, poderá continuar pintando. Mas é daqui para o ateliê e do ateliê para cá. Sem telefonemas para Una ou Ivo, ou para aquele garoto.

— Eu nunca telefonei para o Dario.

Solene soltou a filha.

— Pode ir agora.

Antes que qualquer uma das duas se levantasse, Ivo apareceu, surpreendendo Solene.

— Me desculpem, não tive a intenção de ouvir a conversa. Preciso ir.

Solene olhou para Ivana com perplexidade.

— O que isto significa?

— Eu tentei avisar, mãe...

— Leve Ivo até o portão e volte, Ivana. Seu castigo já está valendo. Ivo, você está com um aspecto horrível, precisa se alimentar, garoto.

— Eu sei, tia Sol, pode deixar.
— Diga a seu pai que mandei lembranças.
— Digo sim — ele respondeu de forma automática.

A mulher se levantou, tentando disfarçar o desconforto de ter sido vista com o rosto ainda avermelhado de choro. Ivana saiu com Ivo, e nenhum deles disse qualquer palavra enquanto cruzavam o quintal. Só quando chegaram ao portão, retomaram a conversa.

— Espere aqui, já volto — disse a menina com a expressão destemida.
— O que você vai fazer, Iv?

Ivana deu as costas e tornou a entrar em casa. Ivo viu Solene subir os degraus que levavam ao ateliê. Pouco depois, a menina reapareceu, caminhando com mais rapidez. Trazia o diário de Xenócrates debaixo do braço. O menino estendeu a mão, se adiantando.

— Por que vai me dar o diário do seu pai?
— Não vou. Vou levar ele comigo para o lago. Podemos descobrir algo novo. Muita coisa ainda está confusa.
— Vai levar com você? Você está de castigo, Iv.
— Vamos logo, Ivo, não posso perder tempo. Temos que correr, não falta muito para as cinco da tarde — disse, esquecendo que o broto talvez tenha dado a ela mais alguns minutos de materialidade além das cinco.
— Eu preciso ir para casa, Iv, senão meu pai...
— Tudo bem, só vamos sair logo daqui.

E sem trocarem mais uma única palavra, desapareceram pelo portão, cada um tomando seu caminho.

O sentimento de transgressão corria em cada gota de sangue que era bombeada pelo corpo de Ivana. Aquele era o maior ato de rebeldia contra a mãe. Ainda assim, não havia a sensação de culpa.

Mesmo que a conversa com Solene não tivesse sido das mais produtivas, Ivana entendia que ela não agira por mal. Mas, ainda que compreendesse o lado da mãe, não poderia mais, nem *se permitiria*, anular a si mesma.

Quando chegou à goiabeira, lotada de suor e esbaforida, faltavam dois minutos para as cinco. Não tinha certeza se o broto daria mais tempo a ela, mas não queria arriscar. Desejava muito encontrar Dario, senti-lo por perto, ainda que não pudessem se tocar. Ficou assustada ao perceber que havia uma tenda azul-escura montada. Improvisada, comportava duas pessoas de pé, com pouca folga. Com pressa, Ivana jogou o diário dentro do esconderijo de Dario.

— Oi? Tem alguém aí? — Ela encarava o pano azulado, receosa.

Deu passos lentos, se aproximando, e repetiu a pergunta. Nenhuma resposta. Quando chegou à entrada, fechada por panos sobrepostos, olhou em volta. O lago continuava tranquilo, solitário e intocável. Ela encarou por um instante a parte da água onde jazia o ônibus.

Estremeceu.

Tornou a focar na tenda.

Chamou uma última vez, mas ninguém respondeu.

Ivana, então, puxou os panos e viu o que tinha lá dentro.

Nada.

Adentrou o espaço, comprovando que apenas mais uma pessoa poderia caber ao lado dela. Não fosse pela luz do entardecer vinda de fora, estaria na escuridão total. O pano, liso e grosso, isolava a claridade com maestria.

Sem demorar lá dentro, voltou a respirar o ar fresco do lago. Sentia-se confusa enquanto vivenciava o processo de dissipação. Acreditou que, com o surgimento do broto, pudesse se manter sólida por mais tempo, como da última vez. Frustrou-se ao perceber que não havia um padrão de comportamento. Aguardou a chegada de Dario, que apareceu minutos depois, também esbaforido.

— Hoje... precisei... vir... correndo...

— Por quê?

— Porque tenho um motivo especial.

— Que motivo? — Ela estranhou, mas sorriu.

— Acho que fui visto hoje, mas não tenho certeza. Mas isso não importa, tenho uma surpresa para você. Duas, na verdade.

— Duas surpresas?

Se uma era boa, duas deixaram Ivana com os olhos brilhando.

— A primeira está na cara. Não reparou? — Ele apontou para o próprio corpo, na região do tórax, onde a cicatriz o envolvia. Em três pontos diferentes, brotos rosados haviam surgido, também discretos e tímidos.

— Você também? Quando?

— Agora, quando despertei. Assim que ficar sólido, vou tentar puxar e ver se dói tanto assim como você diz.

— Se um já é horrível, imagine três. — Ela se aproximou para olhar, eram idênticos ao seu.

— Hoje acordei mais do que nunca com vontade de negar essa condição. Passei a vida toda conformado, mas chega, quero uma vida normal, quero você ao meu lado, Ivana! De uma vez por todas. Ontem desapareci com essa vontade martelando na minha cabeça, e hoje quando acordei os brotos tinham rompido a pele.

— Ganhei meia hora a mais ontem, mas parece que não há um padrão. Hoje fiquei imaterial no horário de sempre. Será que você vai ganhar mais tempo?

— Quem sabe? O importante é que se os brotos que nascem fazem nossa condição decrescer, com ou sem padrão, então que nasçam!

Os dois se aproximaram, fundindo os corpos. Aquela sensação de sentir a respiração do outro era a melhor de todas.

— Desejo cada vez mais estar com você. Não quero que isso termine nunca. Eu e você, sempre — disse Ivana.

— Sempre! Sempre! — Dario respondeu, animado.

— Qual é a outra surpresa?

Antes mesmo de você me contar que está preparando uma surpresa para mim, eu já estava planejando algo — ele disse, afastando-se.

Dario caminhou até a tenda azul e abriu os braços com uma expressão escancarada de felicidade.

— *Tcharam!*

— A tenda? — Ivana deu uma risadinha.

— Sim.

Ela tentou disfarçar a feição para não o magoar.

— Acabei entrando, me desculpe. Achei estranho uma coisa dessa estar montada em um ponto de encontro que é só nosso. Chamei e ninguém respondeu, então entrei.

— Tudo bem — Dario respondeu sem anular o sorrisão. — Você só precisa esperar até eu ficar material. Ia pedir a ajuda dos seus amigos para segurarem a caixa, mas eu mesmo vou segurá-la para te mostrar. Se não existe um padrão e você ganhou mais meia hora sólida, por que o contrário não pode acontecer? E por alguma intuição incomum — ele continuou — acredito que você não vá sumir no horário de sempre.

— Você acha? — ela perguntou, intrigada.

— Não acho, *sinto*. Pode ter a ver com os brotos. Nunca fui alguém intuitivo, e é muita coincidência eu sentir isso justo quando três desses brotos resolvem romper do meu peito. Vou arriscar.

— E de que caixa você está falando?

— Você vai ver.

O tempo pareceu congelar. Devorada pela curiosidade, Ivana queria saber que caixa era aquela mencionada por Dario, além do motivo de a tenda estar lá.

— Como você montou este lugar?

— Una me ajudou.

— Aquela fingida! Nem desconfiei.

— Una é uma pessoa incrível, gosto muito dela.

Ivana concordou. Enquanto esperavam o tempo passar, dividiu com Dario a conversa que tivera com Solene e a carona de Serena mais cedo, assim como o episódio do caderno de Valentina e o suposto segredo de Malina. Dario recebeu a notícia da mãe com espanto.

— Nossos pais precisam dar um basta nesse ódio mútuo, porque sentir isso não faz bem. E estamos sendo os maiores prejudicados. Posso ter passado a vida toda nas sombras, sem que ninguém aqui soubesse de mim. Até entendo meus pais, mas agora é diferente. Não quero e não vou perder você, Ivana.

Ela sentia o mesmo. Em uma perfeita sintonia, cada palavra que Dario proferia era dela também. Ele a refletia por inteiro, assim como ela era o espelho dele. Amar de perto, amar de longe. Eram mais do que a fusão de seus corpos translúcidos que nunca se tocavam; eram uma fusão de almas. Mesmo a impossibilidade de sentirem um ao outro era o mais supérfluo dos detalhes em momentos como aquele.

Momentos em que o mundo de um se resumia ao outro.

Incertos do que os aguardava, ficaram um tempo em silêncio — o que nunca tinha acontecido entre eles —, mergulhados em pensamentos do que viria a seguir.

Quando as seis horas foram sinalizadas pelo relógio de pulso que jazia no chão, Dario se tornou sólido, e mal pôde conter um sorriso de alegria e triunfo quando percebeu que Ivana ainda não tinha completado a dissipação. Ainda translúcida, estava lá.

— De fato, não há um padrão — constatou a menina, sem saber se aquilo era uma descoberta boa ou ruim. Sorria mesmo assim.

Dario juntou as roupas e os pertences de Ivana, guardando-os no esconderijo. Notou o diário e o manteve abaixo dos itens que acabara de depositar. Não se preocupou em se vestir, queria usar a segunda pele da mesma forma que Ivana usava a dela. Quase desnudos, sentiam-se mais perto um do outro.

— Não acho que teremos muito tempo até você sumir, vem que eu vou te mostrar. — Ele indicou a tenda.

Ela o seguiu, adentrando os panos grossos. Dario fechou a entrada, mergulhando Ivana em uma total escuridão, o som de grilos ecoando lá fora. Quando o garoto voltou, trouxe consigo uma caixa de papelão.

— Está pronta?

— Sim! — ela respondeu, ansiosa.

Dario abriu a caixa e a virou de cabeça para baixo. Pontos luminosos caíram no chão, aos montes, e com rapidez ganharam o ar. Ivana os percebia através de si, voando para cima e para baixo. Uma chuva de vaga-lumes circulava dentro da tenda azulada. Dario sentia um e outro chocando-se contra a pele, mas não se incomodou.

O tecido azul-escuro, antes liso, ganhara imagens fluorescentes, que reagiam à luz fornecida pelas criaturinhas da natureza. Estrelas pintadas à mão salpicadas nas paredes da tenda, e uma lua cheia falhada adornando um dos lados.

Ivana foi levada às lagrimas. O choro transparente era intenso, como se a menina enfim estivesse limpando, de dentro para fora, toda a dor que sentira ao longo dos anos. Soluçando, se dirigiu a Dario com dificuldade, bastante emocionada.

— Isso... é lindo.

— Isso é a noite, Ivana, e do que ela é feita. Um azul infinito, para nos lembrarmos de nunca nos contentar com o impossível. Estrelas que brilham para nos lembrar de que temos tanta luz dentro de nós quanto elas. E uma lua que faz questão de todas as noites testemunhar nossos sonhos mais intensos.

O único som era o choro da menina, desabada em emoção.

— É a noite que você merece ter, até o momento em que vai poder vê-la de verdade.

Uma fungada alta fez o menino dar uma risadinha de felicidade.

— Não sou um artista como você, então me dá um desconto nos desenhos.

— Está lindo. É lindo. Você... é real?

— Só durante a noite.

Ivana deixou escapar uma risada, fungando outra vez.

— Nunca vou esquecer isso, Dario.

— Nunca vou esquecer você.

Os dois se aproximaram, mas, antes que pudessem se fundir, os panos da tenda foram arrancados, desfazendo o pequeno espaço. Os vaga-lumes voaram em direções opostas, ganhando a imensidão do lugar. Do lado de fora, alguém segurava o tecido escuro, sendo responsável por desfazer a estrutura da tenda.

Serena estava diante deles, encarando Ivana e Dario com olhos de fúria e incredulidade.

— Que palhaçada é essa? — perguntou a mulher, desconcertada.

— Mãe?!

Sugada de seu momento, e quase invisível, Ivana encarou a mulher com terror.

— Eu avisei, Ivana, *eu avisei*! — Serena jogou o restante da tenda no chão.

O céu começava a mostrar uma tonalidade mista, de um turno que reclamava seu lugar. Embora pobre de luz artificial, algumas lâmpadas se acenderam no alto, espalhadas pelo lugar.

— Dario, você vai para casa agora! *Agora*, entendeu bem?! — a mulher exigiu, aos berros.

Serena estava cega. O ódio percorria suas veias mais rápido que o próprio sangue. Não sabia se estava mais furiosa com a desobediência do filho ou com a afronta de Ivana ao ignorar seus avisos. O menino olhou para Ivana e depois para a mãe. Hesitou, mas não foi preciso que Serena repetisse a ordem.

— Mãe, não separe a gente.

— Vocês *nunca* vão ficar juntos!

Ivana foi de novo levada às lágrimas enquanto sumia pouco a pouco. Uma das últimas imagens que viu antes de desaparecer foi Dario andando ao lado da mãe. A outra, mais aterradora, veio em seguida.

— Dario! — ela gritou, apontando para um lugar mais afastado, onde três pessoas assistiam a sua dissipação. O menino deu meia-volta para ver.

E enxergou, assustado na mesma medida, Malina, Valentina e Alonso.

Ivana desapareceu logo depois, sua condição testemunhada por MalValAlo.

27

B.M.

Estava sendo, ela não tinha dúvidas, um péssimo dia. A antevéspera de Natal, ao contrário do que se esperava daquela data, ou mesmo do mês de dezembro, estava carregada de estresse, e seu coração, inquieto pelos últimos acontecimentos. Província de Rosedário estava em clima de festejos, e ela não dava a mínima. Ao contrário do sentimento gentil que tomava as pessoas, Ivana estava frustrada e com raiva, ainda mais em relação a Serena, por tê-la feito passar vergonha. E também por ter estragado o presente de Dario. Não ignorou, claro, o fato de que Malina, Valentina e Alonso tinham descoberto sua condição.

Aquilo era apavorante.

Sendo Valentina a rainha da intriga, àquela altura a província deveria estar armando um motim para prender Ivana, ou talvez até colocasse fogo em sua casa, queimando-a como uma bruxa. O pensamento arrepiou a menina, já que o cenário era perfeito para tal atitude.

— São os anos noventa, Ivana — ela disse a si mesma. — Ninguém mais queima bruxas em fogueiras.

Diante de *O beijo*, dava as últimas pinceladas antes de finalizar a obra. Senhor Pipinho passeava solto pela mesa longa, como de costume. A manhã corria atípica, ainda mais porque Solene a ignorava, já que Ivana havia fugido do castigo no dia anterior. Dois novos brotos rosados romperam da pele cicatrizada em pontos diferentes, o que tornava difícil escondê-los. Um deles, do tamanho de um grão, exibia um botão de rosa branca ainda fechado. Pequenas pétalas que, embora muito delicadas, estavam deixando Ivana cada vez mais intrigada e assustada.

Pela lógica, se ela ganhara mais tempo, fosse de materialidade ou de imaterialidade com o surgimento do primeiro broto, os outros dois que nasceram poderiam prolongar ainda mais tais períodos. Era a parte boa. A única, na verdade.

Ela fez um gesto conclusivo com o pincel e ouviu do lado de fora a buzina de um carro. Foi até a janela para ver.

Congelou.

Era o carro dos Casanova.

Sem demora, a porta do motorista abriu, e Serena estava de pé, impecável em seu terninho lilás e calça de mesmo tom. A mulher espiou a casa de Ivana com desdém, até que seus olhares se cruzaram. A menina estremeceu. Mesmo distante, Serena conseguia transbordar a personalidade agressiva.

Ivana lembrou que a mãe de Dario prometera resoluções drásticas caso a garota não deixasse os Casanova em paz. Jamais imaginaria que Serena em pessoa pisaria em sua casa. A mulher fez sinal para que Ivana descesse, a expressão emburrada não era novidade. A menina saiu da janela, e foi até a porta.

— Não apronte nada, eu já volto — disse para Senhor Pipinho, que, alheio ao comentário, brincava com barbantes bicolores.

Quando Ivana pisou no primeiro degrau para descer, tomou outro susto ao ver que Solene estava a caminho do portão, cruzando o quintal com passos firmes: era o anúncio de tempestade.

Desceu a escada com rapidez, apertando o passo pelo quintal, mas a mãe já havia começado a falar:

— Eu posso saber o que você deseja na minha casa?

Serena fez um bico de reprovação, franzindo o cenho.

— Não espere que eu te convide para entrar, Serena — continuou.

— Não espero nada de gente como você, Solene. E pouco me interessa pisar em solo tão desprezível.

— Como você se atrev...?

— Vim dar um recado. — Ela aumentou o tom de voz, chamando atenção de alguns vizinhos. Ivana tinha alcançado a mãe e estava ao lado dela.

— Mãe, eu não sei o que essa mulher veio fazer aqui.

— Quieta, Ivana, eu cuido disso. — E se virou para Serena. — O que você veio dizer?

Solene apontou para os arredores, onde pelo menos quatro cabeças curiosas já haviam surgido. Serena entendera a mensagem. A mãe de Ivana sabia que a mulher fora falar do filho, mas aos olhos da província, Dario não existia. Obrigada a se calar, o que a deixava bastante furiosa, Serena respirou fundo e se aproximou do portão. Solene fez o mesmo.

— Pode se achar esperta, Solene, mas nós detemos todo o poder aquisitivo desta província — Serena sussurrou. — É bom que a sua filha nunca mais se aproxime de Dario, ou transformo a vida das duas em ruínas. Meu filho é tudo para mim, e não vou tolerar que...

— Ah, cala essa boca — cortou Solene.

— Como é?

— Eu disse para CALAR A BOCA, Serena! Você sabe bem onde colocar o seu *poder aquisitivo*. Não esqueça que eu tenho uma filha que... — Ela olhou em volta, certificando-se de que os curiosos não ouviriam — ... sofre o mesmo que o seu filho. Não pense que vai vir aqui na minha casa me afrontar, como se apenas você vivesse este inferno que vivemos há pouco mais de quinze anos.

Ivana recebia olhares destruidores de Serena, que em alguns momentos eram lançados para Solene.

— Se você acredita, de verdade, que seu status vai impor alguma coisa, está muito enganada. Até porque, se você se meter comigo, esta província inteira vai saber o que o meu marido e o seu fizeram naquele laboratório. Não vai sobrar uma única folha daquele seu jardim para contar história.

— Não vai sobrar nada dessa sua casinha também, e você ainda vai expor a sua filha.

— Eu aguento as consequências — ela proclamou. — O que você acha, Ivana?

— Acho... Eu concordo, mãe — a garota respondeu, surpresa por ser incluída na conversa.

Ivana se sentiu invadida por um orgulho repentino. Ver a mãe encarar a personalidade mais esnobe de Província de Rosedário era um espetáculo raro. Estava explodindo de excitação por dentro. Era visível que, se Serena pudesse, derrubaria o portão com um chute e se jogaria no chão com Solene até que o cabelo de uma delas fosse arrancado por completo.

— Vocês duas estão avisadas. Sua filha expôs meu filho. Três moradores da província viram ele no lago ontem. Se algo de ruim acontecer...

Solene se virou para Ivana, intrigada pela primeira vez na conversa.

— Que pessoas são essas, Ivana?

— Malina, Valentina e Alonso.

— E eles viram sua querida filha desaparecendo.

Foi o que desestruturou Solene.

— Entra, Ivana.

— Mas por...?

— *Entra, Ivana.*

Ela obedeceu, tensa. Ainda não sabia como lidar com a recém-descoberta do trio.

Não ouviu a conclusão do diálogo, mas conseguiu captar uma última fala de Solene, irritada:

— ... e só para você saber, aquelas esculturas são hediondas! — A mulher gritara, antes de o motor preencher o ar, colocando o carro em movimento.

Quando Ivana entrou em casa, tinha o coração na boca, tamanho era o nervosismo. Sua mãe devia a ela uma bronca pela fuga do castigo do dia anterior e, naquele momento, uma nova estava por vir.

Solene apareceu na sala, possuída de ódio. Deu um grito tão estridente que Ivana se encolheu, atônita. Então a mulher respirou fundo uma, duas, três vezes. Ainda uma quarta, quinta e sexta vez, com breves pausas. Por fim, recobrou o bom senso.

— Estes anos todos, minha filha, tive o cuidado de não te expor. E agora, por causa de um garoto, você joga tudo fora?

— Mãe, o Dario não é o motivo, ele é só o estopim! Você não percebe que a vida que eu levei até agora foi uma vida incompleta? Com hora para tudo, cercada de medos e receios? Dario me mostrou que pode existir mais do que isso, *que eu posso desejar mais do que isso*. E da mesma forma, eu o fiz perceber isso também.

— Sabe o que pode acontecer com a gente se essa história vazar na província?

— Seremos caçadas como bruxas?

— Não seja tão imaginativa. Provavelmente ninguém vai acreditar em três adolescentes, especialmente aqueles três.

— Então qual é o problema?

— O problema é que Província de Rosedário é pequena, e onde há fumaça, há o maldito fogo. Essas pessoas passarão o restante da vida com os olhos voltados para nós, esperando que algo atípico aconteça. E você sabe, diante da sua condição, qualquer coisa pode mesmo acontecer. E...

Só então Solene notou os brotos rosados.

— O que é isso? — Ela tomou o braço da filha, horrorizada.

— Eu não sei... Surgiram. Por isso tenho ficado mais tempo aqui, antes de desaparecer. Imaterial, mas existindo.

Solene levou as mãos ao rosto. Bufando de derrota, desabou no sofá.

— Mãe, não posso mais viver escondida, todos os sinais estão aí. Eu não vou parar. E gostaria muito que você estivesse ao meu lado.

— O que você me pede, Ivana, é uma loucura sem tamanho.

— Mãe, você me ama?

— Mas é claro! Que pergunta boba é essa? — Uma lágrima nasceu no canto do olho de Solene.

Ivana sorriu, também chorando.

— Mereço ser feliz, mãe. Esteja comigo, por favor. Mesmo se tudo der errado, esteja comigo. Eu não tenho mais medo do mundo lá fora, mas me apavora pensar que você não estará do meu lado durante isso tudo.

Abraçando-se, as duas choraram. Lágrimas de anos, carregadas de luta, dor, sofrimento, tudo que passaram até chegar àquele ponto. Lágrimas de liberdade, porque quando o abraço se desfez, Ivana era outra pessoa, e Solene também.

A mulher assentiu, e Ivana não soube dizer para o quê. Solene dialogara com a própria consciência por segundos, milésimos de segundos, e então se levantou, caminhando até um portal que dividia a sala do corredor.

— Você ainda tem a chave do laboratório de seu pai?

Diante da pergunta, Ivana não soube como agir, mas entendeu, ao ver o semblante calejado da mãe, que não tinha mais nada a temer.

— Vou buscar — disse, enquanto a mãe a observava subir.

Solene andava cansada, mal conseguia pregar os olhos. As noites eram sempre de solidão, uma companhia pontual. Passou a mão nos fios ondulados e loiros, respirando fundo. Não tinha mais controle sobre a filha, e aquilo era o que mais a desestruturava. Sabia que estava prestes a revelar uma informação importante e temia as consequências.

Deu um meio giro de cabeça na direção de uma das paredes, onde um retrato de Xenócrates estava pendurado. Era o único que ela mantivera à vista desde que ele se fora. Foi até ele, pesarosa, e tocou o vidro que protegia sua imagem, deixando as lágrimas rolarem.

— Fiz o que pude, Xeno. Fiz o que pude. Ela... Ivana é... — Com as mãos no rosto, chorou sem interrupção. — Nossa filha é jovem! Não merecia passar por isso!

Passou aos soluços. Um buraco no peito a devorava. Solene tirou o porta-retratos da parede e o pressionou contra a roupa estampada. Ficou alguns minutos abraçada ao objeto, como se ele pudesse reagir, como se Xenócrates pudesse abrir os lábios e dizer alguma palavra doce, ou mesmo esboçar um sorriso.

Mas era uma imagem velha de alguém que não voltaria. No fundo de sua alma, sabia que o perdera para sempre. O pior, no entanto, era o medo de perder Ivana também. Fazia muito tempo que as emoções de Solene não desabavam como acontecera naquele momento. Sua intuição de que seria apenas o início de um longo sofrimento a apavorava.

Ivana reapareceu, trazendo a chave. Carregava também o diário de Xenócrates, que trouxera consigo depois do que acontecera na tenda. Não tivera a oportunidade de falar mais sobre ele com Dario, e achou melhor mantê-lo perto de si. Quando percebeu que a mãe estava aos prantos, se apressou em ampará-la.

— Mãe! O que aconteceu?! — perguntou com alarde, se aproximando. Solene enxugou as lágrimas com embaraçosa rapidez, devolvendo o retrato à parede.

— Eu estou bem, não se preocupe.

— É claro que não está!

— Já disse que estou, Ivana — respondeu com a voz embargada, tornando a se sentar. Olhou com espanto o objeto nas mãos da menina.

— Mãe, lembre-se da nossa conversa — Ivana reforçou, diante da expressão de Solene.

— Certo, certo — Solene disse por fim, enquanto estendia a mão pálida recebendo de Ivana a chave.

— O que você vai fazer?

— Talvez você entenda o que é essa coisa de minhoca.

— Minhoca?

— É. E apesar de achar que seu pai era meio maluco, esse termo não foi ele quem inventou.

— Não entendo.

Solene fez um sinal para que ela a seguisse. Devorada de curiosidade, Ivana foi atrás da mãe pé ante pé pela casa, logo chegando ao lado de fora. Alguns passos depois, já se aproximavam da árvore de Senhor Pipinho. Continuaram a caminhar. Tremendo, Ivana viu Solene tangenciar a enorme roseira de caules rosados e parar na entrada do túnel. Inquietação na mãe, inquietação na filha.

— Mãe, não precisa fazer nada que você não queira.

— Preciso, se vou adiante nesta história. É lá embaixo que está a explicação, ou pelo menos parte dela, do que acontece com esta província.

Ivana quis perguntar, mas quanto mais tempo perdesse na superfície, mais demoraria para chegar ao laboratório.

— Deixe comigo. — Tomou a chave de Solene com delicadeza e ajoelhou, engatinhando pelo caminho de terra, tendo como cobertura as rosas. Refez os mesmos gestos de antes, até que um som grave e enferrujado ganhou força: o laboratório estava, outra vez, aberto. — Vem, mãe!

Solene ajoelhou e seguiu o tímido caminho. Quando chegou à entrada, viu que Ivana já havia descido a escada e a esperava lá embaixo. Engolindo coragem, a mulher desceu e tão logo se viu no claustrofóbico espaço, notou a respiração acelerar.

A sensação passou depois de um ou dois minutos.

— Será possível sentir o cheiro de alguém tantos anos depois de sua partida? — Solene perguntou mais para si do que para a filha; por um momento, se esquecera da presença de Ivana.

— Acho que não, mãe.

— Sabe, filha, seu pai vivia aqui embaixo. Desse jeito que você vê, sem janelas. Não existia ventiladores naquela época, e nem isso era impedimento para aquela mente desaparafusada. Xenócrates vivia pingando suor, e tenho certeza de que ele mal se dava conta disso. O mundo todo poderia acabar, mas se este laboratório restasse, ele ainda assim estaria feliz.

Solene deu passos hesitantes ao longo de uma das bancadas cobertas de poeira cinzenta, traçando um risco com o dedo de forma sutil. Era o jeito dela de sentir Xenócrates.

— Em dias muito turbulentos, venho aqui, converso com ele — revelou ao parar diante de um armário na parte de baixo, de fechadura idêntica à da entrada do laboratório.

Ivana acompanhava com atenção os passos da mãe. Viu quando Solene abaixou, encaixando a chave de metal com laço no segredo abaixo da bancada, destrancando a portinhola. Ela a abriu, e mostrou à Ivana o que dormia lá por anos.

Uma folha amarelada, miserável, reinava sozinha em uma das prateleiras daquela mobília. Presa apenas por um objeto pesado o suficiente para retê-la, poderia ser insignificante aos olhos de qualquer desconhecido. Só mais uma folha dobrada ao meio.

No entanto, aos olhos de Solene, era uma bomba na forma de celulose.

— Fiquei louca quando você fugiu do castigo, mas entendi naquele momento que era uma luta perdida. Comecei a repensar tudo, e a visita de Serena só reforçou meu pensamento. Toma. — Ela entregou o pedaço de papel para Ivana, que o pegou com avidez. — Não é fácil para mim, mas é a sua felicidade. Vou tentar ser uma pessoa melhor, ser a mãe que você merece. Só peço que tenha paciência comigo, minha filha.

— Você já é a melhor, mãe. — Ela sorriu. — Sei que você agiu com boa intenção. E quer saber? Talvez eu fizesse o mesmo se fosse a minha filha.

Solene deu uma risada feliz, ainda chorosa.

— Veja logo isso, quem sabe você entende.

— O que é?

— As últimas observações do seu pai antes de sumir. Ele me entregou e pediu que eu guardasse, mas eu deixei aqui, tentando ao máximo esquecer essa maluquice. Isso não pode ser real, pode?

— Não entendi.

— Veja você mesma.

Ivana abriu a folha. Outro desenho estampava o papel, e de imediato ela abriu o diário, vasculhando as páginas até encontrar. Colocando lado a lado página e folha solta, lá estavam eles de novo: os dois aros em lados opostos, conectados por um tubo estreito no meio. A legenda no diário, "B.M.", ganhava não apenas um nome na folha que Solene trouxera, mas também uma definição. Os aros recebiam os nomes "ponto A" e "ponto B". Era algo que Ivana nunca vira antes.

Buraco de minhoca
Quando um ponto A se conecta exclusivamente a um ponto B, no tempo ou no espaço, o tubo que os conecta leva um ponto diretamente ao outro. Mas um afunilamento nesse tubo representa uma distorção no continuum espaço-tempo e instabilidade em tudo que acontece nas extremidades A e B.

— O que isso quer dizer, mãe?

— Quer dizer que seu pai e Luan mexeram com uma coisa muito séria, minha filha. Estou falando de uma fenda dimensional, Ivana. Bem aqui, em Província de Rosedário. Tudo graças à obsessão dos dois pela ciência.

— Não entendi.

— Na época, achei que eles estivessem brincando, até ver as consequências. As pesquisas científicas do seu pai e do Luan foram longe demais. Uma das experiências consistia em criar gravidade artificial, e acabou por abrir uma fenda no tempo e no espaço. A partir daí, todos os nossos problemas começaram. Mas, claro, seu pai não era muito de compartilhar as coisas até ter resolvido, então não sei muito sobre isso.

Ivana continuava incrédula.

— Uma... *fenda dimensional*?

— Sim. Hoje, em algum lugar desta província, existe uma fenda dimensional que nos liga a algum outro lugar, mas que pode ser *qualquer lugar*, e em *qualquer época*.

— *Qualquer lugar*, tipo outro planeta?

Solene assentiu, e Ivana tremeu.

— Não tem como saber. Imagine que a gente esteja no ponto A. O ponto B está do outro lado e vai dar em algum lugar e em algum instante.

— Esse tubo entre eles é o caminho que liga os dois pontos, certo?

— Certo.

— Diz aqui que, se ele está distorcido, significa que está instável.

— Não faço ideia do que isso quer dizer, minha filha. Já disse que seu pai não dividia muito as coisas científicas comigo. O que aprendi é que esse tal continuum espaço-tempo é o conjunto das três unidades espaciais: largura, altura e profundidade em soma com o tempo, que é considerado uma quarta dimensão.

Ivana teve um lampejo. Folheou o diário, buscando outra vez a planta arquitetônica com o desenho losangular. Ao encontrar, a estudou: no centro, a geometria estava cercada pelo desenho do bebê — que, ela sabia, era a criança infausta —, a esfera e o smartphone.

— Por isso não encontrávamos nada sobre símbolos losangulares. Isso não é um símbolo, é o desenho da própria fenda dimensional.

Solene olhava para o papel, confusa, enquanto Ivana continuava:

— E já que essa planta arquitetônica é do laboratório de Luan, a fenda está lá dentro.

— Foi naquele maldito laboratório que seu pai desapareceu.

— Acha que meu pai foi engolido pela fenda?

— Quem sabe, minha filha...

— E o que será que aconteceu?

— Isso foi há quinze anos, Ivana. Se o seu pai entrou por aquela fenda, ele pode estar vivo, ou morto, em algum lugar do passado ou do futuro, neste planeta, ou em qualquer outra dimensão.

— Por que, mãe, esse tempo todo você nunca me falou nada?

— E como poderia falar, minha filha? Eu nem ao menos sei se isso tudo é coerente.

— Parece bastante coerente para mim. — Ela mostrou os brotos no antebraço.

— O que você vai fazer, minha filha?

— *Preciso* dividir isso com Dario. Vou até a mansão, mesmo que a Serena não me queira por perto. Eu e ele tomamos um caminho sem volta. Só precisamos descobrir onde fica esse laboratório. Será que fica... na Orvalha? — A menina teve um estalo, quase certa de que a empresa escondia mais do que os segredos de cultivos das rosas.

— Não — disse Solene. — O laboratório de Luan sempre ficou nos fundos da mansão. Era a única construção lá, além da piscina com a ilha e as esculturas de pedra.

Ivana forçou a memória.

— Mas não tem nenhum laboratório nos fundos da mansão, mãe. As esculturas e a piscina, sim...

— Não é possível, Ivana. Ficava em uma área desnivelada, ao lado da piscina. Lembro até hoje de ter que descer aquelas escadas longas para chegar até lá.

A menina continuou forçando a memória. E entendeu, assustada por nunca ter notado, que todo aquele tempo estivera tão perto...

— O observatório — concluiu, ainda incrédula e assombrada.

28

Céu que chora

Contrariada, mas a pedido de Solene, Ivana esperou pelo dia seguinte. A mãe achou que os ânimos na mansão Casanova precisavam ser acalmados, e a menina nem chegara a aparecer no lago, receosa de encontrar Malina, Valentina, Alonso ou a própria Serena. Notara, no entanto, que os novos brotos que surgiram tinham dado mais alguns minutos durante o processo de dissipação. Ela conseguira chegar até pouco antes das sete, e, embora o horário fosse considerado quase noite, o céu conspirava contra ela: nada de tons azuis-escuros, estrelas cintilantes ou lua brilhante no alto.

Mesmo sendo véspera de Natal, Ivana telefonara para Una e Ivo, pedindo com certa urgência que os amigos a encontrassem na entrada da mansão. Não tinha fornecido detalhes a nenhum dos dois, mas demonstrava uma alegria que os amigos perceberam com facilidade. Contar com Solene, ainda que por dentro Ivana fosse um poço de aflição, era reconfortante. Ter a mãe como aliada renovou suas forças como ela nunca esperaria.

Depois de retirar os curativos dos machucados que ganhara nos campos de cultivo, olhou seu velho companheiro, o relógio azul de pulso: três e meia da tarde. Foi até o quintal e avistou Solene descendo a escada do ateliê e trazendo consigo um embrulho grande e fino, com um laçarote vermelho fosco, cruzado através do formato retangular. Ivana sorriu.

— Ficou lindo, mãe.

— Embrulhei hoje cedo, antes de você acordar.

— Ele vai adorar.

— É a obra mais linda que você já pintou, minha filha.

Ivana precisou segurar as lágrimas, e Solene tentava fazer o mesmo. *O beijo* estava finalizado, e chegara a hora de entregar a Dario. Era o seu momento de fazer a surpresa.

— Ivana, minha filha, tenha cuidado. *Muito cuidado*. Você já viu o que aquela mulher é capaz de fazer. E tem aqueles três também...

— Vou ficar bem, mãe. Minha preocupação maior é com Dario e tudo isso que você me contou. Ele precisa saber o quanto antes. O resto é o resto.

Solene segurou a cabeça da filha e a beijou na testa.

— Você não quer ir comigo, mãe?

A mulher ficou surpresa pelo convite, sorrindo com ternura pela inclusão.

— Eu estou e estarei sempre com você, minha filha, mas só você pode fazer isso. Além do mais, uma mulher da minha idade só atrapalharia.

— Tem certeza?

— Tenho. Vá de uma vez. O tempo é precioso para todos, mas para vocês dois, é um tesouro de valor indefinível.

Tomando em mãos a tela embrulhada, Ivana deu um beijo no rosto da mãe, sentindo um aperto no coração que nunca experimentara. Solene a envolvera no abraço maternal mais demorado dos últimos dezesseis anos. Nem mesmo quando bebê ela lembrava de ter enlaçado Ivana com tanta força entre os braços. Uma fungada e Solene estava chorando.

Ivana teve dificuldade em conter o rio de lágrimas que estava prestes a transbordar de seu interior. Seguiu o caminho, passando pelo quintal, e chegou ao portão. Deu uma última olhada em Senhor Pipinho, que brincava na gaiola invertida, soprou um beijo no ar para a criaturinha e ganhou a liberdade da rua.

Músicas em coro podiam ser ouvidas em uma casa e outra, injetadas pelo espírito natalino. Aromas distintos, desde o açúcar caramelizado até o assado de alguma ave sem sorte. Ivana inspirou cada um, enquanto tentava ignorar as batidas aceleradas do coração, impulsionadas a cada passo na direção da mansão Casanova. Resolveu cortar caminho por uma rua mais estreita e deserta, pensando em poupar tempo. Não sabia o que encontraria ao chegar à casa de Dario e precisava de todo o tempo disponível para revelar ao garoto o que sabia. Se o observatório era mesmo o antigo laboratório de Luan, então eles precisavam entrar no lugar o mais rápido possível e encarar a tal fenda dimensional que havia em seu interior. Aproveitaria a oportunidade assim que chegasse à mansão e estava decidida a enfrentar mil Serenas se fosse preciso.

Ela freou ao perceber, tarde demais, que seu caminho estava bloqueado por três pessoas. Por instinto, segurou a tela com mais força.

MalValAlo.

— Você tem tanta coisa para explicar, Ivana... — disse Malina, tomando a iniciativa de se aproximar.

Ivana deu um passo atrás.

— Nem pense em correr. Somos três, e você ainda está carregando isso aí — avisou Valentina. — Aliás, o que é isso?

— Saiam do meu caminho.

— Se eu não sair, você vai fazer o quê? Me atravessar como um fantasma? — Malina riu, e Valentina a acompanhou. Alonso permaneceu sério.

— Malina, saia, eu não posso perder tempo.

— Nem eu. Não perco mais o meu tempo com você. Sempre achei você estranha. No fim, você não era tão sonsa como eu pensava. Você escondia um segredo!

— E chegou a hora de contar para a gente! — Valentina completou, com escárnio.

— Não tenho o que dizer, o que vocês viram é real. Agora, se me dão licença, eu preciso ir. — Ela forçou um passo à frente, mas Malina não deixou. Valentina tomou a obra da mão de Ivana, que estufou os olhos de horror.

— Me devolva isso *agora*!

— Me dá isso aqui — ordenou Malina. — Pelo jeito, tocamos em um ponto sensível da nossa santinha.

— Me devolve, Malina! — Ela tentou avançar, porém foi impedida por Valentina, que a empurrou. Ivana encarou Alonso com olhos de piedade, buscando suporte.

— O que você esconde? — perguntou o garoto, mas Ivana não teve tempo de responder.

— Vamos ver se você é boa pintando — zombou Malina ao puxar o laçarote com força e rasgar uma parte do embrulho, para o horror de Ivana. Valentina se ocupou do restante, puxando com grande interesse o papel sedoso.

— PAREM! ME DEIXEM EM PAZ! — Ivana gritou, ficando de pé. Avançou, mas foi empurrada outra vez.

Malina olhou a pintura, avaliou os tons.

— Então é isso que você pinta?

— Esperava mais dessa porcaria — desdenhou Valentina, dando um tapa na tela, que caiu com a pintura virada para o chão.

— Chega — falou Alonso.

— Você fica quieto, Alonso — advertiu Malina, pisando com força na tela.

O impacto da investida rasgou a imagem ao meio, e Ivana deu outro grito. O misto de fúria e tristeza dentro dela era colossal. Novos chutes vieram depois, e a cada golpe, pedras e poeira se misturavam aos fragmentos de *O beijo*.

Ivana se aproximou, ajoelhando diante da obra, em choque. Ela abraçou o que sobrara da pintura que havia feito com tanto amor e que tanto a inspirara. Idealizara por dias a entrega do presente para Dario, imaginara a reação que o menino teria. Ela explicaria o conceito, tudo que ele representava para ela, e o quanto era grata por ter sua vida modificada.

Tudo destruído.

Ivana desabou em lágrimas, apertando contra o peito um pedaço amarelado da tela.

— Isso é por me expor na frente da minha irmã. Sabia que ela falou para mim que ficou desapontada comigo por eu ter pegado o diário? Sabe o quanto foi humilhante? — vociferou Malina.

— E tive que fingir que fui eu que quebrei o vaso — disse Valentina. — Levei uma surra da minha mãe. Mas preferi isso do que falar a verdade. Ela teria ido até a sua casa conversar com a sua mãe, e isso nem de longe seria o bastante para mim. Preferi eu mesma dar o troco. Hoje você não escapa da gente!

— A pintura era para aquele garoto que estava no lago ontem, com a Serena Casanova? Quem é ele? — perguntou Malina.

Ivana só tinha olhos para sua obra destroçada.

— Ela falou com você, Ivaninha — reforçou Valentina. — Por isso você tinha aquele lenço, não é? Aquele menino é seu amigo?

— Aposto que é um namoradinho, e pela reação daquela maluca da Serena, ela não deve ter gostado nadinha de ver os dois juntos.

— É — concordou Ivana, limpando o nariz e secando o rosto com a barra do vestido. — É exatamente isso. Agora... me deixem em paz.

Malina notou os brotos no antebraço de Ivana e abriu uma expressão de espanto.

— *O que é isso aí?*

Os olhares de Valentina e Alonso convergiram para a pele rompida.

— ME DEIXEM EM PAZ! — Ivana gritou.

Valentina se aproximou, tentando puxar um broto da pele de Ivana, que reagiu e acabou acertando uma cotovelada no tórax da menina. Valentina caiu de joelhos, espantada e pressionando com força o ponto atingido.

— A província inteira vai saber que você é uma aberração. Todo mundo vai saber o que se esconde por trás dessa máscara de anjo! — berrou Malina.

— Sai da minha frente, Malina!

— Escuta aqui, ô biscate invejosa, não ouviu a minha amiga, não? — A voz de Ivo cortou o ar e soou como uma melodia divina para os ouvidos de Ivana.

O menino estava um caco; olheiras escuras, pele ainda mais magra e ossuda. Ofegante, tinha arrancado o curativo feito depois da briga com Alonso. Havia uma expressão séria em seu olhar que Ivana nunca vira antes. Que nenhum dos outros vira.

Ao lado dele, Una. A menina baixinha correu até Ivana, passando por MalValAlo com o peito estufado e a feição enfurecida.

— Como vocês puderam...? Desgraçados!

— Eles destruíram, Una... Destruíram!

— Calma, Iv, calma. Você estava demorando muito, e como o Ivo me contou sobre o caderno e o diário, achamos estranho. Você não é de se atrasar. Ouvimos seu grito e chegamos aqui. Ainda bem, assim ninguém mais vai mexer com você. — As duas ficaram de pé.

— Se acha muito valentona, cabelo azul?

— Cala essa boca, Malina. Só não vou dar um tapa nessa sua cara porque o nosso tempo é curto.

Ivana se virou para Alonso.

— Achei que você fosse legal. De alguma forma você me ajudou, ainda que eu não saiba o que significa aquilo lá no fundo do lago.

— Do que ela está falando, Alonso? — perguntou Malina enquanto ajudava Valentina a se levantar.

— Se você sabe de alguma coisa, a hora de falar é agora, Alonso. Me mostre que estou errada a seu respeito — pediu Ivana.

Ele a encarou, estava incomodado.

— Você é a criança infausta, não é? — ela insistiu.

Ele continuou sério, encarando-a.

O céu rugiu tão alto que todos se assustaram, uma tempestade estava se formando. O azul fora substituído por um cinza tão chumbado que os seis sabiam o que significava.

— A chuva sombria está se formando — anunciou Ivana. — Eu sabia. Alonso, é mesmo você, não?

Alonso relutou, mas acabou falando:

— Não.

Ivana sentiu a mão de alguém em seu ombro.

— Sou eu, Iv.

Era a mão de Ivo.

— Me desculpe — continuou o garoto, soluçando uma vez. — Eu sou a criança infausta.

Ivana se virou para o amigo, incrédula. Una compartilhava o mesmo sentimento, Malina e Valentina tentavam entender o que estava acontecendo. Alonso permanecia sério.

— Eu sempre soube que a chuva sombria era responsabilidade minha. Ela cai quando eu choro. Quanto mais forte o pranto, mais torrencial a chuva.

— Por que você nunca me contou? Você sempre soube dos meus segredos, compartilhei a minha condição com você desde pequena...

— O seu problema é só seu, Iv. O meu causa sofrimento para os outros. Você viu como a seiva das rosas pode fazer mal a alguém. A chuva faz o mesmo, potencializada muitas vezes mais.

Ivo respirou fundo. Malina tentou dizer algo, mas foi cortada por Una com um gesto de silêncio.

— Quando percebi o tamanho desse mal, passei a não chorar mais. Foi difícil controlar o choro ao longo dos anos, mas chega uma hora que a dor se torna tão presente que você fica anestesiado.

— Então a última vez que você chorou foi há quatro anos.

— Quando viu o menino da capa — disse Una. — Seu amor platônico.

O céu retumbou outra vez, e Ivo segurou as mãos de Ivana.

— Iv, me desculpe, eu não sabia que ia me apaixonar. Eu nunca poderia imaginar.

— Por que está se desculpando?

— Nunca achou esquisito o Dario percorrer a província sem ser visto? Ele conseguia disfarçar a silhueta usando uma capa. Iv, o menino misterioso por quem me apaixonei é o Dario.

Ivana franziu a sobrancelha confusa.

— Sinto muito, Iv, mas não pude evitar, eu me apaixonei por ele também.

A expressão geral era de assombro. Ivana abriu um sorriso.

— Está tudo bem, a gente não manda nas coisas do coração, né? Olha como eu fiquei quando conheci o Dario... Não se culpe. Além disso, tem algo mais importante. Se você é a criança infausta, então você descobriu... — Ela fez uma pausa, chocando-se com a descoberta — que você é adotado...

— Naquele dia do observatório... fiquei sem chão. Minha vontade foi de chorar *na hora*. Minha mãe era a diretora daquele orfanato, e eu mesmo fui o responsável pela... pela...

— Você não foi responsável por nada. Eu te conheço e sei da sua índole — afirmou Ivana. — Você nunca me disse que ela foi a diretora de lá.

— Eu descobri mais dessa história junto com vocês, *graças a você*.

Una, mesmo espantada, conseguiu falar:

— Por isso as nuvens se formaram tão rápido. Era mesmo um anúncio da chuva sombria, então.

— Eu consegui conter, são anos de prática. Estranhamente, também nunca senti muita fome ou sede na vida, porém, depois dos últimos dias, tenho comido e bebido bastante. Se é coincidência ou não, Iv, não sei, mas isso começou quando esses brotos romperam da sua pele.

Ivana olhou o antebraço, as plantas estavam lá.

— O importante é você ficar bem.

— Não está chateada comigo?

— Claro que não! — Ela deu um abraço apertado no menino, que sustentava o peso das lágrimas contidas.

— Sinto muito... sinto tanto! — Ivo fungou, o esforço perto de sucumbir.

— Seja quem for esse tal Dario, ele não é o garoto que você viu há quatro anos. — A voz grave de Alonso cobriu as demais. — Sou eu. E recentemente também. Eu tenho investigado essas coisas estranhas na província faz anos. Fui eu quem você encontrou naquela noite, Ivo.

Ivana e Una só não estavam mais estarrecidas que Ivo, que mantinha os olhos nos traços brutos do rosto de Alonso. O garoto reuniu forças para sair do choque:

— Você me disse para ir para casa, que a chuva sombria iria cair, e nem mesmo sabia que eu era o responsável. Por que se preocupou?

— Somos mais parecidos do que você pensa.

Ivo franziu a testa, e Alonso continuou:

— Sou eu que ando por aí de capa para não ser reconhecido. É melhor que as pessoas acreditem que sou um cara fechado e sem cérebro, assim ninguém me incomoda.

— Mas você é um sem-cérebro — disse Valentina.

— Cala a boca, sua fofoqueira rasa — Alonso rebateu.

Una deu uma risadinha contida e inesperada.

— Nunca tiveram a sensação de que às vezes o tempo demora a passar aqui em Província de Rosedário? — perguntou Alonso.

Malina e Valentina se entreolharam e negaram com a cabeça, embora ninguém tenha dado atenção.

— Nunca — respondeu Ivana.

— Tem algo errado acontecendo aqui, e tem a ver com aquelas rosas de caule rosado. Não entendo ainda o problema, mas quando você, Ivana, foi me procurar, vi que mais alguém estava seguindo a mesma pista que eu... que você poderia me ajudar, por isso te falei do lago, da cabeça de estátua e do ônibus espacial.

— É uma fenda dimensional. Aqui, na província — Ivana revelou.

— O quê? — Una e Ivo perguntaram, quase ao mesmo tempo, e Alonso também se surpreendeu.

— Está no antigo laboratório de Luan, onde agora fica o observatório de Dario. Eu preciso ir até lá. Não sei muito mais do que isso — falou a garota, voltada para os dois amigos.

— Isso também tem a ver comigo, então vou junto — disse Ivo. Uma lágrima escura escorreu pelo rosto. — Não vou mais conseguir segurar... Iv, eu estou tão triste, mas tão triste... Eu não queria que isso acontecesse.

Outro ruído se alastrou pelo céu, o burburinho das pessoas apavoradas era fácil de perceber. As nuvens entrelaçavam-se, obscuras em algumas partes.

— Fujam! — pediu Ivo.

— Não sem você — disse Ivana.

Foram as três palavras que destravaram a contenção de Ivo. Anos e anos de choro sufocado, de dores abafadas. O rosto fora tomado por um líquido imundo, escurecido; era o retrato da devastação.

Gotas pretas caíram do alto, pouco a pouco. Malina e Valentina correram, desesperadas por proteção. Una ficou apreensiva, Ivana ficou imóvel, mas preocupada com os outros. Ela não sofria o efeito da chuva, porém todo o restante da província, sim. E Ivo estava mergulhado em desespero.

O garoto caiu de joelhos, lamentando alto, enquanto Ivana se ajoelhava em sua frente.

— Eu estou aqui! Não chore mais, Ivo. Por favor! Estamos juntos! — Uma gota pingou em seu ombro e escorreu como outra qualquer.

Alonso se aproximou, pedindo a Ivana que se afastasse. Ele segurou Ivo pelos braços e o colocou de pé outra vez.

— Não chore mais.

Ivo o encarou, desorientado.

Foi beijado.

Aquele fora o momento em que a chuva caiu com mais força.

Ivana se deixou encharcar pelo líquido preto, enquanto Una buscou algum toldo aberto para evitar o contato direto, conseguindo encontrar um que estava cheio de rasgos. Mesmo protegida, alguns respingos fizeram sua pele arder.

Ainda que estivesse banhado pela água escura, Alonso não soltou Ivo. Continuou envolvendo-o, puxando-o para si. O menino retribuiu o abraço e o beijo enquanto chorava toda sua vulnerabilidade. A chuva tornou-se mais forte, criando caminhos de água corrente pelas ruas de pedra.

Ivana olhou para Una.

— Vai, Iv! Eu me viro! — disse a amiga.

Ivana hesitou, mas precisava avançar em seu caminho. Sorriu para a amiga, que assoprou um beijo tenro no ar, e correu com todas as forças na direção da mansão Casanova. Pisava em poças lamacentas, enquanto a água escura tingia seu corpo. O relógio parara de funcionar, e a segunda pele estava imunda.

Ivana correu como se toda a sua vida dependesse daquilo.

E dependia.

Deixou tudo para trás na busca por sua felicidade.

Viu uma última vez Ivo e Alonso.

Eles continuavam unidos debaixo da chuva abundante.

Ainda se beijavam.

29
Trovões e tremores

O som de um trovão ecoou pelas ruas e becos. Quando uma guirlanda de aspecto podre passou ao seu lado arrastada pelo vento, encharcada pela água escura, Ivana percebeu que o mundo desabara em Província de Rosedário. Aos poucos, via o cenário e o clima natalino escorrerem pelos bueiros, tanto quanto os objetos que eram arrastados pela correnteza, que de forma gradativa inundava a província.

Ivana mal se deu conta do momento em que suas roupas e acessórios ficaram pelo chão, menos de três minutos depois das cinco daquela tarde. Confirmou que, de fato, não havia mais um padrão de horário para a dissipação. Corria pela rua de pedra com velocidade desesperadora, gritando o nome de Dario algumas vezes. Àquela altura, as poucas cabeças que ainda eram vistas se arriscavam para fechar janelas, portas e toldos.

Chegou à Praça do Poço, minada por piscinas tão malditas quanto a chuva. Frutas, flores, cestos e até bicicletas foram conduzidos pela água. Um pequeno rio começava a se formar em um quarteirão distante. Ela encarou a mansão Casanova do outro lado. O cabelo loiro tornara-se quase preto, e suas mechas cor-de-rosa mal eram notadas.

Tomou fôlego e cruzou o lugar, parando na frente do portão. Sentia os pulmões explodirem a cada chamado desesperado por Dario, mas a passagem continuava fechada. Não tinha tempo a perder. Então se lembrou de que estava em seu momento fantasma e poderia transpassar a entrada. Se os Casanova reprovariam a atitude quando descobrissem, ela não se importava mais.

Ivana avançou por entre as barras de ferro. Do lado de dentro, continuou a intensa e frenética corrida pelo jardim, enquanto observava um show de horrores verde-escuro e preto. Passou pela fonte e chegou à frente da mansão. Encarou as janelas, mas não viu a silhueta de qualquer um dos Casanova ou dos funcionários.

— Dario!

— Estou aqui! — A voz do menino correspondeu, vinda da lateral da construção.

Ivana seguiu o som e o encontrou, também imaterial, no caminho.

— Vem comigo, não podemos ficar aqui!

— Por que não? — Ivana perguntou, enquanto corriam até os fundos da mansão.

— Te explico assim que você se esconder — respondeu, olhando para os lados.

— O que está acontecendo, Dario?

Ao chegarem, ela notou que a piscina com ilha se tornara escura, as esculturas estavam imundas, assim como a roseira. Das paredes do observatório ao lado escorria a água intimidadora.

— Do que estamos fugin...? — Ivana começou a perguntar, mas de imediato engoliu a fala.

Deu um passo atrás, assustada com um homem que surgira pela porta dos fundos. De pele e sardas iguais às de Dario — exceto pelo fato de que não brilhavam —, seu porte e altura inspiravam respeito. O cabelo bastante grisalho denunciava um envelhecimento precoce para um homem de meia-idade. Um dos braços, encolhido próximo ao corpo, cumprimentou Ivana com um aceno. Era Luan quem se aproximava dos dois. Logo atrás estava Serena, com um semblante que Ivana julgou ser pior do que todos os outros que já tinha visto na mulher.

— É um prazer te conhecer finalmente, Ivana — disse o homem.

Ainda sem palavras, não conseguiria responder mesmo que tentasse, porque Serena avançou na direção dela, bufando.

— Quem você pensa que é para pisar nesta casa, sua atrevida? Eu avisei que não iria mais tolerar suas intromissões!

— Mãe, calma, por favor! — Dario interveio, ficando entre as duas.

Bernarda, Ari, Beatrice e Chiquinha surgiram pela porta em seguida, às pressas, confusos com o que acontecia.

— Desgraçada! — vociferou Serena. Dario nunca vira a mãe tão furiosa.

— Serena, fique calma — soou a voz de Luan, sóbria.

— Você não me dê ordens, Luan! A única coisa que você me causa é desgosto — retrucou, se virando para o marido.

Luan devolveu o olhar, o semblante ainda equilibrado.

— Dona Serena, se acalme, por favor — pediu Bernarda, e Beatrice reforçou em seguida.

— Você trouxe a desgraça com você! — Tornou a virar para Ivana, ignorando as funcionárias. — E olha o que fez com Dario! — Serena apontou para o filho, e só naquele momento Ivana percebeu o que acontecera no corpo do menino.

Dario tinha mais brotos espalhados pelo tórax e pelas costas, ao longo da cicatriz. Alguns também apresentavam botões de rosa fechados, e um outro mais avançado, que estava murchando.

— Não finja que não ouviu! — Serena expulsou o ar com força ao ser ignorada.

— Eu não tenho culpa — Ivana respondeu, por fim.

— *Todos* vocês têm culpa. *Todos!*

— Não temos tempo para isso agora, Serena — Luan alertou. — A chuva está fora de controle, precisamos fazer alguma coisa o mais rápido possível.

Serena bufou em uma risadinha desdenhosa. Deu alguns passos para trás a fim de visualizar todos em seu campo de visão.

— O que você precisa fazer não me interessa. Só sei que *eu* vou sair desta casa imediatamente.

— Dona Serena, escute o senhor Luan, por favor. Em todos estes anos, nunca vi a chuva cair como está acontecendo agora — disse Chiquinha.

— Vamos todos para um lugar seguro, dona Serena — pediu Ari.

— Se continuar assim, ela vai inun... — Beatrice começou a falar, mas foi cortada.

— Calem-se! — gritou Serena.

Uma vibração leve se irradiou pelo chão, fazendo com que todos se entreolhassem, confusos.

— Isso foi um tremor de terra ou eu estou ficando maluca? — Ivana perguntou, temendo já saber a resposta.

— O que está havendo? — Dario questionou, observando o chão.

— Temos que ir! — Luan respondeu, mudando o tom de voz. Não era raiva, como demonstrava Serena. Era preocupação. E ouvir aquilo desestabilizou Ivana mais do que a fúria da mãe de Dario teria conseguido.

— Você vem comigo. — Serena apontou Dario com a cabeça.

— Não, mãe... — Dario hesitou. — Não posso. Eu preciso ficar e...

— Não me desafie, Dario! Não é você quem manda aqui.

— Mãe... eu não posso ir. Não *quero* ir — ele reforçou, com um olhar apreensivo pela falta de compreensão da mãe.

— Você vem comigo, nem que eu precise esperar você ficar sólido para te arrastar.

— Dario não vai a lugar algum e você também não — Luan pontuou.

Serena fez uma careta, descrente.

— O que você vai fazer, Luan? — Ela estufou o peito, aproximando-se dele.

Ela o encarou com profundidade, mas Luan sustentou o olhar.

— Temos que fazer alguma coisa *agora*, Serena.

— Vá e faça. Não me inclua nisso nem inclua o meu filho.

Nosso filho, pensou, Luan, porém não era o momento para correções daquela natureza. Afastou-se, erguendo o braço que não estava encolhido junto do corpo, pedindo a Ari que o entregasse um guarda-chuva grande e branco que o funcionário tinha trazido quando saíra.

— Você não tem medo do que pode acontecer com a mansão ou nos arredores, não é? — Serena inquiriu.

— Mas é claro que tenho medo. Por que você acha que estou dizendo que precisamos fazer alguma coisa?

— Você é um irresponsável! Em vez de sair daqui, quer... Quer se afundar ainda mais no problema. Só não me leve com você. E nem o Dario! — ela disse, a histeria tomando conta.

— CHEGA, SERENA! — Luan gritou, para espanto de Dario e dos outros. — Todos estes anos você se consumiu no ódio pelo que aconteceu, com raiva de mim e da família de Ivana, mas assumo essa responsabilidade. Eu e apenas eu!

— Você e o pai dela eram inseparáveis. Digo e repito: a culpa é de todos vocês — disse com amargor. — Mas foi você quem mais me decepcionou. Estragou a minha vida. Todos os meus planos e sonhos foram para o lixo porque você foi brincar de cientista.

— Eu *sou* um cientista. Me respeite! — ele ordenou. — Você ficou aqui porque quis.

— Porque quis? Nós temos um filho! O que eu deveria fazer? Sair por aí com uma criança que aparece e some, sem saber como lidar, correndo o risco de expor o Dario?

— Ah, agora *nós* temos um filho? Há dois minutos você falou como se apenas você fosse responsável por ele.

— Pai... Mãe... Chega, por favor — Dario pediu, desnorteado pela discussão.

— Dario e Luan têm razão — disse Ivana. — Se temos que sair daqui ou ficar e fazer alguma coisa, então não podemos perder tempo.

— Cale a boca, menina, *cale-essa-droga-de-boca!* — Serena a encarou, os olhos arregalados.

— Dona Serena, por favor! Essa chuva...

— *Essa chuva* o quê, Bernarda? Dane-se ela, danem-se todos. Nenhum de vocês presta. Sempre cúmplices do Luan, sempre acobertando os erros dele! E sempre protegendo aquele menino que trouxe desgraça para este lugar.

Ivana se inflou. Até poderia tolerar, em respeito a Dario, as grosserias de Serena. Mas permitir que alguém falasse de Ivo...

— Não abra essa boca para dizer nada do Ivo. Na-da! — ela declarou, e Serena se espantou ao vê-la falar daquela forma.

— Você ainda não sabe, não é? — Serena perguntou.

— Saber o quê? — Ivana questionou.

Serena deu uma risadinha de desdém e não respondeu. Olhou para Luan com deboche. Outro trovão rasgou o céu, mais forte.

— Vamos, Dario. Vocês que fiquem, se quiserem.

— Eu não vou, mãe — Dario respondeu.

— É uma ordem — ela reforçou.

— Filho, a decisão é sua — afirmou Luan. — Não vou te obrigar a ir com a sua mãe.

— Não, a decisão é minha. Dario não tem idade para decidir nada.

Luan fez menção de falar, mas o menino se adiantou:

— Mãe... — Sua voz soou melancólica. — Já sofri muito por causa disso. Imagino o quanto foi difícil para você, mas foi ainda mais para mim. Se coloque no meu lugar por um momento. Pelo menos uma vez na vida.

Serena se ofendeu.

— Tudo que eu fiz foi me colocando no seu lugar. Sempre pensando no que seria melhor para *você*. — Lutou para segurar uma lágrima que insistia em se formar.

— Sua visão do que é melhor para mim não necessariamente é melhor, de fato. Não posso mais ignorar o ponto a que as coisas chegaram. Por favor, não me faça escolher.

— Seu pai ou eu, Dario? — Ela engoliu em seco, uma vontade de gritar sufocada.

— Não faça isso, Serena... — Luan pediu. — Ele e Ivana precisam ficar. Você sabe muito bem o porquê.

— seu pai ou eu? — Ela elevou o tom.

Dario ficou em silêncio.

E foi a pior resposta que Serena poderia receber.

A lágrima escapou, ao que ela assentiu.

— Vamos para o observatório — Luan cortou.

Aquele foi o momento em que Serena rachou. Possessa, avançou contra o marido, descompassada, urrando de fúria. Parou assustada ao ouvir um grito. Uma ordem, que engoliu todos os sons em volta.

— JÁ CHEGA! EU GUIO A MINHA VIDA! — Era Dario. Raiva e choro se misturavam ao rosto do menino.

Serena estacou, incrédula. Dario nunca tinha agido daquele jeito. Era o ápice da falta de respeito. Houve um breve instante de silêncio, em que apenas era possível ouvir o som da chuva sombria caindo e caindo e caindo. A mulher deixou os ombros despencarem, assim como as lágrimas que borraram sua maquiagem.

Vencida, piscou devagar, antes de falar a esmo:

— Se é assim que vocês desejam, então sigam em frente com esta loucura.

Arrasada, Serena se virou, caminhando na direção da entrada da mansão.

— Para onde você vai? — perguntou Luan, preocupado.

— Cansei de proteger vocês e ser interpretada de forma errada — ela concluiu, sumindo porta adentro.

Pouco depois, um som de chaves os alcançou, e Luan entendeu o que significava.

— Serena vai pegar o carro. Bernarda, Ari, Beatrice e Chiquinha, por favor, vão atrás dela. Fiquem com ela mesmo se forem maltratados. E peço perdão desde já por isso, mas Serena não pode sair assim pela província com o mundo caindo lá fora.

Bernarda assentiu.

— Não saiam do lado dela, em hipótese alguma — o pai de Dario reforçou.

Ivana, Dario e Luan viram os quatro funcionários sumirem pela porta. Lanças pareciam perfurar o coração do menino, tamanhos eram a dor e a tristeza pelo que acabara de acontecer.

— Vamos, Dario, vamos. — A voz de Ivana soou com ternura, e aquilo o acalmou um pouco.

— Pai, por que você disse que eu e a Ivana precisávamos ficar? — Dario perguntou, mas antes que o pai pudesse responder, o chão vibrou outra vez, ele sentiu o corpo fraquejar e cambaleou.

— Dario, o que houve? — Ivana se apressou em ampará-lo, no entanto foi inútil diante da condição imaterial dos dois.

E antes mesmo que se desse conta, ela também deu passos trôpegos, desorientada por uma onda de tontura repentina.

O horror estampou a face de Luan.

— Não podemos perder mais um minuto. Vocês conseguem andar? — indagou, atento.

Ivana puxou o ar com força e Dario fez o mesmo. Um instante depois, estavam eretos.

— Passou. Não sei o que foi isso, mas passou — ela informou.

— É... foi só uma tontura súbita. Está sob controle, pai — Dario reforçou.

— *Nada* está sob controle. Venham comigo! — Luan deu passos apressados, abrindo o imenso guarda-chuva branco, que logo se tornou imundo ao contato com a chuva que desabava.

Às pressas, Ivana, Dario e Luan seguiram para o observatório, o som do motor do carro de Serena misturando-se a mais um trovão, que insistia em retumbar.

30
Atrás daquela porta

— O senhor... Então eu estava mesmo certa, você me viu saindo daqui duas vezes — Ivana disse, de repente, enquanto davam passos largos na direção do observatório.

Luan assentiu.

— Bernarda, assim como Ari, Beatrice e Chiquinha, ajudou vocês porque eu pedi. Apenas observei dos bastidores e exigi sigilo para que Serena não descobrisse. Como você acabou de ver, ela é uma mulher de temperamento forte.

— Nem me fale — respondeu a menina, lembrando-se do que acontecera no lago dos Mil Olhos.

— Eu não sabia — Dario falou. — Mas explica o motivo de você ter entrado e saído daqui sem problemas, Ivana.

— Se Serena soubesse, ela atrapalharia a busca de vocês. O maior problema, no entanto, é que ela poderia fazer uma loucura que afetasse vocês dois ou até ela mesma.

— Não entendi — disse Ivana.

— Vocês vão entender em instantes — Luan respondeu, os olhos fixos no local à frente.

A passagem até o observatório também apresentava a água escura em torno da plataforma onde outrora Ivana e os outros tinham desfrutado o banquete.

Quando chegaram, Luan puxou uma chave de metal do bolso da calça vincada e se aproximou de uma das paredes. Olhou de perto a água que escorria e afastou com a chave uma planta que forrava a alvenaria, revelando uma fechadura rústica.

— O buraco de minhoca... A fenda dimensional está mesmo aqui? — perguntou Ivana.

— Como é? Que história é essa de buraco de minhoca? — Dario olhou para o pai, sem entender.

— Não sei como você descobriu, mas, sim, o buraco de minhoca está aqui. Seu pai era um homem inteligente, o encontrou sozinho, sabia? Ainda que a fenda tenha sido aberta por uma experiência em conjunto comigo.

— Bem que achei aquele desenho familiar — comentou Dario. — Mas nem passei perto de descobrir.

— É como um buraco negro? — Ivana perguntou.

— Semelhante — o menino se apressou em responder. — Esses fenômenos que formam as fendas dimensionais no continuum espaço-tempo são parecidos. Existe uma concentração de massa muito grande que gera uma força gravitacional intensa, podendo *dobrar* esse espaço-tempo.

— Então a culpa é da gravidade?

— A culpa é nossa — disse Luan. — Tentamos simular uma alta gravidade em um espaço delimitado e acabou dando errado.

— Só consigo pensar em buracos negros — declarou Ivana.

— Buracos negros não necessariamente se ligam a alguma coisa. Você pode cair nele e vagar pela eternidade. Fora que obrigatoriamente concentram uma gravidade altíssima, que é o que arrasta a pessoa para dentro dele. Se fosse esse o caso da fenda dimensional, ela teria engolido tudo em volta logo que surgiu. Ainda que também exista gravidade no buraco de minhoca, seu teor aumenta apenas no momento da formação da fenda em si, ficando bem mais fraca depois — Dario explicou.

— Vejo que anda levando a sério seus estudos de astronomia — disse Luan, com certo orgulho.

Dario sorriu.

— Imagino que o senhor também não tenha nos falado sobre isso por causa da Serena, né.

Luan assentiu.

— Bernarda me reportou o pouco que conseguiu, e Serena estava sempre por perto, então não conseguiria ter uma conversa tão longa e delicada com meu filho sem que ela desconfiasse. Quando descobri que vocês se reencontraram recentemente, deixei que a natureza seguisse seu curso e que vocês buscassem as respostas. Além de ser direito de ambos, achei que pudessem ter mais sorte do que eu e Xenócrates tivemos na época em que nós mesmos fomos atrás de soluções. Sendo vocês os maiores afetados, tive esperança de que algo bom ou diferente acontecesse.

— Pai, você disse que a gente se *reencontrou*?

— Sim. Éramos todos amigos, Xeno e eu, Solene e Serena. Vocês sempre estiveram próximos um do outro. Até quando fizeram um ano, arriscaram os primeiros passos juntos.

Ivana olhou para Dario, que sorriu. Ela retribuiu o gesto, parando para imaginar por uma fração de segundo os dois lado a lado, ainda bebês.

— Quando a vida decide que duas pessoas precisam se encontrar, ela dá um jeito de cruzar os caminhos, não? — Dario perguntou.

— Mesmo quando tudo parece bagunçado — Ivana completou com certa melancolia, voltando à realidade e ao motivo que a levara até lá.

Luan a olhou com surpresa e disse:

— Você herdou a gentileza do seu pai.

— E a determinação da minha mãe.

— Meu pai me contou do observatório assim que viu os brotos nascendo em mim. A chuva começou a cair logo depois e, como eu precisava te contar imediatamente, decidi te encontrar. Foi quando te ouvi me chamando e saí correndo para tentar esconder você da minha mãe — disse Dario.

— Meu laboratório tinha duas janelas e ficava em um desnível. Depois que a fenda foi aberta, achamos melhor isolar este lugar. Nossa melhor solução foi soterrá-lo, mas, obviamente, não foi o bastante. Ou não estaríamos aqui, agora. — Ele colocou a chave, a girou com demasiada força e um som abafado tomou o lugar.

O nível de água em torno da plataforma começou a diminuir, escoando para dentro da própria estrutura circular. Quando toda a água sumiu, Ivana pôde ver uma passagem, retangular e alta, que ficava alguns níveis abaixo do pavimento. Sem água, era possível também ver um lance de escadas que unia a plataforma à passagem e outro lance, maior e mais antigo, que conduzia para baixo, do outro lado da abertura revelada.

Luan seguiu na frente, com Ivana e Dario, tensos, logo atrás. Embora a chuva tivesse o pior dos aspectos, continuava inodora. Ivana pensou em Ivo, desejou que pudessem se ver de novo. Ela atravessou a passagem antes secreta, e luzes brancas e automáticas se acenderam, revelando um corredor vazio e extenso.

Na outra extremidade, uma única porta.

— Está lá — revelou Luan.

Ivana estremeceu, Dario também. Eles tentaram dar as mãos, e uma vez mais foi inútil. Luan começou a dar passos lentos, como se tivesse receio de chegar ao outro lado.

— Apesar de um buraco de minhoca ter a característica de interligar dois portais por um tubo reto ou em espiral, esse que descobrimos parece ser mais sutil. Mais sensível.

— Como assim, pai?

— Digamos que a fenda atrás daquela porta esteja no ponto A. Para um buraco de minhoca existir, ele precisa do ponto B e do tubo que os interliga. Enquanto a fenda buscava um ponto para se fixar na outra extremidade, esse tubo ficou instável no tempo e no espaço, o que pode ter trazido objetos estranhos ou mesmo pessoas para a província, como se o tubo percorresse locais e épocas até que se fixasse no ponto B.

— O smartphone e a esfera — disse Ivana.

— Exato. Podem ter vindo de outra época ou outro lugar. Não sabemos o que é nem um, nem outro. O smartphone, pelo menos, parece ser um belíssimo avanço dos telefones que utilizamos, mas não tivemos muito tempo para estudá-lo. A bateria durou pouco.

— A cabeça de estátua também? — perguntou Dario.

— Sim. Talvez seja de uma civilização antiga, e tem o Noitescura também.

Ivana se lembrou de Alonso, que questionara a origem do gato de aparência atípica.

— Ele chegou adulto, ou seja, já tem mais de quinze anos. Manteve exatamente a mesma aparência e está em ótima forma, o que mostra que não é um gato normal.

— Pode nem ser um gato, pode nem ser deste... Isso é ridículo — disse Ivana, ao pensar na palavra "mundo". — Tem os restos daquele ônibus espacial também.

Luan franziu o cenho:

— Restos de um ônibus espacial?

— O nariz desse ônibus, no fundo do lago.

O homem de meia-idade puxou o ar com força, tentando parecer menos incrédulo do que estava.

— Ela precisa ser detida. Todos estes anos de insucesso, mas quem sabe vocês possam fazer diferente...

— Concordo, mas como vamos fazer para deter essa fenda? — perguntou Ivana.

— Não falo da fenda, mas do que veio com ela.

Silêncio. Ivana e Dario se entreolharam.

— Do que o senhor está falando?

Luan apontou para a porta no fim do corredor. Outro tremor mais forte alardeou os três. Luan precisou se equilibrar para não cair. Ivana e Dario se assustaram. Parecia ter sido irradiado de muito perto.

— Aquela maldita foi longe demais — balbuciou o homem.

Ivana olhou para Dario, e o garoto entendeu que deviam ir adiante. Começaram a caminhar, deixando Luan para trás.

— Eu vou com vocês — disse o homem. — Quero olhar bem para ela e ver como está depois de mais de uma década abandonada aqui embaixo.

— O que quer dizer, pai?

— Vocês verão.

Os três avançaram pelo que faltava do corredor. De frente para a porta, Luan retirou uma chave comum do bolso da calça e enfiou na fechadura. Com dificuldade, conseguiu girá-la.

— Até na droga do buraco da fechadura ela se meteu.

O pai de Dario empurrou a porta para dentro, que precisou de força extra para ser aberta. Ainda assim, só conseguiu empurrá-la até a metade, algo do outro lado a impedia de ser escancarada. O olhar do homem era de espanto, mas também de raiva:

— Já faz quinze anos, sua desgraçada, e olha só o que você se tornou.

Ivana e Dario estavam perplexos com o que havia dentro do antigo laboratório de Luan.

— Vim aqui te dizer que hoje é o seu fim, maldita. E se você não estiver confortável com a ideia de morrer, então vai ter que me matar antes de eu te pegar — disse Luan, a voz profunda, um misto de raiva e indignação.

Ivana e Dario continuaram calados.

31
Rosas brancas

O outro lado do laboratório estava irreconhecível, em nada lembrava um ambiente de trabalho científico. Era uma selva, composta apenas de caules e folhas rosados, nas mais distintas espessuras, espinhos ameaçadores e rosas robustas, abertas ou sob forma de botão, que variavam entre o branco, o rosa e o lilás. Móveis, objetos, quase todo o aparato que compunha aquele espaço estava tomado pela vegetação, até mesmo as duas janelas no lado oposto.

— Como isso é possível? — perguntou Ivana.

No centro do espaço, suspensa no ar, uma gigantesca rosa repousava, exuberante em suas infinitas pétalas. Branca do miolo para fora, possuía um tom claro arroxeado nas pontas.

Poderia ser o paraíso, mas pelo tom do cientista, era o inferno.

— Nós a chamamos de a Grande Rosa — falou Luan.

Não era possível para uma pessoa sólida adentrar o espaço sem se ferir. O chão não estava visível.

— Ela está levitando? — indagou Ivana, ainda em choque com a figura selvagem da rosa.

— Não. Ela floresceu diretamente na fenda dimensional, que abriu no ar, no meio do laboratório. Mas, como vocês podem ver, essa planta asquerosa decretou que este ambiente é dela e nem mesmo a fenda está mais visível, de tanto caule e pétala ao seu redor. No entanto, o buraco dimensional continua aí — afirmou Luan.

— Se nós somos o ponto A, então ela veio do ponto B? — perguntou Dario.

— Boa parte do que digo a vocês são suposições, com base em anos de pesquisa científica. Não sou o dono da verdade, até hoje cientistas do mundo todo buscam compreender o que estamos testemunhando bem diante dos nossos olhos, nesta droga de província que ninguém nem lembra que existe. Mas, respondendo a sua pergunta, meu filho, sim, é provável que essa rosa imensa tenha vindo do ponto B.

Ivana olhava para o vegetal, intrigada. Era uma rosa tão bela e ao mesmo tempo intimidadora. Apesar de imóvel, e aparentemente alheia ao que acontecia em volta, inspirava cuidado. Tensa, a menina notou que as rosas no entorno, todas em tamanho comum, haviam inclinado e girado na direção da porta, onde ela e Dario estavam, assim como havia acontecido com ela nos campos de cultivo.

— Se a fenda é um problema, a Grande Rosa é um agravante. Florescendo aí, no meio desse rasgo dimensional, ela ocupa, ao mesmo tempo, dois lugares no espaço. Tem uma parte do corpo *aqui*, no ponto A, e o restante dele *lá*, no ponto B.

— Isso é fisicamente impossível — disse Dario. — Um corpo não pode ocupar dois lugares ao mesmo tempo.

— Esse fato é o mais assustador, meu filho. Se tratando de uma lei que não pode ser mudada, o que aconteceu então?

Dario teve medo ao perguntar, e Ivana também.

— Essa transgressão nos custou caro. Estar em dois lugares ao mesmo tempo gerou uma instabilidade no continuum espaço-tempo, e o próprio Tempo deu um jeito de resolver o problema, por um período que, acredito eu, não seja permanente.

— Como assim?

— Sendo esta mansão o coração do problema, Ele colocou Província de Rosedário, que é o território em seu entorno, em uma espécie de quarentena. Vivemos isolados do mundo, até que a Grande Rosa fique em apenas um dos lados, ou até que seja destruída.

— Mas... as rosas de caule rosado são conhecidas em todo o mundo. Província de Rosedário é famosa por ser a única que consegue produzir esse tipo de flor — disse Ivana, incrédula.

— Isso é uma ilusão, uma mentira que as pessoas não percebem. Província de Rosedário nunca foi famosa, ninguém consegue entrar e nem sair. Nunca notaram os limites desérticos desta região? Estamos tão entorpecidos pelo Tempo que nem nos damos conta. Não há turistas. Estranho para um lugar tão famoso, não?

— Mas e quem tenta viajar, pai?

— Desiste. Por desânimo, doença, pelo motivo que o Tempo achar conveniente. Mas nunca, em hipótese alguma, a instabilidade é percebida pelos habitantes. Os únicos que sabem são os que têm ligação com este laboratório.

— Alonso descobriu que tinha algo errado — acrescentou Ivana.

— Seria bem-vindo na busca por solução, mas somos uma gota no oceano da incerteza. Talvez tudo isso nem esteja acontecendo pela primeira vez.

— Como assim? — perguntou a menina.

— Existe uma chance de essa instabilidade temporal ter nos colocado em um looping. Ou seja, tudo isso pode estar acontecendo pela primeira vez ou não. Pode ser a quarta, a décima, a centésima, e nem percebemos. E nem vamos perceber. Temos a sensação de que os anos passam, que novas tecnologias são descobertas e noticiadas, mas isso pode ser apenas uma ilusão, um jeito de o Tempo nos distrair para que ninguém perceba a realidade.

— Mas estamos percebendo tudo isso, tanto que estamos falando sobre o assunto — observou Dario.

— Isso não impede que o looping aconteça.

— Então este exato momento pode ser uma repetição?

Luan assentiu.

— Ninguém tem capacidade de afirmar qual é o ponto em que um looping começa e recomeça.

— Espero que a gente não esteja dando voltas, não quero ficar presa em uma situação como esta para sempre.

Mas Ivana sentiu um frio correr pela espinha, imaginando se mesmo aquele momento em que descobrira a verdade poderia estar se repetindo, sem nunca achar uma solução. Afastou o pensamento quando ouviu um barulho atrás deles.

Pingando a água escura por onde passava — fruto de si mesmo —, Ivo aparecera na outra extremidade, com passos trôpegos. Seu rosto estava devastado, era um farrapo humano. Luan o encarou, dando um sinal para que se aproximasse.

— Ele é a criança infausta — Ivana falou no ouvido de Dario, que recebeu a notícia com surpresa e apreensão.

— Achei que *eu* fosse a criança infausta. Tanto tempo escondido das pessoas e... depois que descobrimos sobre o orfanato, realmente pensei que a história tivesse a ver comigo — comentou Dario.

Ivana o olhou com ternura, notando sua perplexidade genuína. Não soube o que dizer. Ela, Dario e Luan esperaram Ivo se aproximar, o garoto quase se arrastava.

— Como chegou aqui? — perguntou Ivana.

— Os portões são altos, mas não impossíveis de escalar. A província está praticamente embaixo d'água... mesmo que eu tenha parado de chorar.

— E Una? E Alonso?

— Perdi Una de vista. Alonso... eu não sei o que dizer sobre ele. Se expôs debaixo de toda aquela água. Consegui levar ele até uma loja próxima, mas foi difícil fazer quem estava dentro abrir a porta. Não sei se ele vai ficar bem e... O que é isso?

O choque ao ver a selva rosada do outro lado estampou uma feição apavorada no rosto magro do garoto. Luan o olhava com serenidade:

— Eu te explico.

— O senhor também... — divagou Ivo — ... sempre soube do perigo que eu sou, mas mesmo assim me deixou livre.

— Ivo, meu jovem, um dia você aprenderá que todo ser humano é um perigo, tenha ele a capacidade de chorar lágrimas escuras ou não. As pessoas daquele orfanato te amavam, assim como eu e Xenócrates o amamos quando você chegou aqui.

Os olhos do menino escureceram, o estoque de lágrimas estava sendo renovado. Ivana, tentando puxar o amigo para fora daquele sofrimento, explicou com brevidade o que estava acontecendo.

— Sua dor deve ser a saudade de sua terra natal, Ivo — acrescentou Luan.

— Não entendi. — Ele fungou.

— A Grande Rosa não é apenas uma planta comum.

— Isso dá para ver — disse Ivana.

— Quando ela chegou, trazia no miolo de suas pétalas um bebê, a criança infausta. — Ele fez uma breve pausa, tornando a dizer, com um tom que carregava tristeza e pena. — Você, Ivo.

Ivana e Dario trocaram olhares, depois a menina fez o mesmo com Ivo.

— O quê?

— Você veio com essa planta, ela é parte de você. Sua lágrima é puramente feita de seiva.

Ivo encarava com espanto a Grande Rosa.

— No dia em que tiramos você do miolo, Solene e Serena estavam juntas de nós. Carregavam Ivana e Dario no colo. Estavam curiosas e, para falar a verdade, nenhum de nós imaginaria que... — Luan tomou novo fôlego, antes de continuar. — Acredito que a Grande Rosa tenha se *sentido* violada ao perder seu bebê e imediatamente atacou, um ato de reflexo estranho e inesperado. Encontrou pelo caminho o braço de Ivana e o tórax de Dario. Na tentativa de soltar vocês, fui ferido e fiquei com uma sequela. — Ele mostrou o braço que pouco se mexia.

Ivana olhou para o antebraço enquanto Dario tentava vislumbrar o próprio tórax.

— Isso mesmo — prosseguiu Luan, notando a atitude dos dois. — Essas cicatrizes são por causa dela, *dos caules dela*. Eu e Xeno acreditamos que ela fez isso como instinto de sobrevivência, da mesma forma que uma planta comum vira para onde está o sol, como se quisesse substituir o bebê por um de vocês, mas, depois de um tempo, essa teoria ruiu. A Grande Rosa continuou cada vez mais forte, crescendo, expandindo-se. Só quando Dario me mostrou esses brotos entendi que a nossa teoria não estava completamente errada.

Ivana e Dario encaravam as plantinhas no antebraço. Ivo mantinha os olhos no estranho e gigantesco vegetal.

— Ela estava mesmo tentando sobreviver. E conseguiu. Plantou em vocês uma semente que se alimentou todos estes anos do sangue dos dois.

— Por isso mal senti fome e sede estes anos todos? Eu... — Ivo fez uma cara de nojo — ... me alimentei do sangue deles?

— Sem saber, mas sim — respondeu Luan. — A energia retirada do sangue alimenta a Grande Rosa e, consequentemente, você, que faz parte dela.

Ivo desabou no chão.

— Não pode ficar pior.

A expressão de Luan continuava frustrada. Ele ficou em silêncio por alguns segundos, e voltou a falar quando percebeu os olhares de Ivana e Dario, ainda confusos.

— É por isso que vocês sofrem dessa condição — afirmou em um tom derrotado, que denunciava o homem calejado que se tornara ao longo dos anos.

Ivana olhou para Dario com a curiosidade escancarada no rosto.

— Seja mais claro, pai, por favor — pediu Dario.

— Como assim, Luan? — reforçou Ivana.

— Se vocês carregam as sementes dessa flor maldita, significa que fazem parte dela também. E estando a Grande Rosa, ao mesmo tempo, no ponto A e no ponto B, vocês também estão.

— Quer dizer então que durante o dia eu estou no meu lugar de origem, o ponto A, que é aqui na província, e de noite estou no ponto B?

— Acredito que sim, Ivana. Não parece pertinente?

— Mas eu não me lembro de nada do lado de lá.

— Para isso eu não tenho explicação. Gostaria, mas não tenho.

— Então de dia eu estou lá, e de noite, aqui, no meu local de origem? — perguntou Dario.

— Estou quase certo de que sim, meu filho. Foi a forma que o Tempo encontrou de manter o corpo de vocês nas duas extremidades.

— Mas e eu? — Ivo surgiu na conversa. — Também faço parte dessa rosa. Por que não acontece de eu sumir?

— Acredito que, embora você seja parte da rosa e sobreviva porque ela sobrevive, esteja *apenas* no ponto A. Imagine que uma das pétalas gigantes caia aqui, no laboratório. Ela vai sofrer o efeito da gravidade porque está do nosso lado. É como se você fosse uma pétala que caiu, entende?

Luan esperou que as palavras dele fossem assimiladas pelos três jovens.

— Como disse, Ivana e Dario são parte da Grande Rosa desde o momento em que ela plantou as sementes no corpo de ambos. E são essas sementes que a alimentam diariamente, a conexão *física* deles com a criatura. O que para o Tempo quer dizer que os dois também estão tentando ocupar dois lugares no espaço ao mesmo tempo.

— Mas eu choro a seiva dessa flor. Isso não é uma conexão?

— Você pode chorar a mesma substância, mas quem a produz é o seu corpo, não a flor.

— Mas se sobrevivo porque ela sobrevive é porque existe uma conexão — Ivo insistiu. — E, sendo assim, eu também deveria sofrer os efeitos.

— Isso não sei como explicar, porque não há nada físico que ligue vocês dois. Talvez você seja alimentado por ela através do olfato. Tal fato não me surpreenderia se ocorresse, já que esta província tem rosas de caules rosados espalhadas por todos os lados, deixando a pessoa apta a inalar o aroma todos os dias e a qualquer hora, sem perceber. Mas é só uma teoria, assim como a cor dos olhos do meu filho e o brilho das sardas serem efeitos colaterais dessas sementes — concluiu Luan.

Ivana olhou para Dario com pesar e falou:

— Então essa rosa só continua viva porque nós estamos vivos. E, continuando viva, mantém a instabilidade no tempo e a província esquecida em uma espécie de limbo temporal.

Ivo estava arrasado, Dario suspirou:

— Podemos tentar tirar essa semente de nós. Isso cortaria a conexão com a Grande Rosa.

— Já tentamos puxá-la, e isso nos gerou um choque no corpo todo. Agora entendo, Dario... — Ela o mirou com um olhar desolado.

— O quê?

— A semente já habita todo o nosso corpo, não há mais como tirar.

— Isso não é justo. Não posso deixar que vocês sofram mais por minha causa! — Ivo falou, lançando gotículas de saliva a esmo.

— Luan... — chamou Ivana.

Ele atendeu.

— Meu pai... como ele sumiu?

— Tentando nos livrar disto — ele respondeu, apontando para a planta colossal. — Um dia seu pai veio até este laboratório e me entregou os protótipos da segunda pele de vocês, na época pequenas vestimentas para cobrir o corpinho dos dois. Trazia consigo também o seu inseparável caderno de anotações. Estava mais agitado que o normal. Lembro que naquele dia ele olhava fixamente para a Grande Rosa, que nem era tão grande quando surgiu, uma planta estranha em uma fissura no ar. Imaginem só. E então seu pai me pediu para ir até o laboratório dele pegar a esfera e o smartphone, que tinha esquecido. Achei estranho ele não ter trazido evidências tão importantes como aquelas, mas Xeno era excêntrico, pensava em mil coisas ao mesmo tempo, então não questionei e fui até a sua casa. Quando voltei, ele não estava mais aqui. Só precisei de alguns segundos para entender o que havia acontecido. — Sua voz fraquejou, quase sumindo. — Não devia ter o deixado sozinho...

— Você não tem culpa, Luan. Os dois fizeram o que podiam — disse Ivana, com um sorriso que reforçou o lamento na expressão do homem. — Será que ele ainda está vivo?

— Não sei dizer, infelizmente, mas queria muito que estivesse. Que um dia ele tocasse a minha campainha com aquele cabelo largado e o jaleco podre, me convidando para usar o meu próprio laboratório. Mas essa fenda... essa maldita fenda... trouxe tantos problemas para nós! Serena quase teve o mesmo destino. Uma vez, alguns anos depois, ela teve um surto e veio até aqui. Encarou a rosa. Por sorte, como muitos caules já tinham fechado a fenda, ela não foi sugada como o Xeno, mas saiu cheia de arranhões e completamente fora de si. Então decidi que, também para o bem dela, isolaria ainda mais esta área, e foi quando construí o observatório.

Luan passeou o olhar pelo local, que em nada remetia ao ambiente que tanto trouxera alegrias.

— Não suportaria ver mais ninguém que amo sofrendo. E, mesmo com todos os problemas, eu a amo muito e entendo por que ela sofre. Afinal, sofro o mesmo. Embora ela soubesse de tudo, sou o único que tem acesso às chaves e à forma de acionar o mecanismo que vocês viram há pouco.

— Agora entendi por que você nos ajudou escondido, pai, e o que quis dizer sobre a minha mãe fazer uma loucura contra ela mesma.

Luan assentiu.

— Não poderia correr risco de ela ter outro surto e decidir invadir a todo custo este lugar. Não posso mais perder ninguém.

— É uma pena que as nossas famílias tenham se odiado tanto depois de tudo o que aconteceu — lamentou a menina.

— Fale por Solene e Serena, estou aqui com vocês, não? Quero que saibam que amamos vocês acima de tudo. Mesmo a Orvalha foi uma tentativa de entender o funcionamento da Grande Rosa.

— A empresa é uma fachada? — perguntou Dario.

— De certa forma. Paga as contas, mas eu e Xenócrates a fundamos com esse propósito oculto. Solucionar o problema de vocês estava, e ainda está, acima de tudo.

— Minha mãe reclama que nunca recebeu um centavo desde que meu pai se foi.

— Quando Xenócrates sumiu, a empresa ainda não dava lucro. Fomos eu e minha esposa que fizemos a Orvalha crescer. Logo, sua mãe não poderia receber. Ainda assim, ofereci uma quantia simbólica, e ela rejeitou. Você sabe como ela é orgulhosa.

— É...

Ivana notou que um grande número de caules perfurava o teto de alvenaria, que apresentava rachaduras, e que alguns pontos de infiltração permitiam que goteiras escuras surgissem. Tenso ao observar o mesmo, Luan falou:

— Parece que a força desta chuva está se comunicando de forma mais direta com a Grande Rosa.

— O volume de água está tão intenso que penetrou no solo a ponto de pingar aqui — disse Ivana.

— Esse contato direto da chuva com a Grande Rosa, em conjunto desses caules rachando o teto, podem ter causado os tremores que sentimos ainda agora — pontuou Luan.

Ivana, Dario e Ivo se entreolharam, assustados. Luan continuou:

— Mas isso só seria possível se... — Ele parou, incrédulo com o pensamento que o invadiu. — ... a Grande Rosa tivesse um número gigantesco de caules rumando para a superfície, em um perímetro muito além do laboratório.

— Ou se, talvez, ela tivesse uma conexão com todas as rosas de caule rosado que nascem aqui — Ivana ponderou.

Um frio percorreu a espinha da menina ao pensar na possibilidade de a Grande Rosa estar interligada com todas as rosas da província através do solo.

— Como se ela fosse a dona da província? — Dario perguntou.

— Algo assim, como se estivesse consciente de tudo o que acontece, o tempo todo. Uma criatura sorrateira que rege este lugar — ela continuou.

— E que finalmente está reclamando Província de Rosedário para si — Luan acrescentou, e aquilo soou tão sombrio que todos ficaram em silêncio por alguns instantes.

Ivo cruzou o caminho dos três, estava sério.

— Aonde você vai? — perguntou Dario.

— Não vou deixar que vocês dois se sacrifiquem. Já causei muito transtorno para este lugar.

— *Este lugar* é a sua casa, Ivo. E nós, seus amigos — disse Ivana.

— Você é o ser humano mais lindo que conheço, Iv, e por isso mesmo não posso deixar que faça besteira.

Ivo tocou o primeiro caule rosado com a mão, mantendo uma expressão nula. Apoiou-se em outro e ficou de pé sobre o tapete de caules, ao passar pela porta semiaberta do laboratório. Devagar, deu um passo e depois outro.

— Nenhum de vocês vai fazer isso! — afirmou Luan, se projetando para a frente e agarrando Ivo. O menino caiu, sentindo os espinhos arranharem sua pele, da qual começou a escorrer um sangue viscoso.

— Me deixe!

— Não mesmo!

Sem poder tocar em nenhum dos dois, Ivana e Dario assistiam apreensivos ao embate. Tendo dificuldade em conter Ivo com um único braço, Luan acabou se desequilibrando e batendo a cabeça em um imenso caule, rasgando a pele da testa com a ponta de incontáveis espinhos.

— Pai!

Dario correu, em um gesto inútil, para tentar puxar Luan. O homem caiu no chão do corredor, desacordado, enquanto Ivo se apressava na direção oposta.

— Vocês não podem fazer nada! Imateriais, não podem tocar a semente dentro de vocês. Só eu posso resolver isso!

Ivo estava certo, Ivana e Dario perceberam com horror.

— Não precisa ser assim, Ivo!

— Precisa, Iv.

O menino se aproximou da Grande Rosa, encarando seu berço natural pela primeira vez. Achou-a linda, quase mágica. Hipnotizante. E de forma inesperada sentiu-se completo.

— Por todos estes anos você esteve ao meu redor. Todo este tempo me chamando, *me convocando*. Queria que nos tornássemos *um* outra vez, não é? Bem, estou aqui agora e não vou a lugar algum. Só, por favor, não machuque mais os meus amigos — disse, por fim.

Ivana correu através dos caules, transpassando-os. Imaterial, não havia barreiras. Dario foi atrás, e logo os três estavam diante da flor.

Ivo, em uma posição um pouco elevada, por pisar nos caules que forravam o chão.

— Pare, por favor, Ivo.

— Vocês estão imateriais, não podem me impedir. Eu vou resolver isso de uma vez.

— Ivo, escuta a gente. Por favor, vamos buscar uma saída! A gente tem tentado isso até agora.

— Já machuquei muita gente, vocês não sabem como está a província lá fora. O caos. Parece o Juízo Final. Além disso, acham que as pessoas vão fazer o que quando Malina e Valentina contarem que sou o responsável pela chuva?

As rosas tornaram a mudar de posição, voltando-se para o centro do antigo laboratório, no exato local onde Ivana e Dario estavam.

Ivo reuniu forças para agarrar uma das maiores pétalas. Ofegava enquanto a pele arranhada sangrava. Com um gemido sofredor, puxou.

— Ivo, para! — Ivana pediu, desesperada, a metros do garoto.

Ele vociferou, agarrando outra pétala. Puxou mais uma vez. Entre gritos de fúria e choros curtos, arrancou outras.

— Ivo! — Dario gritou, sem sucesso.

Uma parte da fenda dimensional ficou visível, espantando os três. Ivo se aproximou, espiando do outro lado.

— O que você vê? — perguntou Ivana.

— Só caule e mais caule, mas também consigo ver qual é o principal, que sustenta essa rosa. Sinto também um leve puxão, como se a fenda quisesse me sugar.

— Essa fenda vai fazer com você o mesmo que fez com meu pai, Ivo! Ela vai te puxar!

— Eu sou essa flor, Iv. E ela sou eu — Ivo disse com sobriedade. — Se sofro, essa rosa também sofre. — Ele deu um impulso e segurou uma haste vegetal grossa, bem abaixo das pétalas.

— Ivo, solta esse caule!

O garoto não mais ouvia. Cravou as unhas uma, duas, várias vezes no caule robusto que mantinha a Grande Rosa anexada à fenda e que não oferecia resistência às investidas do garoto.

— Ivo! — Ivana chamava aos berros, chorando. Embora desejasse muito impedir o garoto, estava impotente, nem sequer percebia que novos brotos eclodiam de sua pele. Não apenas da região da cicatriz, mas de todas as partes.

Dario notou que o mesmo acontecia com ele. Quanto mais desejo de se libertar tinham, mais sentiam o corpo expulsar o que não era natural de sua fisiologia.

A seiva obscura esguichou em Ivo, que em um último, longo e sofrido golpe mutilou a Grande Rosa. Quase sem pétalas, a planta caiu débil sobre os próprios caules espinhentos. A fenda dimensional se tornou mais visível, era uma rachadura no ar.

Ivo era uma silhueta enegrecida e débil. A pele brilhava pela seiva. Ele piscou devagar, abrindo um sorriso.

— Minha amizade por você estará além de qualquer tempo ou espaço.

— Não, Ivo, não!

— Me perdoe.

O garoto tombou para o lado, e a vida não fazia mais parte dele.

Ivana deu um urro. Era uma dor desesperadora, alguém que ela amava não existia mais. Alguém em que confiava. Um dos poucos que trouxera alegria para sua existência. Alguém que dera a vida por ela.

As lágrimas quentes desceram sem piedade, deixando seu rosto inchado. Dario também chorava, ainda incrédulo pelo que acabara de acontecer.

— Iv...

Ivana não respondeu de imediato, mergulhada no próprio desalento.

— Iv, precisamos continuar.

— O quê...?

— Se não terminarmos isso, o sacrifício dele vai ter sido em vão.

— T-Tá... É... é mesmo. Sua... pele...

Ivana contemplou o corpo de Dario deixar de ser imaterial, aos poucos.

Dario vislumbrou, com o coração transbordando de alegria por um momento, o corpo de Ivana ganhar solidez.

Os dois ao mesmo tempo.

À medida que se tornavam opacos, os brotos rosados acompanhavam a transição. Estavam por toda parte de seus corpos: braços, pernas, pescoço, inteiros tomados por ramificações rosadas.

Sabiam o que significava.

Eles se aproximaram, sentindo os caules em volta tocarem a pele e ganharem volume sob os pés, comunicando-os que ambos estavam se tornando materiais, juntos.

— Nunca tivemos escolha, não é? — ela perguntou.

— Nunca — ele respondeu ao ter a pesarosa constatação. — Mas estou feliz de estar ao seu lado neste momento. Eu não poderia querer outra pessoa.

— Minha vida foi mais rica porque encontrei você, Dario. E por mais que tenha sido um tempo tão curto, foi o bastante para mim.

— Pelo jeito, não vou mesmo conhecer a luz do dia — ele disse, tentando parecer descontraído, lançando um olhar doce para o pai, que recobrava a consciência.

— Vamos para um lugar onde poderemos ver o sol, a lua e as estrelas bem de perto — falou Ivana.

Os dois se aproximaram. Rostos a centímetros um do outro.

Tornaram-se materiais.

As mãos se tocaram, delicadas. Poro com poro, em um êxtase de realização. Os lábios se fundiram em um beijo cálido e suave. E quando se afastaram, os olhos cor de mel de Ivana só conseguiam mirar as íris cor de anil de Dario e suas sardas que brilhavam como nunca.

Luan gritou em vão pelo nome do filho, arrastando-se na tentativa de adentrar o espaço cercado de espinhos.

— Me acompanha pelo infinito? — O sorriso esmaltado de Dario se abriu com doçura.

— Escolhi te acompanhar no momento em que te vi — respondeu Ivana.

— Eu amo você, Ivana.

— Eu amo você, Dario.

Os dois foram de encontro ao chão rosado, o corpo de ambos tomado de inofensivas e melancólicas rosas brancas. As mãos unidas, e assim permaneceriam.

Para sempre.

Epílogo

Província de Rosedário enfrentara o pior episódio da chuva sombria de sua história. E, ainda não sabiam os moradores, fora também o último. O dia seguia cinzento, mas eram nuvens comuns, e não mais chumbadas e apavorantes.

Depois da chuva não existia mais clima natalino. Nada dos enfeites costumeiros, nem gente feliz abraçando familiares e desconhecidos, nem casas de pedra adornadas. Nada. No lugar, havia sujeira, objetos imundos espalhados, que se misturavam com frutas e alimentos diversos. Ânimos frios, melancolia e o choque dos moradores ao verem sua terra devastada por um fenômeno que ninguém jamais entendera. Filetes de água escura ainda seriam notados mesmo dias depois, buscando fuga em alguma grade de bueiro no meio-fio.

A província estava diante de um recomeço. E começar do zero era difícil, nenhum dos habitantes sabia ao certo o que teria para reerguer. Talvez fosse o aspecto físico da província, ou mesmo sua economia, levada para o ralo com a água suja. Talvez os moradores precisassem colocar outra vez de pé o bom hábito de olhar para o outro, não de forma curiosa, mas solidária. Eram tantos "talvez" que no meio do bolo de incertezas, eles sabiam, *intuíam*, que precisavam seguir em frente, fosse o que fosse.

Província de Rosedário ainda não sabia que perdera mais do que a estética de seu território. Nem sequer imaginava que três de seus habitantes haviam partido para muito além dos limites daquele lugar.

E, embora tudo fosse desolador e caótico às primeiras horas depois do ocorrido, existia amor. Desprendido, puro, gratuito, doado de bom grado por três pessoas comuns, que nada pediram em troca. O amor de Ivana, Dario e Ivo era límpido e daria à Província de Rosedário a oportunidade de escrever não um último capítulo, mas um primeiro.

Era o início de uma nova história.

Livre da intervenção do Tempo, Província de Rosedário estava outra vez integrada à ordem universal, sem disputar espaço com qualquer dimensão. Eram boas e novas perspectivas.

Mas isso não incluía Malina e Valentina.

Contrariando tudo e todos, as duas não se esconderam enquanto a chuva sombria caía. Depois de terem deixado Ivana, Una, Ivo e Alonso para trás, as duas muniram-se de capas e guarda-chuvas. A curiosidade era maior que o medo dos efeitos daquele estranho fenômeno.

Demoraram até conseguirem se vestir de forma adequada. Demoraram no trajeto até a mansão, desviando de bolsões de água escura espalhados pelo chão e rios que se formavam aqui e ali. Demoraram ainda mais tentando escalar o portão de ferro alto. Conseguiram, mas ganharam palmas vermelhas e irritadas pelo contato com a água.

— Anda, sua idiota! A gente já está demorando muito! — ralhou Malina.

— Calma, já vou!

As duas contemplaram a imensidão do jardim, pela primeira vez, do lado de dentro. Era de tirar o fôlego à primeira vista, ainda que estivesse se degradando com o banho da chuva escura. As duas se apressaram em atravessar a fonte e ficaram de frente para a construção, entreolhando-se.

— Vamos entrar? — perguntou Valentina.

— Claro!

Malina chegou a esticar a mão para abrir a porta da frente, mas ouviu um som abafado. Um grito desesperado, um lamento impotente. Ela encarou Valentina, que deu de ombros sem saber o que responder.

Tomaram a lateral da mansão, chegando aos fundos. Viram a piscina com a ilha, as esculturas e o observatório, imundos. Tomaram cuidado para não serem notadas. Com espanto, viram Luan sair, carregando Ivo nos braços com dificuldade. O homem não parava de chorar e soluçar.

Só então viram Ivana e Dario no lado oposto, deitados lado a lado e tomados de rosas brancas. Levaram as mãos à boca para cobrir um grito de horror.

Luan adentrou a mansão, arrasado.

— É aquele garoto que estava no lago com a Ivana, quando a Serena apareceu. Ivo falou o nome dele. Dario. Eles... Eles... estão mortos? — perguntou Malina, em choque.

— Acho que sim. Será que foi o Luan que os matou?

— Sei lá, Valentina!

— O que são essas rosas saindo da Ivana e desse tal Dario?

— Sei lá, Valentina! — repetiu Malina, saindo de onde estava. Valentina foi atrás.

As duas se aproximaram de Ivana e Dario, incrédulas de pavor.

— Temos que sair daqui, ele pode matar a gente também — constatou, bastante aflita.

O choro copioso denunciava a volta de Luan e as duas correram, desesperadas para fugir. Abandonaram os guarda-chuvas e acabaram entrando no observatório. Desceram os degraus que levavam à passagem e os degraus que davam para o corredor do antigo laboratório.

— Que lugar é esse?

— Shhh! — ordenou Malina. — Quer que ele ouça a gente? Vem!

Malina puxou uma hesitante e confusa Valentina pelo braço até a porta no fim do corredor, que estava entreaberta. Quando se aproximaram da entrada, vislumbraram os caules rosados e os restos da Grande Rosa.

— Que lugar é este?

— O que é *aquilo*? — Valentina apontou para a fenda dimensional, que jazia no ar, ao centro do espaço. Tinha uma coloração azul-claro, brilhante, convidativa. — Preciso tomar nota disso! Imagina quando contarmos aos outros... — E se apressou em puxar o caderninho.

— Rápido, ele vem vindo! — disse Malina com urgência.

A dupla adentrou a sala, tentando não fazer barulho ao pisar nos caules e espinhos, que fisgavam suas botas e capas de chuva. Entre caretas de assombro e medo de serem pegas, se aproximaram, sem perceber, da fenda.

Primeiro foi Valentina.

Em um momento, estava lá. Logo depois, não.

Uma fração de segundo depois, foi a vez de Malina ser sugada.

Não tiveram tempo nem mesmo para gritar.

Luan se aproximou da entrada e deu uma última olhada para dentro do antigo laboratório.

Encarou a fenda dimensional com um misto de tristeza e ódio, ignorando por completo o caderninho de fofocas caído na selva sem vida.

Trancou a porta e fez seu caminho de volta.

Agradecimentos

Agradeço ao meu grande amor, Felipe, que caminha ao meu lado nos altos e baixos dessa vida, sempre com gestos e palavras de incentivo (e também com puxões de orelha), sem jamais deixar de acreditar em mim. Muito do que conquistei como ser humano e como profissional foi por causa do seu amor. E nem mesmo que eu escrevesse incontáveis livros seria o bastante para, além de agradecer, dizer o quanto te admiro. A humanidade que há em você é algo que nunca vi em ninguém.

Aos meus carinhosos e perspicazes leitores do Wattpad, um "muito obrigado" infinitão. O livro físico finalmente veio aí e esse momento é nosso! Vocês foram os primeiros a ler e a acolher a história, sempre tão engajados e inteligentes nas observações. Vocês são uma escola para qualquer escritor.

Nestor, meu editor! Eu não poderia deixar de ressaltar o respeito que você teve comigo e com esta obra alguns anos atrás, quando *Depois das cinco* ainda nem sonhava em estar na Buzz. A forma como você abraçou e ajudou a guiar esta história me deixa muito feliz de ver o quanto ela pôde evoluir desde as primeiras versões. A oportunidade de publicar este livro foi uma porta que você me abriu.

Ren, para mim, a capa é tão crucial quanto a própria história. É o primeiro contato do leitor, é ela que vai dar o tom. Te agradeço por saber traduzir de forma tão delicada e encantadora a grande responsabilidade que é sintetizar em uma ilustração centenas de páginas. Sua arte é mágica e inspira!

Agradeço à Buzz pela oportunidade, por acreditar nessa loucura que é contar histórias, e a todas as pessoas que estiveram envolvidas no processo: Anderson, Diana, Érika, Céfara, Laura, Isabelle, Taciane,

Taíres, Luciane, Gabriele, Juliana, Lui, Gabriela, Júlia, Lívia. Um livro não se escreve sozinho, e tampouco ganha o mundo, sem o trabalho de vocês.

Por último, agradeço a você que acompanhou e viveu com Ivana e Dario toda essa jornada de amor, de amizade e, acima de tudo, de autoconhecimento. Província de Rosedário estará sempre de portas abertas para você (só não se aproxime da fenda, tá?).

É isso, meu povo. Nos vemos em outras histórias! 😊

Fontes AIMEMX, KARMINA
Papel BULKY CREME IDF 90 G/M²
Impressão IMPRENSA DA FÉ